아빠라는 이름 아래

아빠라는 이름 아래

초판 1쇄 2020년 3월 10일

지은이 | 박상민

펴낸곳 | 문학여행
발행인 | 고민정
주　소 | 서울특별시 중구 을지로 14길 20, 5층
홈페이지 | www.bookjour.com
이메일 | contact@bookjour.com
전　화 | 1600-2591
팩　스 | 0507-517-0001
원고투고 | edit@bookjour.com
출판등록 | 제2017-000048호

ISBN | 979-11-88022-27-4 (03810)

잘못된 책은 구입처에서 바꿔드립니다.
저자와의 협의 하에 인지는 생략합니다.
책값은 본 책의 뒷표지 바코드 부분에 있습니다.

문학여행은 출판그룹 한국전자도서출판의 출판브랜드입니다.

아빠라는 이름 아래

아빠라는
이름이
내 삶에
찾아왔다

박상민 지음

아빠라는 이름을

알려주신

아버지

어머니

아빠라는 이름을

선물해 준

아내 혜인

딸 하늘에게

차례

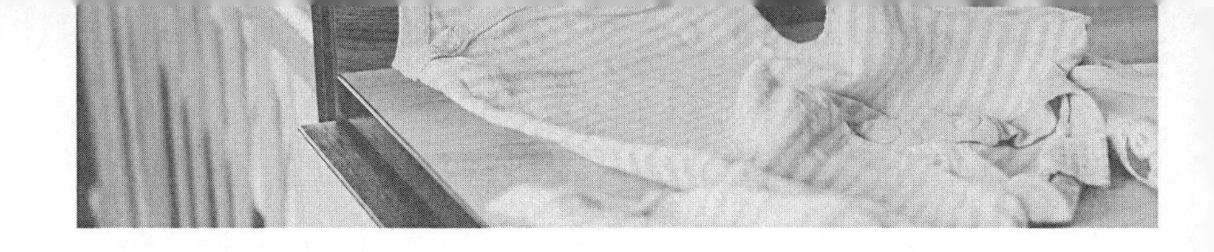

002 아빠, 스며들다

003 아빠, 삶이 되다

글을 시작하며

누군가 저에게 물었습니다.

이 책을 왜 쓰는가?

한참을 고민했습니다.

나는 이 책을 왜 쓰는가?

세 가지가 생각났습니다.

먼저는 '아빠'입니다.

오랫동안 '아버지'로 숨겨져 있던 호칭, 나의 아빠.

그리고 지금 하늘이 아빠로 살아가는 나.

그리고 이 글을 보는 아빠들.

아빠인 당신을 위로하고 싶었습니다.

아빠인 나도 위로받고 싶었습니다.

그래서 쓰기 시작했습니다.

두 번째는 '하나님 나라'입니다.

그리스도인으로 아이를 키우며 하나님 나라를 이루어가는 것.
그것만큼 신비롭고 아름다운 일이 있을까요?
아이를 키우며 삶에서 경험하게 되는 작은 단어들.
그 단어들이 크게 느껴지기 시작했습니다.
그리고 아이를 키우며 삶의 순간, 순간마다
그분의 다스림을 따르기 시작할 때
이 세상에서 느끼지 못하는 환희가 느껴졌습니다.

마지막으로는 '하늘이'였습니다.
나의 딸인 하늘이가 자라가면서
자신의 존재를 다른 것과 비교하며 어려워할 때
이 글을 보면 좋겠다고 생각했습니다.
존재만으로도 우리에게 커다란 기쁨이었다는 사실을
꼭 그 사실을 글로 남기고 싶었습니다.

그리고 이 글을 읽는
당신도 누군가에게 존재만으로 거대한 기쁨이었던
하늘이었다는 것을 알려주고 싶었습니다.

- 아빠라는 이름으로 살아가는
박상민

서문

아빠다

지글지글 끓는 싯누런 전기장판. 우리는 낡고 폭신한 이불을 얹어 그 속에 들어갔다. 엄마, 상범이, 그리고 나. 늘 그렇듯 엄마는 8시 반이면 연속극을 틀었다. 우리는 늘 똑같은 장면에서 다 같이 깔깔거리며 웃어댔다. 주인공을 괴롭히는 시어머니를 향해 시원하게 욕도 한다. 그렇게 삼십 분이 훌쩍 지나간다. 곧이어 시작 음악까지도 재미없는 뉴스가 시작되고, 한참을 지루하게 멍 때리고 있는데 노크 소리가 들렸다.

'아빠다.'

아빠는 늘 노크를 하셨다. 그리고 언제나 문 건너편에서 부드럽고 반가운 목소리로 이렇게 말씀하셨다.

"아빠다~." 나는 그 음성이 좋았다.

그래서 아빠가 "아빠다~아" 하고 말하면 안에서도 "아빠다~아" 하면서 따라 했다.
그러면 동생도 따라 했다.

"아빠다~아아"
언제나 엄마는 "문 열어드려야지 뭐해!" 하며 소리를 지르신다.
그렇게 문을 열어 드리면 기다리던 아빠가 서 계셨다.

아빠가.

겨울이면 아빠는 종종 검정 비닐봉지와 같이 등장하셨다. 그 검정 비닐봉지에는 노란 귤, 따끈한 붕어빵, 고소한 군고구마들이 그득하게 들어있었다. 아버지는 언제나 넉넉하게 사 오셨다. 그래서 아빠를 기다리면 어김없이 우리를 배부르게 해 주셨다. 한 번은 계란빵을 사 오셨다. 노릇노릇 계란빵을 7개까지 먹으니 속에서 계란 비린내가 올라왔다. 그래도 시원한 보리차와 함께 욱여넣었다. 그럼 배가 두둑해진다. 두둑하게 오른 그 배가 아직도 안 꺼진다.

이십 대.
가슴까지 시려지는 겨울날. 급작스레 만나자던 여자 친구.

싸늘하게 돌변한 그녀가 내게 말했다.

“너랑 이제 헤어지고 싶어.”

충격적인 그 말에 발이 묶였다.
정말 땅에서 떨어지지 않았다.

그리고 그녀는 한마디 더 했다.

“너한테 지쳐…”

그 말은 내 입술까지 묶어버렸다. 얼얼한 바람은 송곳이 되어 내 얼굴을 사정없이 찔렀다. 그녀가 눈앞에 사라지고 한참 뒤에도 그 자리에서 움직여지지 않았다. 너무 슬퍼서 눈물이 나오지 않았다. 그런데 어디서 계란빵 냄새가 났다. 그래서일까? 그때 아빠가 생각났다.

집에 가고 싶었다. 대전에서 수원은 길었다. 아니 멀었다. 마음이 지치니, 몸이 지치고, 기차도 지쳤는지 느리게 갔다. 힘겹게 문을 열고 들어왔는데 차가운 집에 아빠만 계셨다. 어느덧 아빠는 아버지가 되셨다. 이제는 "아빠다~아" 하시고 들어오시지도, 검은 비닐봉지와 함께 오시지도 않는 아버지가 되셨다.

철봉에서 빙빙 돌던 힘센 아빠는, 눈을 찡그리시며 신문을 보시는 흰머리의 아버지가 되셨다. 힘없이 터덜터덜 들어오는 나에게 아버지께서 물으셨다.

"무슨 일 있냐?" 나는 귀찮아
"아니요." 대답했다.
"밥은 먹었냐?" 나는 침묵했다.
그러자 "저녁 먹으러 가자"
하시더니, 아버지는 국밥집으로 나를 데리고 가셨다.

바보같이.
국밥을 먹다가 나도 모르게 눈물이 나왔다.
아버지는 묻지 않으셨다.
그리고 말없이 뜨거운 국밥을 입에 처넣었다.

아버지는 한마디만 하셨다. "천천히 먹어라."

그렇게 식사를 마치고 집까지 오는 길은 춥지만 따뜻했다. 옆에 계신 아버지가 오랜만에 아빠가 되어 주셨다. 아빠는 집에 가는 길까지 아무 말하지 않으셨다. 그리고 집에 도착하시고 말씀하셨다.

"추우니까 이불 잘 덮고 자라."

그 말을 듣고 방에 들어갔는데, 눈물이 멈추질 않았다.
그리고 콧물도 나는데 팔로 얼굴을 덮었다.
미치도록 아빠가 고마웠다.

그리고 혹시라도 아빠가 걱정하실까 봐 소리를 낼 수가 없었다.

아빠가 걱정하실까 봐.
아빠가.

아내가 임신을 했다. 임신 초기 초음파실. 분위기가 어색한지 간호사는 낯선 웃음을 지으며 나에게 이렇게 말했다. "애기 아빠는 반응이 별로 없으시네요." 타인이 나에게 부른 단어, 그 단어가 내게 너무 어울리지 않았다. "아빠." 아직 준비되지 않았다.

아직 너무 부족하다. 그리고 내게 그만한 자신이 없다. "아빠."

그런데 나를 불러줬다. 그래서일까. 태아의 심장소리를 들려주며, 움직이는 영상을 보여주는데 어떻게 반응을 해야 할지 몰랐다. 순간 아내에게 미안했고, 아내의 뱃속 아이에게도 미안해졌다. 신기함과 기쁨을 표현하기에는 거대하게 다가오는 아빠라는 단어 앞에 여러 가지 생각들이 가득했다.

5개월이 지난 지금. 아내의 배가 부른 만큼 나의 기도와 마음도 커지고 있다. 그래도 아직까지 다른 사람들처럼, 태아 사진을 올리거나 하는 게 나에겐 낯설다. 아니 부족하다는 게 맞다. 아빠라는 이름 앞에서 만들어지는 겸손함이 몰려온다. 태명을 미루다 미루다 힘겹게 지었다. “하늘” 어릴 적부터 경험했던, 아빠의 마음이 담긴 단어이다.

아빠를 생각할 때 가장 먼저 떠오르는 단어. 하 늘. 하늘이에게 그런 아빠가 되고 싶다. 때로는 검은 비닐봉지로, 때로는 국밥으로, 그리고 오랜 기다림으로 나를 만들어주셨던 그런 하늘을 닮은 아빠가 되고 싶다. 그래서 하늘이에게 나도 언젠가 검은 비닐봉지를 들고, 문 앞에서 노크를 하고, 그렇게 말하고 싶다.

“아빠다”

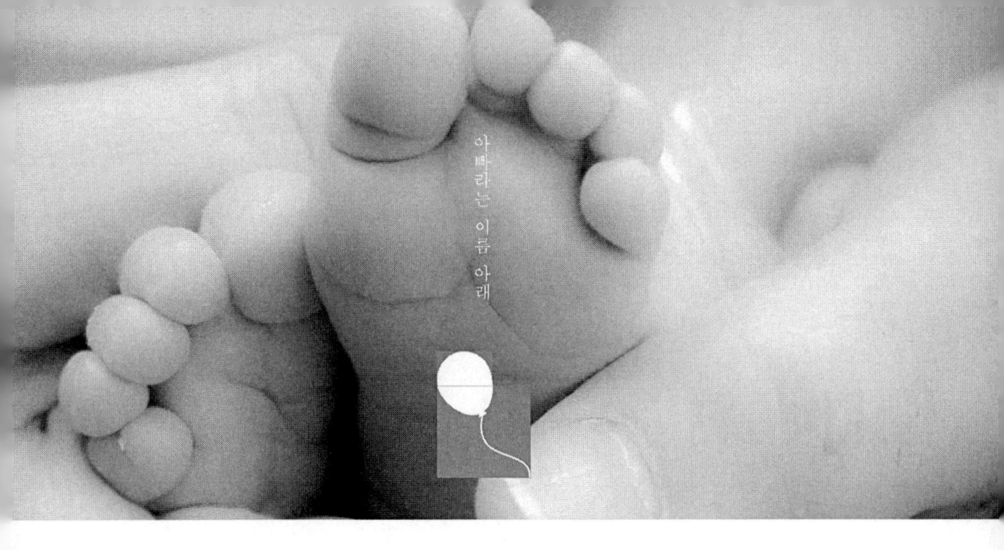

001

아빠,
찾아오다

첫번째 이야기 _

아빠가 되다

2017년 2월 9일.

10시가 조금 지난 무렵. 약간의 소독약 냄새를 먹은 하늘색 가운. 그것이 나를 덮고 있다. 26시간. 잠에 들지 않은 채 기다린 시간. 무엇인가를 이토록 기다린 적이 있었는가? 소리를 질러대며 응원하는 간호사들. 위급한 목소리로 힘을 내라는 의사. 아무것도 할 수 없는 무력한 존재인 나. 그리고 한번도 경험해 보지 못한 고통, 육체의 뼈에 힘을 주어 벌어지게 하는 아픔을 홀로 견디는 아내.

시간은 이래도 되나 싶을 정도로 멈춰 있었다. 기다림에 지쳐갔다. 그러나 아내의 얼굴을 보자 그런 말을 할 수 없었다. 그런 말은 그저 사치일 뿐이었다. 그렇게 멈춰버린 시간 속에 적막을 깨는 소리가 들렸다.

"아빠, 이제 들어오세요."

그렇게 나는 분만실에 들어갔고, 하늘을 맞이했다.

아빠.

아빠라는 단어가 준비되지 못했다.

그것은 나에게 '아빠'라는 단어가 지니는 위대함 때문이었다.

아빠라는 단어는 내게 그런 단어였다. 그것을 만들어준 분은 혈육의 아버지이다. 아버지는 이 땅이 바라는 아버지란 이름의 모습을 살아내셨다. 형편이 넉넉지 못했던 초등학교 시절. 아직도 생각나는 일이 있다. 아버지께서는 언제나 피자를 시켜 배달이 오면 드시지 않으셨다.

종종 동생과 내가 먹다 남긴 피자의 크러스트만 드실 뿐이었다. 아버지는 피자를 싫어하는 줄 알았다. 피자를 시킬 때마다 언제나 그러던 어느 날, 어머니께서 참다못해 우리에게 말씀하셨다.

“너희는 어떻게 아빠에게 피자 한 조각 먼저 드리는 법이 없니?”

할 말이 없었다. 그래도 뭔가 말해야 할 것 같아 우물쭈물거리며 말했다.

“아빠는 피자를 안 좋아하시잖아요.”

어머니는 한참 바라보다 말씀하셨다.

“너희는 언제 철 들래?”

결국 피자를 우걱우걱 씹어대는 우리를 뒤로한 채 어머니께서는 방에서 나가셨다.

아빠는 그랬다. 아들을 향해 늘 퍼주기만 한 그 사랑. 밑 빠진 독처럼 그 사랑을 모르는 아들. 그게 아빠였다. 그리고 그게 아들이었다.

“아빠가 되신 걸 축하합니다.”

밝게 웃는 의사의 얼굴에서 진심이 느껴졌다. 생명의 푸름이 가득한 봄의 마지막 무렵. 우리 가정에도 하나님께서 생명의 복을 허락하셨다. 아들이 아빠가 되어버린 것이다.

"내 아이를 위해 무엇을 해야 하는가?"

진지한 질문을 스스로에게 던졌다. 그러나 바쁘고, 분주한 일상이 계속되었다. 시간을 잡기 위해 노력했지만, 무심한 듯 시간은 빠른 속도로 도망쳤다. 그러다 아내의 배에 생명이 있음이 보이기 시작할 때 즈음, 다시 한 번 스스로에게 질문을 던졌다. 그리고 답을 찾기 위해, 마음의 산책을 위해 수필집들을 꺼내 들었다.

피천득의 〈인연〉. 익숙한 수필집이었지만 다시 천천히 읽어 나갔다. 마음이 바빠서일까? 책장을 넘기는 속도가 빨랐다. 그러던 가운데 책장을 넘기지 못하게 하는 부분이 들어왔다. 작가 피천득 씨가 딸인 서영이에게 하는 부탁의 글이었다. 내용은 다음과 같았다.

밥은 천천히 먹고 길은 천천히 걷고 말은 천천히 하고 네 책상 위에 '천천히'라고 써 붙여라.

같은 부분을 몇 번씩 읽었다. 그리고 왠지 모르게 아이의 이름을 짓고 싶다는 생각이 들었다. 내 아이의 이름. 타인이 부름으로 존재를 인식할 수 있는 이름. 이름이 필요했다. 많은 고민이 있었다. 아내와 내 이름은 흔한 이름이다.

그래서 흔한 이름이 아니었으면 좋겠다고 생각했다. 독특하면서도 부르기 쉽고, 친근하길 바랐다. 또한 종교적 의미나 느낌이 눈에 띄지 않길 바랐다. 목회자, 신앙인의 자녀라는 이유로 종교적인 언어를 내 자녀의 이름으로 짓기 싫었다. 인격이 형성되고 나서, 하나님이 주신 자유 아래 주님을 만나는 사람이길 바랐던 것이다.

또한 예수님을 믿고 내 삶을 이끌어준 단어. '하나님 나라'의 의미가 담기길 바랐다. 부산으로 이사온 지 2년. 그동안 우리는 본의 아니게 5번이나 이사를 했다.

그때마다 아내에게 미안함이 있었다. 때로 철거를 앞두고 거세게 불어 제끼는 외풍 속에서 잠들어야 했고, 어색한 오피스텔에서도 지내야 했다. 올해도 이사를 했다. 그런데 이사 온 집에서 아내는 뜻밖에 내게 이런 고백을 했다.

"이렇게 보금자리를 주신 하나님께 감사해요. 우리가 부산에 이사와서 이사를 참 많이 했지만, 그래도 하나님과 함께 하니 어디든 하나님 나라였어요. 고마워요. 여보."

그 고백과 함께 우리는 이사 예배를 드렸다. 그리고 찬양했다.

"높은 산이 거친 들이
천막이나 궁궐이나

내 주 예수 모신 곳이

그 어디나 하늘나라."

하늘.

바로 하늘이었다. 내 자녀가 경제적으로 부유하든, 가난하든, 높이 올라가든, 바닥까지 낮아지든 예수님을 모시며 그곳을 하나님 나라로 이루길 바랐다. 하나님 나라의 의미를 담고 있는 하늘. 누구에게나 열려있는 하늘. 그와 같은 자가 되길 바랐다. 하늘나라에서와 같이 '하늘'이라는 의미는 성경에서 하나님을 의미한다.

하늘이라 부를 때마다 하나님께서 이 아이를 주셨다고 여기는 마음으로 부르고 싶다. 그 동안 청소년 사역을 하면서 너무 많이 봤다. 하나님을 주인으로 여기면서, 자녀의 문제만큼은 자신의 뜻으로 키우는 부모들. 자녀의 교육, 자녀의 진로, 자녀의 꿈까지 자신의 밑그림에 벗어나지 않길 바라는 부모들. 믿음을 지키다 마지막 자녀라는 이름 아래 무너지며 기독교의 가치를 버리는 부모들.

그들을 반면교사 삼아 우리는 하늘이라 부를 것이다.

그 이름을 부르며, 하나님께서 주신 아이라는 인지와 인식을 포기하지 않을 것이다.

하늘. 한 자 한 자를 떼고 생각해도 좋았다.

'하'라는 단어는 우리나라에서 특히 상중하라는 의미 속에서 잘 사용된다. 아래를 뜻하는 한자 하(下). 자본을 통한 승자독식 세상. 중심부 콤플렉스가 만연한 이 세상에서 인기 없는 단어. 아래 하(下) 그러나 하나님 나라에서는 전혀 다른 의미이다.

세상의 약한 것들을 택하여 강한 것들을 부끄럽게 하려 하시는 하나님 나라의 법칙(고1:27). 또한 이 땅을 섬기고, 자신을 대속물로 주러 오신 그분 예수님의 마음(막 10:45)이 담겨있는 단어. 그 단어가 바로 아래라는 의미를 담고 있는 '하' 라고 생각했다.

더불어 나는 '늘' 이라는 단어를 좋아했다.

'늘'이라는 단어는 개인적인 열망을 담고 있는 단어이다. 그러나 한글로 '계속하여 언제나'라는 뜻을 가진 단어 '늘'. 하나님의 성품 '늘'. 그 단어를 닮아가길 바랐다. 그래서 아내와 나는 아이의 이름을 '하늘'이라고 지었다.

분만실에 들어갔다. 3.1kg. 아내가 아이를 안고 있었다. 생명이었다. 의외로 크게 울지 않았다. 잠시 후 간호사가 가위를 주며 탯줄을 자르라고 했다. 엄마와 아이와의 분리였다. 흐물거리는 핏줄이라 여겼던 탯줄. 의외로 잘라지지 않고, 질겼다. 하나님께서는 생명을 위해서 탯줄 하나도 아름답게 만드셨던 것이다. 이제 아이를 씻기는 차례이다. 우리는 태어나는 생명으로 보지만, 태아는 태어나면서 죽는다는 공포를 느낀다.

수개월간 자궁에서 양수를 통해 평안하게 자라온 아이. 산모가 느끼는 고통만큼 태아 역시 엄청난 고통을 경험한다. 심지어 자신의 어깨뼈까지 으스러지면서 그렇게 이 땅에 태어나는 것이다. 우리 부부가 선택한 산부인과에서는 이런 아이를 배려하기 위해 많은 코칭을 한다. 그중에 하나가 바로 아빠의 숙제다.

태어나 처음 경험하는 분리라는 공포를 경감시키기 위해 아빠들이 해야 할 숙제가 있다. 엄마 뱃속부터 태교할 때 노래 한 곡을 정해, 갓 태어난 아이를 씻기며 불러주는 것이다.

부들거리는 손으로 아주 조심스럽게 아이의 얼굴과 몸을 씻겼다. 고마웠다. 건강하게 태어나 준 그것 하나만으로 감사했다. 부모님이 생각났다. 이와 같은 고통을 사랑으로 극복한 어머니.

떨리는 마음으로 함께 한 아버지가 생각났다. 그리고 뱃속에서부터 불렀던 그 노래. 하늘이가 앞으로 그렇게 자라나길 바라며 부르던 그 노래를 불렀다.

"하나님께서, 하늘이 통해 메마른 땅에 샘물 나게 하시기를, 가난한 영혼, 목마른 영혼 하늘이 통해 주 사랑 알기 원하네."

그렇게 하늘이가 이 땅에 태어났다.

두번째 이야기 _

초
보

운전 중 답답함이 밀려온다.

옆 차선의 차가 방향지시등을 켜고 한참을 들어오길 원하고 있다. 그러나 못 들어온다. 우물쭈물거리는 모습이 안쓰럽다. 비상등을 켜고 자리를 양보한다. 그렇게 들어온 차. 뒤 유리창에 이렇게 쓰여 있다.

'답답하시죠? 저는 환장합니다.'

운전을 하다 보면 당혹스럽게 하는 차들이 있다. 그런데 그 속에는 더욱 당황해하는 운전자들이 보인다.

'왕 초보운전'

'무한 초보'

'초보운전! 나도 살고 싶어요.'

'답답하시죠? 저는 환장합니다.'

'버스도, 택시도 무섭지만 나는 내가 제일 무섭다.'

다양한 초보운전 문구들이 웃음을 만들어 낸다. 답답해하던 내 마음도, 그 문구를 보고 피식 웃는다. 그리고 그 마음을 이해하게 된다. 처음 경험하는 일은 누구에게나 쉽지 않다. 그에 따라오는 미숙함, 어색함은 다른 영역의 고수라도 고개 숙이게 만들어 버린다. 그래서 어떠한 과정을 시작할 때 초보라는 단어를 누구나 경험하게 된다.

그리고 그런 초보 시절을 지나가야, 능숙해진다.

아빠 되는 것. 그 과정에도 예외는 없었다. 아이를 가졌다는 기쁨, 출산의 신비. 생명이 찾아왔다는 설렘과 기쁨. 지금껏 이 단어들로 가득했다. 2주간 아내와 함께 하는 산후조리원의 시간들.

그 시간 속에서 아이를 데리고 와서 모자동실(모아母兒 모두 건강한 경우, 분만 직후부터 모아를 같은 방에 있게 하는 방법)을 할 때도 우리 부부의 얼굴에는 미소가 가득했다. 조리원에서 자는 것도 그리 어렵지 않았다. 아내 역시 그곳의 스케줄로 바빴지만, 아이를 챙겨주고, 밥과 간식이 때마다 나오니 감사했다. 그렇게 2주가 지났다.

하늘이를 집으로 데리고 오는 날. 카시트를 장착하는 것부터 말썽이었다. 이렇게 내가 미숙했던가? 결국 인터넷으로 사진을 보고, 카시트 아래 붙어 있는 스티커를 보며 장착했다. 어렵사리 하늘이와 아내를 집에 모시고(?) 왔다. 아내의 눈은 내 눈과 다르다. 그 전날 나름대로 일찍 퇴근해 집안 정리와 청소를 열심히 했다. 그러나 아내의 눈에 센서가 작동한다. 꽤 오랫동안 집이 비어 있었기에 여러 곳에 쌓여있던 먼지들이 눈에 들어오기 시작했다. 그리고 청소와 빨래를 시작한다.

하늘이는 너무나 착하게 잠자고 있었다. 그래서 거침없이 집안일을 행했다. 그때는 몰랐던 것이다. 곧 들이닥칠 하늘님(?)의 식욕과 수면욕과의 사투를 말이다.

하늘이가 잠투정을 부리기 시작한 것은 이튿날부터였다. 미리 육아에 대해 공부도 하고, 기도와 신앙으로 준비한 아빠와 엄마. 부모라는 이름으로 시작하는 육아. 그 첫 관문인 잠투정이라는 거대한 산 앞에 초보 아빠, 초보 엄마는 속절없이 무너졌다.

아내는 강한 여자다.

인내심이 많고, 정신력과 체력도 좋다. 이런 부분에서 내 마음에는 아내를 향한 존경이라는 단어가 피어오른다. 서울과 부산을 오가며 대학원을 다니며 졸업까지 해냈다. 그 시절 학업과 음악 치료 실습, 거기에 집안일까지 탁월하게 잘 해냈다.

나도 체력이 강하다.

10대 후반부터 운동을 안 한 적이 거의 없다. 조깅, 헬스, 탁구, 수영 등 근육질은 아니지만, 체력에서 뒤진다고 느낀 적은 없다. 그런데 육아의 실제는 강력했다. 만약 양가 부모님들께서 우리의 모습을 CCTV로 지켜보고 있다면 답답함이 가득했을 것이다. 만약 그렇다면 나는 등에다가 스티커를 붙여 놓을 것이다.

"답답하죠? 우리는 환장하겠어요."

자그마한 생명체 울음소리. 죽음을 앞두고 초각을 다투듯 울어재끼는 그 소리에 귓가가 얼얼하다. 자다가도 숨이 넘어갈 것처럼 울어대는 아이의 모습에 내 마음은 초초해진다. 새벽 4시 40분. 하늘이가 잠들지 않는다. 자고 있는 건지? 깨어있는 건지? 머리가 흐려지며 빙글빙글 돈다. 아내는 젖을 물리고 있다. 울음소리가 멈추지 않자, 내 답답한 가슴도 타들어간다. 그리고 나도 모르게 아내에게 짜증을 내버린다.

"하늘이 왜 이렇게 우는 거예요? 낮에 무슨 일 있었던 거 아니에요?"

하지 말아야 할 말을 해버린 것이다. 짜증을 내어서는 절대 안 되는 상대에게 그렇게 말해버렸다. 그리고 바로 후회했다. 아내는 너무 지쳐있어서 화를 낼 힘도 없는 것 같다. 핏기 없는 목소리로 대답한다.

"그런 거 아니에요. 그럴 거면 그냥 들어가 자요."

한동안 말이 없다. 미안했다. 아빠라는 사람은 아무것도 할 수 없었다. 이 순간 내가 가지고 있는 돈도, 힘도, 명예나 그 무엇으로도 아무것도 할 수 없다.

미안했다.

끊임없이 우는 하늘이에게 미안했고,

힘없이 아이를 업고 달래는 아내에게 너무 미안했다.

그 다음 날. 평소보다 빨리 퇴근했다. 그리고 퇴근길에 아내에게 전화했다. "혹시 마트에서 사갈 것 없나요?" 아내가 부탁한 것들을 사고 집에 도착했다. 아내의 얼굴은 몹시 지쳤지만, 하늘이에게 반갑게 말해주었다.

“하늘아 아빠 왔다,”

그리곤 아내는 하늘이의 목소리를 흉내 내면서 말해주었다.

“아빠~ 안녕히 다녀오셨어요.”

고마웠다. 하루 종일 하늘이와 함께 했을 아내의 그런 마음이 고마웠다. 식탁에는 딸기 4개가 각을 이루며 아름답게 쪼개어져 있었다.

“이게 뭐예요?” 아내는 대답했다.
“저녁 먹기 전에 배고플까 봐 까놓은 거예요.” 고마웠다.

마음이 담긴 딸기는 어느 때보다 달고, 색이 곱다. 아내는 낮에 하늘이와 있었던 일을 이야기한다. 하늘이는 눈치를 챘는지? 피곤했는지? 잠을 자고 있다. 아내 역시 처음 해보는 초보 엄마가 만만치 않다며 종알종알 이야기한다. 아내가 사랑스럽다. 딸기를 먹자마자 힘이 생겨 말해본다.

“여보 도와줄 거 없어요?”

기다린 듯 아내는 말한다.

"그럼. 분리수거랑, 음식물 찌꺼기를 버리고 와줄래요?"

기분 좋게 음식물 찌꺼기를 비닐에 묶고, 분리수거를 한 손에 가득 얹는다. 분리수거장에 가는 길의 공기가 시원하다. 어느덧 봄기운이 맴도는 초봄의 밤이 반갑고 상쾌하다.

그리고 하나님을 향해 초보 아빠는 자그마한 소원을 말해본다.

"하나님. 오늘 밤 하늘이가 잘 잠들 수 있게 해 주세요."

그렇게 초보 아빠의 간절한 바람은 오늘도 계속된다.

세번째 이야기 _

트림

일반적인 의학용어로는 '외상(外傷)'을 뜻하며, 심리학에서는 '정신적 외상', '영구적인 정신 장애를 남기는 충격'을 말한다. 보통 후자의 경우에 한정되는 용례가 많다.

트라우마(trauma)에 관한 정의다(네이버 시사상식사전 참고).

식사 중 트림에 관한 트라우마가 생긴 것은 군대에서부터이다.

어떤 것이든 어색했던 이등병 시절. 내게 극도로 꺼려지는 시간이 있다. 바로 식사시간이었다.

그 이유는 단 한 가지였다. 바로 선임이자 분대장이었던 임기영 상병(가명)때문이었다. 그는 풀린 군번이었다. 자대에 전입해온지 얼마 안 돼 위에 선임들이 다들 전역했다. 이를 채우기 위해 줄줄이 후임들이 들어왔고, 상병 때부터 분대장을 달았다. 몸이 굉장히 비대

했던 임상병. 그는 국을 받는 식판에 닭강정을 달라고 졸라댔고,

군대리아 패티도 3개는 기본이었다. 그런 그 내게 안겨준 트라우마가 있었다. 그것은 바로 트림이었다. 그는 꼭 자기 주변에 막내인 나를 끼고 앉았다. 나이로는 3살이 어린 그는, 늙은(?) 막내가 들어왔다고 좋아했다. 그리고 식사 중에 꼭 트림을 했다.

임상병이 트림을 하는 타이밍은 거의 비슷했다. 밥을 3분의 1 정도 먹었을 무렵. 그는 국을 벌컥벌컥 마시고 '아…' 하는 특유의 신호를 보냈다. 그리고 트림을 연신 두세 번을 해댔다.

"끄윽. 어억."
"끄어억"

그렇게 트림을 하고 그냥 끝내지 않았다. 꼭 입을 모아 그 트림을 옆에 앉아있는 사람에게 분사했다.

트림이란 서울대학교 병원 의학정보에 따르면 "호흡 및 식사 중 위로 섭취된 과다한 공기가 식도로 역류하여 배출되는 현상을 말한다."
즉 트림이란 좋은 냄새가 날 수 없는 것이다.
그런데 그는 자신의 트림을 밥을 먹고 있는 내게 분사했다. 한 번

은 군대에서 똥 국이라고 표현하는 배추 된장국과 조기 튀김이 나온 날이었다. 그가 연신 된장국을 퍼먹으며 조기 튀김을 반 정도 씹더니 신호를 보냈다.

"아…."

그러더니 급기야 거대한 트림을 터뜨렸다. 보통 카레나 짜장이 나와 내 정신을 혼미케 했던 그 트림보다 두배는 강력했다.

도저히 밥을 먹을 수가 없었다. 표정관리도 되지 않았다. 그리고 그날 밤. 밥을 먹는 둥 마는 둥 했던 나는 결국 잠도 자는 둥 마는 둥 할 정도로 심한 갈굼을 당했다.

그때부터였을까? 지금까지 식사 중에 누군가가 트림을 하면 입맛이 급격히 줄어든다. 스스로도 트림을 굉장히 조심한다. 함께 치킨이나 피자를 먹을 때가 문제다. 느끼함을 가라앉게 하는 탄산음료의 청량감의 유혹을 포기할 수 없어 벌컥 마시다, 그 폭발을 거대한 힘으로 누르며 트림을 아낀다.

그럼에도 불구하고 트림이 나올 때는 조심스럽고 빠르고, 최대한 소리를 줄여 대처한다. 때로 뜻하지 않은 트림이 나올 때 종종 얼굴이 빨개지기도 한다.

산후조리원에서 모자동실(모아(母兒) 모두 건강한 경우, 분만 직후부터 모아를 같은 방에 있게 하는 방법)을 하던 때였다. 하늘이의 얼굴이 급격하게 빨개졌다. 그러더니 몇 번을 꿀렁거렸다. 그리곤 구토를 했다. 그러더니 엄마를 잃어버린 새끼 염소처럼 울기 시작했다.

"메에에에, 에에에에"

어쩔 줄 몰라 물티슈와 수건을 들고 이리저리 뛰어다녔다. 아이의 입에서 무엇인가 나오는 모습에 엄청 당황했다. 어디 아픈 건 아닌지? 병원을 가야 하는 건 아닌지? 아내에게 말했다. 그러자 아내가 말했다.

"트림을 안 시켰네."

신생아 병동에서 모유수유를 하고 바로 모자동실을 할 경우, 산모가 직접 안아서 아이 트림을 시켜준다는 것이었다. 그러면서 아내는 어깨와 목 사이에 걸쳐 얹고, 한 손으로 아이 등을 톡톡 치기 시작했다.

"끄억". 짧지만 분명했다. 작았지만 명쾌했다. 하늘이가 트림을 한 것이다. 아내는 "아이고, 우리 하늘이 트림도 잘하네." 하면서 웃었다. 더럽지 않았다. 비위 상하지 않았다.

누군가의 트림을 보면서 내 얼굴에서 웃음이 피어나는 기적이 일어났다. 그런 내가 신기했다. 아이를 갖기 전, 부모가 되면 아기 똥도 귀엽다는 말을 들었다. 그러나 난 절대 그렇지 않을 것이라 생각했다. 귀여운 것은 귀여운 것이고, 더러운 것은 더러운 것이라 생각했다.

그런데 그렇지 않았다.

엄마의 모유를 먹고 그것을 소화시켜내는 아이가 대견스러웠다. 이게 아빠 마음인가 보다. 누군가에게는 아무것도 아닌 일. 그러나 자녀이기에, 딸이기에, 아들이기에 특별한 일이 되어 버리는 그것. 아빠 마음. 하나님도 분명 우리를 그렇게 보시지 않을까? 무엇인가 하지 않아도 존재가 고맙고, 사랑스러운 그 마음. 그 마음으로 나를 바라보실 것이란 생각에, 하늘이의 트림 앞에서 눈시울이 붉어진다.

그래서일까? 요즘 난 하늘이 트림시키는 일을 맡아서 하려고 한다. 그러나 수유를 마친 하늘이를 업을 때면 아내는 이따금씩 나에게 이렇게 말한다.

"어떻게 이렇게 아이를 못 안는 사람이 있을까요?" 그래서 별명이 하나 늘었다.

"세상에서 제일 아이를 못 안는 사람"

아직도 하늘이를 안는 게 익숙하지 않다. 하지만 그래도 안고, 또 안아본다. 그리고 오른손을 오목하게 반원을 만든다. 밥그릇처럼 만든 그 손으로 하늘이의 등을 톡톡 친다. 트림을 기다린다. 그러면서 생각해 봤다. 어쩌면 그리스도인이란 '트림시키는 자'가 아닐까?

하나님께서 창조하신 이 땅의 영혼들.

그러나 "더 빨리, 더 높이, 더 많이"라는 단어로 인해 더부룩하게 이 땅을 살아갈 때, 지역과 학벌, 세대와 이념으로 꽉 막혀버린 이 세상에 살아갈 때, 시원한 트림 소리를 만들어주는 그런 존재.

그것이 그리스도인이 아닐까?

생각이 마칠 때 즈음 소리가 들렸다.

"끄 억"…

네번째 이야기 _

반사

또 깼다.

겨우 잠들었는데 깼다. 그것도 내 기침 소리에 깼다.

아내는 한숨을 쉬며 바라본다.

하늘이는 운다. 잠에서 깼다. 작은 소리에도 깜짝 놀라 팔을 휘젓는다. 울음이 터져 나온다. 아주 작은 소리에도 반응하는 하늘이. 처음에는 나를 닮아 엄청난 청각의 소유자인 줄 알았다. 그러나 아내는 곧이어 모로 반사라고 말했다. 난생처음 듣는 단어에 아재 개그를 날려본다.

"모라고? 반사요?"

그러나 그것은 모로 반사(moro reflex)였다.

신생아의 반사운동 중의 하나인 모로 반사. 누워 있는 위에서 바람이 불거나, 큰소리가 나거나, 머리나 몸의 위치가 갑자기 변하게 될 때 나타나는 반응을 말한다.

이와 같은 자극이 주어질 때 아이는 팔과 발을 벌리고 손가락을 밖으로 펼쳤다가 다시 몸 쪽으로 팔과 다리를 움츠린다. 이런 신생아의 반사운동은 출생 후 3개월 정도가 되면서부터 자연히 없어진다(교육심리학 용어사전 참고).

청력이 좋다는 것을 알았던 것은 나이가 한참 먹고서였다. 대학교 도서관 사서로 일할 때 일 년에 한 번 정기검진을 받을 수 있었다. 난생처음 대형병원에서 종합 건강검진을 처음 받은 결과 의사는 내게 독특한 결과를 전했다.

"청력이 다른 분들보다 눈에 띄게 좋으시네요?"

다른 사람보다 청력이 뛰어나다는 것이다. 놀라는 내 앞에서 결과 수치를 보고 더 놀라는 의사로 인해 당황스러웠다. 이 같은 사적인 신체정보를 악용하여 주위에 '이 소리 들려?'하고 물어보는 사람이 없길 바란다. 검사 결과가 나왔을 때 그동안 있었던 일들이 주마등처럼 스쳐 지나간다. 머릿속에는 청력 때문에 있었던 일들로 인해 미안한 미소가 지어진다. 그 일은 나의 엄청난 장난기로부터 시작되었다.

고등학교 시절. 장난기가 가득했다. 그 수준이 여드름이 노랗게 곪아 스치기만 해도 고름이 찌리릭 나올 정도였다. 아이들을 가르치다 보니 보통 초등학교 1~3학년 정도 되는 남자아이들이 가장 장난기가 심하다. 그 아이들의 얼굴을 바라보면 장난기가 그득그득하다.

그런데 그 시절 나는 장난칠 시간이 별로 없었다. 매번 계속되는 웅변대회가 나를 더욱 의젓하고, 훌륭한 연사로 만들어주었다. 그 때문일까? 그 시절 풀지 못한 장난의 기운들을 지금까지 이어나가고 있는 것 같다. 고등학교 시절. 그놈의 장난기 때문에 친한 친구와 멱살을 잡은 적도 몇 번 있으니 여간 심각한 게 아니었다.

장난을 치는 이유는 상대방의 반응 때문이다. 아무리 치밀한 장난도 받는 대상의 반응이 없으면 재미가 떨어진다. 그러나 자그마한 반응도 상대의 반응이 크면 끊임없이 계속하고 싶은 게 장난 마니아(?)들의 공식이다. 그런 면에서 동성보단 이성이 좋다.

남성인 나에게 여성에게 장난을 치는 재미를 가르쳐준 것은 교회에서였다. 중학교, 고등학교 땀냄새 가득한 거친 남학교에서 자라서였을까? 교회에서 이성 친구들이나, 누나나, 동생들에게 치는 장난의 재미는 남학생들에 비할 수가 없었다. 그러나 장난에는 늘 선이라는 게 존재한다. 또한 상대를 분석하지 않으면 그만한 대가가 따를 수밖에 없는 법이다.

결국 선을 넘긴 것은 대가를 치르는 법. 평소에 하던 장난. 뒤에서 몰래 다가가 얼굴을 귓가에 가까이 대고 "뺑"하고 외치는 낮은 수준의 장난. 이 정도의 장난은 충분히 받아줄 것이라는 생각이 있었다.

그러나 계단을 내려가고 있다는 것을 감지하지 못했던 것. 그것을 무시한 채 여느 때처럼 가까이 다가가 귓가에 "뺑"하고 소리를 냈다.

그 순간 엄청난 소리의 비명과 함께 핸드폰이 바닥에 나뒹굴었다.

그걸 주우려던 친구는 발을 헛디뎠고, 무릎에는 흙 묻은 피가 흐르고 있었다. 당시 상당한 고가였던 휴대폰은 그 친구의 무릎보다 더 까져있었다. 미안하단 말도 떨어지기 어려울 정도로 상황이 심각했다.

초등학교 6학년 이후, 들어본 적 없는 여자의 울음소리를 듣게 되었다. 나중에 안 사실이지만 그 친구는 청각에 굉장히 예민한 친구였다. 결국 그 일로 인해 한동안 그녀의 손과 발이 되어 줘야 했다.

잠귀가 밝은 정도로만 생각했던 내게 청력에 대한 검사 결과는 신선했다. 그때 이후로 무언가 작은 소리도 더욱 민감하게 느껴졌다. 아이를 기르며 하늘이의 모로 반사 앞에 내 더욱 행동과 소리에 조심스러워진다. 그리고 혹여나 내가 내는 소리로 인해 아이가 깰까봐 조심한다. 그러나 잠에 한참 들었을 때도, 하늘이의 작은 신음이 들릴 때 반응하게 된다.

우리의 작은 신음에도 함께 고통스러워하시며, 슬퍼하시는 하나님이 생각난다. 시편 40편을 조용히 찬양하며, 하나님 앞에서 회개한다. 장난을 치기 시작하고 나서부터 지금까지 깜짝 놀라게 한 수많은 사람들. 그 반응에 기뻐하며, 즐거워했던 어린 날들. 아니 어른 날(?)들 까지 반성하며 회개한다.

그러나 그것도 잠시. 나의 죽지 않는 장난기는 꿈틀거리며 말한다.
"하늘이가 자라면 어떤 장난을 치는 게 좋을까?
어떻게 반응할까?"

철없는 아빠는 오늘도 그 상상을 하며 달콤한 미소를 지어본다.

다섯번째 이야기 _

똥

드르륵.

문 여는 소리가 느릿하게 들렸다.

커피색 얼굴을 지닌 40대 후반의 남자.

자세는 곧았다.

조선시대였으면 흡사 선비의 모습이 저렇지 않았을까?

철권(게임)의 헤이아치라는 캐릭터의 머리를 가지고 계셨다(훗날 이분의 별명은 헤이아치가 된다. 그 캐릭터가 궁금하다면 '헤이아치'를 검색해 보세요).

국어시간이었기 때문에 국어 선생님이신 것을 알고 있었다. 그러나 자신의 소개를 하지 않으시고, 다짜고짜 이야기를 시작하셨다. 그것도 아주 중후한 저음으로, 뿔테 안경을 고쳐 쓰시며 진지하게 하셨다.

내용은 다음과 같다.

교직생활을 20년 넘게 하면서 가장 충격적인 일이 무엇이냐고 묻는다면, 거대한 똥에 대한 것이라고 하셨다. 당시에는 학교 화장실은 교사, 학생 화장실이 분리되지 않았던 때였다. 그런 상황에 여느 때처럼 선생님의 장에 대변의 신호가 온 것이다.

그래서 화장실에 들어가 변기 뚜껑을 열었는데 그 순간 선생님의 몸이 얼어붙었다. 첫째는, 진한 냄새 때문이었다. 냄새가 지독하다는 표현을 넘어서 코를 강하게 때리는 느낌이었다. 선생님이 정말 놀라셨던 이유는 바로 두 번째 이유 때문이었다.

성인의 주먹만한 거대한 똥이 내려가지 못해 걸려 있었다. 얼마나 크고, 단단하게 생겼는지 선생님에게 왔던 대변의 신호가 줄어들었고, 급기야 똥에 대한 탐구의 영역으로 들어가셨다고 했다. 거대한 똥. 그 엄청난 규모를 자랑하는 똥을 바라보다가 조심스럽게 물을 내렸다. 그런데 똥이 내려가지 않는 것이었다!

똥이 워낙 굵은지라 내려가지를 않고,
위풍당당하게 버티고 있었다.

마치 똬리를 튼 구렁이처럼 똥은 컥컥 소리를 내며 버티고 있었다.

그 모습이 신기하고, 심지어 신비롭기까지 해서 선생님은 냄새도 느껴지지 않았다고 하셨다. 묘사를 얼마나 실감나게 하셨는지 시간이 많이 흘렀는데도 아직도 생생하다.

똥은 인간에게 있어서 숨이 다 할 때까지 함께 한다. 왜냐하면 똥이란 것은 사람이나 동물이 먹은 음식물을 소화하여 항문으로 내보내는 찌꺼기(네이버 지식사전 참고)이기 때문이다. 먹는 것이 있으면 그것이 변으로 나오기 마련이다. 평생을 따라다닌다.

그러나 우리는 똥을 더럽게만 생각한다. 그래서 공중화장실에서 타인의 똥을 발견하면 혐오하며 더러워한다. 그러나 재밌는 것은 자신의 똥을 보며 힘들어하는 사람은 없다는 것이다. 그리고 똥은 우리의 건강상태를 알려주는 귀한 도구이기도 한 것이다.

하늘이가 산후조리원에서 나오고 아내가 가장 먼저 가르쳐 준 것은 기저귀 가는 법이다. 특히 똥을 쌌을 때 어떻게 해야 하는지를 알려주었다. 물론 가르쳐 주면서도 기저귀는 아내가 갈았다. 그러던 어느 날 아내가 식사하는 중이었다. 하늘이가 울기 시작했다. 비상 사태였다! 밥을 먹으며 느긋하게 아내가 말했다.

"하늘이 기저귀 좀 갈아주세요."

나는 거의 반사적으로 대답했다.

"네에."

그런데 대답해 놓고 갑자기 순서가 헷갈렸다.

"잘하고 있죠?"

아내는 뒤통수에 눈이 달린 것일까?

내가 허둥지둥 대는 걸 파악하고 있는 것 같았다.
그러나 식사하고 있는 아내를 투입시킬 수 없었다.

9회 말 2대 1로 이기는 상황에서 마무리 투수로 불패를 자랑하는 아내. 그녀는 지금 체력이 고갈되어 밥을 먹고 있는 중이다. 어떻게든 내가 해결해야 했다. 드디어 우물쭈물하던 손은 기저귀로 다가간다. 묵직함이 느껴진다. 양쪽의 날개쪽을 뗀다. 여기까지는 쉽다.

서서히 기저귀를 내렸다.

아뿔싸! 똥이 묽었다.

황금색 똥이 기저귀에 가득 찼다. 나도 모르게 얼굴이 찡그려졌다. 그러면서 얼마 전 지인과의 대화가 생각났다. 그분은 하늘이가 잘 자라고 있냐고 물으셨다. 그래서 대답했다.

"잘 자라는 게 맞는지 모르겠네요?"

그때 명쾌한 대답을 해주셨다.

"그때는 잘 먹고, 잘 싸면 잘 자라는 거예요!"

하늘이가 건강하다는 증거이다. 그 건강의 증거가 자칫 잘못하다간 누워있는 패드에 쏟아질 수 있다. 조심스럽고 집중력을 다하는 작업으로 기저귀를 싸맸다. 성공이다. 시원했다. 푸짐하게 잘 자고 있다고 말해준 하늘이의 똥을 잘 치웠다. 그리고 하늘이를 씻기며 말해본다.

"하늘아. 시원하지? 아빠는 네가 잘 먹고, 똥도 잘 싸는 사람이 되길 바란다."

그리고 계속 헤이아치 선생님께서 해주었던 똥 이야기를 생각하며 중얼댄다.

"도대체 그 똥은 얼마나 컸던 거야?"

그러자 하늘이가 웃었다.

그리고 나도 웃었다.

여섯번째 이야기 _

목욕

“주문. 피청구인 대통령 박근혜를 파면한다.”

이정미 헌법재판관은 흔들리지 않는 목소리로 말했다.

뉴스에서는 하나같이 ‘헌정사상 최초’라는 말을 했다.

우리는 흔히 쓰는 단어지만 그 의미를 제대로 이해하지 못할 때가 많다. 헌정이란? 헌법에 따라 법을 존중하는 정치를 헌정(憲政)이라 한다(대영문화사 <행정학 사전> 참고). 이 같은 헌정사상 최초로 우리나라의 대통령이 탄핵되었다.

헌정憲政이란 단어가 이루어지기 위해서는 세 가지가 필요하다.

헌법의 특징인 법치주의, 기본적 인권의 보장, 권력 분립이 확보되어야만 가능하다.

즉, 행정은 의회에서 제정한 법률에 따라 행해져야 하며, 개인의 인간 된 권위는 어떤 상황에서도 존중과 보장이 되어야 한다. 더불어 입법부(국회-법률 제정)와 행정부(정부-정책 집행) 그리고 사법부(법률적용)가 각각이 독립된 권한을 가지고 서로의 힘을 견제하며 나라를 이루어 가야 한다. 이게 사회시간에 배웠던 국가의 모습이다.

미국 일간지 워싱턴포스트는 “한국의 민주주의 역사가 고작 30년밖에 안 된다는 점에 비추어 놀랄 만한 용기 있는 결정”이었다고 했다. 그러나 아직도 씻기지 않은 마음의 앙금이 이 사회에 여전히 존재한다.

대통령 탄핵 앞에서 촛불을 들고 인용을 외치던 자들과 태극기를 들고 기각을 외치던 자들. 서로를 향해 비난하고, 막말까지 오가는 등 감정의 골이 깊다. 서로 다른 마음의 옷을 입고, 다른 색깔이 드러나기만 하면 이를 갈고 비난하고 있다. 마음과 마음의 담이 아주 거대하게 설치된 것이다.

얼마 전 한 기업의 대표와 식사를 할 자리가 있었다.

그 자리에서 그는 사원들 막힌 담을 허는 방법을 알려주었다. 그는 관료주의나 계급화된 문화를 지향하지 않는다고 했다. 그러나 우리나라에서 20년 이상 기업을 운영하는 상황에서 수직적이며, 서로의 마음에 담을 가지고 있는 기업문화가 만들어졌다고 한다.

그래서 그분은 그와 같은 분위기를 깨뜨리려 많은 노력을 하셨다고 한다. 그런데 이 같은 계급화 문화 속에서 그나마 수평적 분위기가 이루어지는 곳이 있다며 소개해 주셨다.

그곳은 바로 찜질방이다.

찜질방에 가기 위해 먼저 목욕을 한다. 실오라기 하나 걸치지 않고 서로 사우나를 함께 하며, 지저분한 것들을 씻겨 내는 곳. 그때는 누구라도 자연인(?)이 될 수밖에 없는 상황인 것이다.

또한 찜질방으로 올라가 같은 옷을 입고, 둥그렇게 마주 보며 앉아, 구운 계란을 까먹으며 대화할 때 어느 장소보다 훨씬 수평적 대화가 오갔다고 했다. 그곳에서 태어난 아이디어들과 의견들이 회사를 이루어가는데 큰 도움이 되었고, 요즘도 직원들과 함께 찜질방을 종종 찾는다고 이야기를 하셨다. 소통과 교감이 일어난 것이다.

그런데 요즘 내게 가장 어려운 일은 바로 목욕탕에서 일어난다.

바로 하늘이를 목욕시키는 것 때문이다. 기저귀를 가는 법, 트림을 시키는 법, 안고 있는 법. 이제 점점 익숙해진다. 그런데 목욕은 쉽지 않다.

그럴 때면 아내는 꿀팁 몇 가지를 알려준다.

먼저 물 온도는 팔꿈치를 대었을 때 너무 차갑거나, 뜨거우면 안 된다고 했다. 또한 저체온증이 일어날 수 있기에 목욕 전에 철저한 준비를 하고 시켜야 한다고 가르쳐주었다. 아기전용 샴푸로 머리부터 감기고 옷을 벗긴 뒤, 그동안 누워 있느라 지저분해졌을 수 있는 곳. 귀, 팔과 다리가 접힌 곳, 목 뒤 등 구석구석 닦아야 한다고 했다.

하늘이는 목욕을 좋아한다.

목욕을 할 때 울거나 보채지 않는다. 오히려 또렷하게 나를 바라본다. 그리고 목욕 마지막까지 그 상황을 즐긴다. 그런데 어제 하늘이가 목욕을 할 때였다. 옷을 다 벗기고 욕조 안에 머리를 가 닿지 않고 몸을 넣는 순간!

하늘이가 내 손을 꽉. 잡았다.

물에 들어가는 두려움 때문이었을까?

한 번도 날 잡는다는 느낌이 없었는데, 자그마한 손으로 강하게 잡고 있었다. 그 상황에도 당황하지 않고, 하늘이를 씻긴다. 그동안 지내면서 오염되어 있을 곳을 구석구석 닦아 본다.

고마운 하늘이. 목욕하는 내내 춥기도 하고, 어려울 텐데 오히려 똘망똘망한 눈으로 몸이 씻겨지는 과정을 잘 버텨 낸다.

목욕하기 위해선, 입고 있던 옷을 벗어야 한다.

옷을 입은 채로 하는 목욕은 제대로 이루어질 수 없다.

옷을 벗기 위해서는 용기가 필요하다. 자신의 민낯이 다 드러나기 때문이다. 그러나 그것도 나라는 사실을 잊지 말아야 한다. 그때 비로소 온전한 목욕을 할 수 있다. 때로 익숙하지 않은 목욕은 절박한 심정에 무엇인가를 꽉 잡은 채 진행될 수밖에 없다.

비누 거품을 내어 몸을 구석구석 씻을 때 그동안 풍기던 악취들은 사라진다. 그리고 다시 깨끗한 물로 씻어야 한다. 거품이 있는 채로 끝나 버리면 몸은 더욱 상하게 된다. 씻어 내야 한다. 그 과정이 있어야만 온전한 목욕이 될 수 있고, 그때 비로소 청결하고 건강한 몸을 유지할 수 있다.

그동안 우리나라는 이념과 이념으로 쪼개지고, 세대와 세대 간의 담을 높게 세웠다.

그렇게 서로 간의 막힌 담들에는 거미줄이 쳐지고, 잡초들이 자라나며, 곰팡이들이 생겨났다. 그것들로 인해 이 사회에는 서로를 향한 불통과 부조리가 즐비하다.

이로 인한 범법행위,

원색적인 비난,

막말 가득한 폭력은

이 사회를 오염시키고 분열하게 한다.

어쩌면 그 열매들로 2017년 헌정사상 최초로 일어난 이 같은 일이 펼쳐진 게 아닌가 생각한다.

이제 이 나라가 목욕해야 할 때가 왔다. 아니 너무 오랫동안 기다렸는지 모른다. 고통스럽지만 그동안 입고 원색적으로 비난하던 옷을 벗어야 한다. 그리고 익숙지 않겠지만 서로의 손을 꼭 잡고 거품을 내어 깨끗한 물로 씻겨내길 바란다.

씻겨지는 동안 춥기도 할 것이다. 어려울 것이다. 그러나 우리는 똘망똘망한 눈으로 그 과정을 잘 버텨내야 한다.

그때 은근슬쩍 찾아오는 봄처럼

그렇게 우리나라에도 봄이 찾아올 것이다.

일곱번째 이야기 _

성장통

하늘이가 바들바들 떨며 울고 있다.

젖을 먹여도, 놀아주어도 소용이 없다.

자그마한 얼굴,

거기에 커다란 눈.

그리고 피어 나오는 눈물.

그것을 지켜보니 마음이 찢어진다. 아내의 말에 따르면, 요즘 들어 잘 때 시름시름 앓고, 땀을 흘리며 운다고 했다. 잠깐 하늘이가 우는 모습을 보고 있는데도 가슴이 타 들어가는데, 아내는 어떠했을까? 생각하니 마음이 쓰리다. 그런데 할 수 있는 게 없다.

그것이 가장 슬프다.

그러나 그 아픔을 하늘이 홀로 이겨 내야 한다. 자람을 위해서 고통을 이겨 내야 한다. 버티다 못해 하늘이는 또 한 방울의 눈물을 흘린다. 이럴 때 아무것도 할 수 없는 나 자신이 참 슬프다.

그리고 하늘이를 안고 왼쪽 어깨에 걸친다. 하늘이의 눈물이 왼쪽 뺨에 닿는다. 하늘이의 울음소리가 귓가에 가득하다. 아프지만 지켜본다. 그리고 무너지는 가슴으로 하나님께 기도한다.

초등학교 5학년. 울산 고모 댁에 갔다. 당시 치킨을 한 마리 먹고, 라면도 먹을 수 있던 시절. 항상 삼겹살을 먹을 때 상추에 두 개, 세 개를 넣어 먹던 시절이었다. 어머니께서 늘어나는 뱃살이 걱정되셨는지 삼겹살로 향하는 내 손등을 '탁'하고 치던 슬픈 시절이다.

그날도 고모댁 찬스를 통해 양념과 후라이드를 거하게 먹고 소화를 잘 시키고 잠이 들던 때였다. 잠을 자다가 갑자기 다리가 끊어질 듯 아팠다. 마치 누군가가 내 다리의 허벅지와 종아리를 잡고 잡아당기는 것 같았다. 급기야 일어날 수밖에 없었고, 새벽에 고모댁에서 터질만한 소리를 넘어선 비명을 지르고 있었다.

그리고 고모가 달려오셨다. 그리고 내 다리를 계속 주무르시며 말씀하셨다.

"상민이가 많이 크려나보다."

성장통이었다.

서울대학교 병원 의학정보에 따르면 성장통(growing pain)이란, 주로 3~12세 사이에 발생한다. 특히 남자아이에게 더 많이 나타나는 것으로 알려져 있다.

주로 하퇴부, 대퇴부의 심부 근육층 또는 무릎관절, 대퇴관절부의 심부 통증을 호소한다. 생각해보니 당시 내 인체에 있어서 가장 큰 변화가 있던 때였다. 몸이 자라기 위해서는 자연스레 따르게 되는 고통을 성장통이라 하는 것이다. 그러나 돌아보니 비단 인간의 몸이 자랄 때뿐 아니라 무엇인가 자라기 위해서는 성장통을 겪는 것 같다.

그것은 때때로 인간관계 속에서도 일어난다. 한 사람과의 관계를 맺어 갈 때 그 관계가 자라기 위해서는 성장통이 필요하다, 특히 질풍노도의 시기라 불리는 청소년들과 관계를 맺는 부분에 있어서 생기는 성장통의 아픔은 강력하다.

조이와의 관계에도 성장통이 있었다. 자유롭고 자신의 색을 표현할 줄 아는 18세 소녀 조이. 자신의 통통 튀는 성격처럼, 옷을 입는 센스도, 색을 고르는 특유의 개성이 가득한 친구였다.

자유로움이라는 단어가 참으로 잘 어울리는 조이. 자신의 감정을 분명하게 표현할 줄 아는 조이 모습이 좋았다. 그러나 이따금씩 대화 속에서 아슬아슬할 때가 있었다. 서로의 의견이 어긋나는 상황이 나올 때 다름에 대한 존중이 있어야 했는데, 그 부분이 내게 부족했다.

또한 조이는 당시 스스로가 이해되고, 납득이 되는 상황이 되지 않으면 몹시 어려워하던 상황이었다. 결국 우리의 관계 속에서 성장통이 극렬하게 일어나는 사건이 일어났다.

“너 계속 그렇게 할 거면 그만둬.”

하지 말아야 할 말을 해버렸다. 말을 하면서도 맘속의 두려움이 있었다. 설마 조이가 그만둔다고는 하지 않겠지? ‘단호박’이라는 별명을 가진 내게도 함께 하던 팀원 중 하나가 떨어져 나가고, 없어지는 것은 엄청난 고통이었다.

그렇게 말했던 이유는 당시 제자반을 인도하던 친구 지환이에게 조이가 시비조로 대답을 계속했다는 이유였다. 당시 조이는 친근감의 표시로 가볍게 장난을 쳤다. 나는 조이에게 단호하고, 분명하게 그와 같은 행동을 해서는 안된다고 제지했어야 했다.

그러나 그것을 이성의 판단을 넘어선 감정이 실리는 소리를 내뱉었다. 결국 잠시 훈련을 멈추고 일대일로 상담이 들어갔고, 이미 감정의 골이 깊어진 조이의 눈에는 억울함과 분함의 눈물이 흘렀고, 그때야 비로소 나는 '이건 아닌데…'하며 뼈아픈 후회를 하고 있었다.

감사하게도 조이는 신앙훈련을 포기하지 않았다.

그러나 우리의 관계는 서먹해졌다. 아니 조이를 서먹하게 대하고 있었다. 그것은 아마 함부로 말했던 것들에 대한 미안함이었던 것 같다.

하나님께 나아가며 기도하는 가운데 용서라는 단어가 생각났다. 나이는 어리지만, 내가 가르치는 자이지만 '용서'를 구해야 했다. 하나님 앞에서 용서를 구했고, 용기를 내어 조이를 찾아갔다. 고맙게도 말을 꺼내기 전에 조이는 먼저 내게 죄송하다는 말을 건네주었다.

조이와 나와의 관계가 자라는 순간이었다.

나 역시 진지한 마음으로 용서를 구했다. 이후 조이는 사역의 현장 가운데 커다란 힘이 되어주었다. 진심으로 서로를 기도해주며, 축복해주는 관계로 우리의 관계는 한층 커져갔다. 그리고 지금은 찬양팀의 교사로 섬기며, 나를 위한 커다란 중보기도자로 동역하고 있다.

하늘이가 우는 것은 성장통 때문은 아니다. 신생아에게 성장통이란 질환은 없다. 그러나 하늘이를 바라보며 자람을 위해 애쓰는 모습에 그 단어가 가슴에 박혔다. 자람에는 아픔이 필요하다. 때로 그 아픔은 누구도 대신할 수 없다.

결국 자람을 위해서는 두 가지 선택을 하는 수밖에 없다.

아픔을 겪으며 자랄 것인지?

아니면 그 아픔으로 인해 자람을 포기할 것인지?

만약 그 옛날 내게 느껴진 성장통이 너무나 고통스러워, 다리를 잘랐다면 어땠을까? 아마 나는 이렇게 자랄 수 없었을 것이다. 만약 조이와의 관계가 너무나 고통스러워 관계를 끊고 그저 서먹한 관계로 보냈으면 어떠했을까?

아마 소중한 믿음의 동역자를 놓쳤을 것이다.

자람에 따르는 그 아픔과 고통. 그러나 그것들은 반드시 나를 세워 간다는 사실을 잊지 말아야 할 것이다. 어제도 잠을 뒤척이며 힘들어하는 하늘이의 머리에 조심스레 손을 대고 말해본다.

"하늘아. 아프고, 고통스럽지? 그런데 어제 너의 한 달 전 사진을 봤거든. 정말 많이 자랐더구나. 잘 자라서 고마워. 힘내. 그리고 사랑해."

여덟번째 이야기 _

엄마

엄마가 왔다.

부산역 광장에서 한참을 기다렸다.

멀리서 소리가 들렸다. “아들.” 엄마였다.

오늘도 복지관에서 조리사로 일하시며, 고단하셨을 텐데. 며칠 동안 아들 먹인다고, 간장게장을 포장하고 직접 우체국에 가서 택배를 보내시느라고 힘드셨을 텐데. 며칠 동안 곰탕 끓이신다고 가스레인지 앞에서 서성거리시며 지치셨을 텐데, 전혀 그런 기색이 없다.

광장의 수많은 사람은 순간 엑스트라가 된다. 기쁨이 가득한 소리로 크게 외치며 엄마가 나를 꾝 안아주셨다. 엄마가 나보다 작다. 언젠가부터 그랬다. 그리고 엄마를 안으면 이제 엄마의 머리가 보인다. 엄마의 머리엔 하얀 서리가 앉아있었다.

엄마가 왔구나.
이 문장이 어색했다.
아마 '엄마' 라는 단어가 오랜만이라 낯설었다.

언젠가부터 엄마를 어머니라고 불렀다. 군에서 전역하고 이십 대 후반부터인 것 같았다. 이십 대 후반이 넘도록 엄마라고 부르면 안 될 것 같은 느낌이 들었다. 그때부터였을까? 엄마는 어머니가 되어 있었다. 엄마에서 어머니로 호칭이 바뀌면서 엄마는 작아졌다. 그리고 드문드문 어머니의 작아짐을 발견한다.

언제부터였을까?
나보다 키가 작아지셨다. 언젠가부터 목소리도 나보다 작아지시고, 등을 세게 때리시던 손도 작아지셨다. 청소년기에 간혹 의견이 부딪칠 때 꼿꼿하시고, 흔들림 없던 어머니가 어느 순간 내 앞에서 작아지셨다. 그러면서 나는 결혼을 했고, 어머니랑 따로 살게 되었다. 그러나 작아지신 어머니를 세월의 흔적 정도로만 여겼다.

하늘이가 왔다. 우리 가정에 하늘이가 생기고서부터, 부모님에 대한 생각이 조금씩 변하기 시작했다. 특히, 엄마에 대한 마음과 생각을 많이 하게 되었다.

아내의 뱃속에 생명이 자리잡고, 그 생명이 자라 감을 곁에서 봤다. 입덧하며 고통스러워하기도 하고, 배가 무거워 하루에도 몇 번씩 잠을 깼다. 일상에서는 조심이라는 단어가 삶에 스며들게 되었다. 보는 것, 먹는 것, 듣는 것도 조심했다. 자식 때문이었다. 그중의 절정은 바로 출산의 과정이었다. 아픈 것을 잘 참는 아내도 온몸이 부들부들 떨며 아파했다. 어찌나 아파하던지 얼굴의 모세혈관이 다 터질 지경이었다. 오랜 시간을 진통과 싸우면서도, 자신의 몸보다는 아이를 걱정했다. 마지막 하늘이가 나올 때까지 그랬다. 그것들을 지켜보며 엄마에 대한 개념이 바뀌었다.

'엄마는 태어나는 게 아니라, 만들어져 간다.'

하늘이가 왔구나. 이 문장이 요즘 실감이 난다. 실제로 하늘이가 와서 우리 집에서 같이 살고 있기 때문이다. 처음이라 낯설었다. '우리 딸'이라고 부르기 시작한 것도 조금 지나서였다.

무엇인가 그동안 뱃속에 있었고, 왠지 나의 딸이라는 느낌이 어색해서였다. 내 딸이라고 자연스레 호칭이 바뀐 지금 더 큰 사랑과 관심이 쏟아진다. 아빠로서 하늘이와 살아간다는 것, 그리고 사랑하는 아내가 또 하나의 이름 '엄마'라는 단어로 살아간다는 것.

그것이 의미하는 삶의 변화는 뜻밖에 컸다. 그리고 그러다 보니 '부모님'에 대한 생각을 많이 하게 된다. 하늘이가 한없이 울 때, 하늘이를 목욕시킬 때, 하늘이가 웃을 때. 문득 엄마가 생각났다.

하늘이를 보러 엄마가 왔다. 엄마를 기다리는 부산역. 수많은 사람이 지나가는데, 지난날의 엄마와의 일들이 생각났다. 그러면서 신경숙 작가의 〈엄마를 부탁해〉에서 나오는 한 글귀가 생각났다.

'너는 처음부터 엄마를 엄마로만 여겼다.'

나도 그랬다.
하늘이를 낳기 전까지, 하늘이를 키우기 전까지 엄마는 내게 엄마였고, 어머니였다.

그러나 돌아보니 엄마 역시 누군가에게 귀엽고, 사랑을 가득 받을 딸이었고, 감수성이 가득한 소녀시절도 있었겠구나. 생각이 들었다. 그래서 어머니를 모시고 바로 식사 장소로 향하지 않았다. 내가 생각하기에 부산에서 내가 알고 있는 한 가장 세련되고 근사한 카페로 모셨다.

그리고 커피를 주문해 맘껏 분위기를 내며 대화했다. 이후 식사 장소도 국밥집에서 횟집으로 변경했다. 둘이서 오랜만에 대화도 나누고, 조용한 곳에서 넉넉하게 식사하고 싶었다.

엄마가 갔다.

금요일 오셨던 어머니는 오늘 가셨다. 2박 3일 계시는 동안, 아들과 며느리가 좋아하는 간장게장, 김치찌개, 된장찌개를 해주셨다. 곰국도 넉넉하게 끓여놓고 가셨다.

하늘이를 보고선 아이같이 좋아하셨다. 토요일 밤에는 새벽 3시까지 자신의 팔에 베고 잠이 들게 하셨다. 하늘이는 잘 놀아주는 할머니를 좋아했다. 잘 웃고, 어느 때보다 잘 잤다. 이제 엄마에서 어머니로, 어머니에서 할머니로 변한 엄마. 마지막 가는 순간까지 중학교 때 아들 걱정이 가득하다.

넉넉지 않지만 마음을 담아 차비를 담아 드리는데, "이러면 내가 또 어떻게 오냐!" 버럭 정색을 하신다.

하지만 아들 앞에서 작아진 어머니. 아들이 두 손에 쥐여 드리는 용돈을 받고 한참을 부산역 플랫폼에 서 계신다. 간신히 드린 용돈이 돌아올까 봐 부리나케 오는데, 한참을 서서 엄마가 크게 말씀하신다.

“옷 잘 챙겨 입어. 부산은 아직 바람이 많이 부네. 어서 들어가.”

그러고선 한참을 손을 흔든다. 꾸벅 다시 한번 인사드리는데, 가슴 깊은 곳에서 울컥하는 무언가가 느껴졌다. 말 한번 따스하게 잘하지 못한 것에 대한 죄송함, 아직 효도다운 효도 한번 해드리지 못한 미안함, 아직도 챙겨드리지 못하고 챙김을 받는 것에 대한 속상함. 여러 가지 오묘한 감정에 잠깐 멈췄다. 그리고 혹여나 보실까 봐 숨어서 어머니의 뒷모습을 한참을 바라본다.

작아진 어머니.
그리고 잠시 후 엄마가 갔다.

아홉번째 이야기 _

모유

울음이 멈추지 않았다.

안아도 운다. 달래도 운다.

눈가에는 슬픔이 담긴 물방울이 계속 생겨난다. 어떻게든 멈출 수 있게 해야 한다. 그러나 멈추지 않는다. 답답함은 제곱으로 커진다. 처음에는 안아주었다. 실패. 오르골을 틀고, 신생아 수면 음악을 틀어주었다. 실패. 모빌을 보여주면서

“이게 모야?”

하고 말을 걸었다. 실패. 분유를 타서 젖병을 입에 넣어주었다. 또 실패. 끝없이 이어지는 울음.

삼십 분을 넘게 우니까 쉰 목소리가 나온다. 내 속이 타들어간다.

저절로 기도가 된다. “하나님 제발 도와주세요. 어떡해요. 제발요.” 살아가며 가장 응급한 순간에 터지는 간절함 담긴 기도를 한다. 그러나 멈추지 않는다. 아내가 병원에 갔다가 도착하려면 아직 두 시간은 더 남았다. 급한 대로 아내에게 전화를 걸어봤다.

“지금 고객님께서 전화를 받을 수 없습니다. 다음에 다시 걸어주세요.” 그 사이에 다시 하늘이는 울음이 터져 나온다.

한 시간이 지나간다. 최근 몇 년간 이토록 시간이 흐르지 않은 적이 있었는가? 아이는 더 이상 자지러지게 울지 않는다. 지친 것이다. 그저 ‘꺼억’ 간신히 소리를 낸다. 그리곤 머리를 머리에 걸친 숨이 넘어가는 것조차 힘들다는 듯 바르르 떨고 있다.

아이의 처지에서 생각해본다. 몇 달씩 엄마의 뱃속에서 언제든 양수를 통해서 영양소를 공급받는다.

눅눅하고, 불편하고, 피부를 아프게 하는 기저귀를 갈지 않아도 되는 것이다. 그런데 자신의 어깨의 뼈가 바스러지도록, 온몸이 짓눌리며 세상에 나왔다. 그래서일까? 배가 고플 때, 누군가가 내게 먹을 것을 공급하지 않으면 죽을 수 있다는 공포에 휩싸이는 것이다.

배가 고파 우는 아이의 울음은 단순한 차원을 넘어서 생명이 왔다 갔다 하는 절박함을 드러내는 것이다. 살려달라고, 제발 나를 이 죽을 것 같은 굶주림에서 살려달라고 외치는 것이다.

당신은 누군가의 울고 있는 소리를 한 시간 이상 듣고 있는가?

들어본 사람은 알 것이다. 이것이 얼마나 사람을 좌절하게 만드는지 말이다. 만약 그 울음소리의 주인공이 당신의 자녀라면, 그리고 그것이 배가 고파 우는 아이의 소리라면, 거기에 아무것도 할 수 없는 '아빠라는 이름 아래' 서 있는 사람이라면 느껴지는 감정은 좌절의 차원이 아니다.

먼저는 안타깝다. 아이가 우는 모습 속에 눈물과 시뻘건 얼굴로 숨이 넘어가듯 우는 아이의 모습에 안타깝다. 그러다 시간이 지나면서 초조해진다. 공포에 휩싸인다.

슬픔의 감정을 넘어서 혹여나 아이가 저렇게 울다가 어떻게 될까봐 두려움 속에 할 방법을 다 찾아보게 된다. 그런 마음은 아랑곳하지 않고 아이는 운다. 순간적으로 밉다. 내가 밉고, 하늘이가 밉다. 아내도 밉고, 하나님도 밉다.

정신이 몽롱해질 때쯤, 아내가 왔다. 아내는 오자마자 손발을 씻고, 옷을 갈아입었다. 이 속도는 거의 빛의 속도와 같다. 그리고 어느새 아이에게 아내는 모유를 수유하고 있다.

아이는 젖을 물자마자 그러자 울음이 멈췄다. 노래를 불러줘도 멈추지 않았던 울음. 분유를 타 줘도 멈추지 않았고, 기도해도 멈추지 않았던 울음이 멈췄다.

그제야 나는 바닥에 누워버렸다. 주방 바닥에 잘 눕지 않는 나였지만, 지금은 그것을 가릴 때가 아니었다. 누워 있는 몸은 천장을 바라봤지만, 내 귀는 아이에게 집중되어 있다. 허겁지겁이라는 표현이 부족할 정도로 하늘이는 정신없이 젖을 먹었다.

하늘이는 땀을 흘리며, 이마에 핏줄을 세우며 젖을 먹는다. 아내는 '하늘아 미안해, 천천히 먹어야지.' 하면서 수유를 한다. 아내의 얼굴에서 하늘이 엄마가 되어가는 모습을 발견했다. 언젠가 아내에게 물어봤다. '모유 수유할 때 하늘이 보면 어떤 마음이냐고?' 아내는 말했다. '하늘이가 잘 먹는 것만으로도, 얼마나 사랑스러운지 몰라요.'

젖을 먹는 아이를 한참 바라보는데 대학교 때 배웠던 대상관계 이론이 생각났다. 대상관계 이론이란? 인간 주체를 독립된 개인이 아니라 외부 대상 또는 타자와의 상호작용 속에 존재하는 것으로 파악하는 일체의 정신분석학 이론을 말한다(두산 백과사전 참고). 당시 교수님은 이와 같은 이야기를 하셨다.

"어릴 적 엄마의 가슴이 어떠했는가에 따라 사람의 성격은 달라집니다. 엄마의 가슴이라는 좋은 대상을 경험하고 나면 타인과의 좋은 관계를 맺지요. 그러나 여러분 중에 그러지 못한 분들이 있지요? 그렇다면 엄마의 가슴을 충분히 경험하지 못했는지 의심해봐야 합니다."

모유 수유는 아이에게 있어서 단순히 나의 배를 채워주는 음식 이상의 것이라는 것이다.

아이의 배를 채워줄 뿐만 아니라,
필요한 영양소,
심지어 뇌의 발달과 사람과의 관계 형성에까지
영향을 미치는 것이
모유 수유이다.

육아방송 다큐멘터리 2부작 〈모유 수유의 신비〉 제작팀의 '내 아이 첫 밥상 모유의 신비'에서 모유 수유와 모성애에 대해 다음과 같은 통찰 있는 메시지를 전하고 있다.

"모성애는 출산하면 저절로 생기는 것이 아니다. 아기와 소통하면서 아기에 대한 사랑을 느끼면서 더 무르익게 된다. 사랑하는 능력을 깨우는 일은 그래서 중요하다. 모유수유는 그러니까 엄마의 사랑하는 본능을 일깨우는 과정이기도 하다."

이처럼 아이와 엄마에게 있어서 모유수유의 과정은 밥을 먹는다는 의미 이상이다.

그 순간이야말로 하나님께서 만드신 아내와 아이의 데이트 시간이기도 한 것이다.

이 같은 모유에 대한 정의는 다양하게 있다. 그러나 그중에 <모유수유의 신비>에서 내린 정의가 가장 마음에 든다. 하늘이는 하루가 고단했던지 이내 잠이 들어 버렸다.

배부르게 잠자는 하늘이의 얼굴을 보며 수많은 감정은 씻은 듯이 사라진다.

그리고 아내에게 한번 미안함과 고마움을 깊게 느낀다.
그리고 이 책에 나온 모유의 정의를 천천히 생각해 본다.

"아이가 태어나 세상에서 대하는 첫 번째 가장 완전한 음식,
모유."

열번째 이야기 _

잠투정

낮과 밤이 바뀌었다.

잠투정이 늘었다.

등에 센서라도 부착되어 버린 것일까?

가만히 눕혀놓으면 바로 울어버린다.

주위에서 조언해 주시는 분들은 “아이가 손을 타면 안 된다” 라며 으름장을 놓는다. 고민하다가 아내와 대화를 했다. 아내는 확고하다. 손타는 것보다 중요한 것은 아이와의 애착관계라고 논리 있게 이야기한다. 이해가 됐다. 때로 주위 조언을 참고해야 하긴 한다.

그러나 한 아이를 기르는 것은 결국 부모다.

아이를 키운다는 건 아빠와 엄마의 소통이 전제되어야 한다.

작은 선택 하나도 대화 속에서 이루어져야 한다.

그래야 아빠가 된다.

엄마가 된다.

그리고 바른 인격으로 자랄 수 있다.

나는 그것을 믿는다.

좋은 부모의 기준이 금수저와 은수저를 쥐여주는 것이라 여기는 세상. 그 속에서 정말 좋은 부모의 기준은 자녀와의 친밀감이라고 여기며 살아가기는 쉽지 않다. 그러나 포기할 수 없는 중요한 우리 부부의 가치다. 그래서 투정이라는 단어의 정의는 새롭게 다가온다.

"투정이란? 무엇이 모자라거나 못마땅하여 떼를 쓰며 조르는 일." (네이버 검색)

잠투정이란 것은 자기 전 어떤 것이 모자랐던 것이고, 무언가 못

마땅했던 것으로 이해가 되었다. 그래서 떼를 쓰고, 울어 재낄 때는 너무 답답하고, 한없이 속상하다. 하지만 다시 정신을 차리고 마음을 지킨다. 아직 엄마, 아빠조차 말하지 못하는 아이. 아니 아이라고 하기보다는 아기. 그래서 다시 달래고, 또 업어준다.

아버지도 이 마음이셨을까? 한참의 방황을 준비하던 중학교 시절. 학교가 꽤 멀었다. 아버지는 학교까지 매일 태워 주셨다. 나는 그게 싫었다. 차를 타고 다니는 게 쪽팔렸다. 좀 더 정확히 말하면 아버지 차가 부끄러웠다.

당시 아버지 차는 문이 세 개 달린 경차였다.

경제적인 상황이 좋지 않았던 상황. 아버지 조카뻘 되는 형이 차를 바꾸면서 공짜로 주신 차였다. 우리 집의 첫차였다. 아버지는 좋아하셨다. 그래서 가장 먼저 하신 일은 아들을 태우고 다니는 일이다. 그 차는 뒷좌석에 타려면 보조석 의자를 당겨야 했다. 문이 3개였다. 마음에 들지 않았다. 색깔도 하수구에서나 돌아다닐 듯한 쥐색이었다. 그래서였을까? 차를 타고 있으면 쥐를 타고 있는 것 같았다. 타지 않겠다고 투정을 부렸다. 그런 나를 달래셨다. 학교에 도착할 때까지 말을 하지 않았다. 그때 매일 바라보던 창밖은 쥐색보다 더 어두웠다.

결국, 거짓말을 했다.

2학년이 되고서 더는 그 차를 타고 교문 앞까지 가는 게 싫었다. 학교를 들어가기까지 다리를 하나 건너야 했다. 작은 하천 위로 건너는 다리. 그래서 아버지에게 말했다. "올해부터 교사들 차량을 제외하고는 다리 건너지 말래요." 아버지는 한참을 말을 하지 않으셨다. 그리고 대답하셨다. "알겠다." 그때부터 아버지는 다리 앞에서 세워 주셨다. 조금 더 가까이 가려할 때마다 아들의 엄청난 투정 앞에 아버지는 매번 지셨다. 한 번은 학교로 가는 등굣길에 세차게 비가 내렸다. 거세게 몰아치는 빗방울에 와이퍼는 삐거덕 소리를 내며 좌우로 흔들어 댔다.

아버지가 말씀하셨다.

"오늘은 교문 앞까지 가자."

갑자기 짜증이 올라왔다.

"안 돼요."

아버지는 말을 이으셨다.

"너 우산 없잖아."

나는 정색을 하며 말했다.

"진짜 안 된다고요!"

결국 다리 앞에서 차가 멈췄다.

아빠가 싫었다. 답답했다. 쥐색 소형차도 싫었고, 거대한 검은색 차를 몰고 다니는 친구네 아빠들도 싫었다. 비가 내리는데 뛰기 싫었다. 거센 빗방울도 화가 난 내 마음을 식혀주진 못했다.

한참 걷고 교문이 보일 때쯤 친구가 말했다.

"상민아." 친구는 우산을 건네주었다. 그러면서 말했다.
"너네 아빠가 이거 갖다주래."

뒤돌아보니 아버지가 다리 쪽으로 뛰어가고 계셨다.

아버지 옷이 다 젖어있었다.

그리고 잠시 뒤 쥐색 소형차가 다리 반대편으로 쓸쓸히 떠나갔다. 우산을 펴지 못하고 한참을 바라봤다. 온몸이 비로 젖었다.

그리고 그때야 내 마음도 젖어갔다. 20년이 지난 지금. 잠투정으로 인해 내 딸의 눈물과 땀이 내 옷을 적신다. 그리고 한참을 달래다 그 시절 아버지의 젖은 옷이 생각났다. 수많은 감정이 일어났다.

결국 내 눈가도 촉촉이 젖어 갔다.

열한번째 이야기 _

봄

아빠가 되니 줄어든다.

머리카락 개수가 줄어든다.

외우던 전화번호가 줄어든다.

바지 허리가 줄어든다.

그런데 눈에 띄게 줄어든 게 있다.

봄을 향한 마음.

봄 타는 게 급격히 줄어들었다. 결혼 후 조금씩 무덤덤해졌다. 아빠가 되니 이런 노래만 흥얼거린다.

"봄이 그렇게도 좋냐 멍청이들아."

(가수 10cm의 〈봄이 좋냐〉 중에서)

원래 나는 봄을 잘 탔다. 봄을 기다리던 자였다. 그러나 정신없이 살다 보니 지나가고 있다. 봄. 봄을 탄다는 말은 합성어다. 먼저는 봄이라는 단어이다. 봄은 만물이 소생하는 계절을 의미한다. 사계절이 뚜렷한 우리나라. 봄의 의미는 새로움과 따스함과 밝음이 아닐까? 이렇게 우리끼리만 봄을 이야기하면 서운해할 사람이 있다.

그는 바로 〈사계〉의 작곡가 '비발디'.

비발디는 특유의 감성으로 사계절을 음악으로 표현했다. 개인적 취향이지만 그중 제일은 봄의 1악장이다. 경쾌한 합주가 울려 퍼진다. 이후 세 대의 바이올린이 새소리처럼 노래한다. 음악을 듣고 있노라면 생명의 활기가 넘쳐난다. 겨우내 얼었던 시냇물이 녹는 소리가 들린다. 싹이 터지는 소리와 흐르는 물소리가 하모니를 이룬다. 비발디가 표현한 봄.

그 봄에는 생명이라는 단어가 숨겨져 있다.

두 번째 단어는 '타다'라는 동사이다.

한글의 묘미는 바로 동사이다. 그 가운데 동사 '타다'는 다양한 의미가 있다. 재미있다. 흔하게 사용하는 의미는 '「…에, … 을」 탈것이나 짐승의 등 따위에 몸을 얹다.'라는 뜻이다. 예를 들어, '비행기에 타다.'가 있다. 그 외에 산을 오르거나 그것을 따라 지나가거나 어떤 조건이나 시간, 기회 등을 이용할 때도 '타다'를 쓴다.

'바람이나 물결, 전파 따위에 실려 퍼지다.'라는 의미 또한 가지고 있다. 다양한 의미 가운데 한글로 사용되어야 제 맛을 느낄 수 있는 것이 있다. 바로 '계절을 타다.'이다. 이러한 '타다'의 '의미는 변화에 예민하여 반응하다.' 정도로 정의 내린다.

그렇다.
나는 봄을 탔었다.
생기 가득하고, 활력이 넘치는 봄을 탔다.
만물이 소생하고, 새로운 출발의 봄을 타며,
봄의 향연에 빠진 적이 있었다.

그런데 이렇게 봄에 예민했던 내가 왜 봄이 오는지 몰랐을까? 왜일까? 그 이유를 생각해 골똘히 생각했다. 가만히 창밖을 바라보는데, 연둣빛 잔디가 반가웠다.

한참을 바라봤다.

시간이 꽤 흘러갔다.

그 시간이 가져다준 것은 여유였다.

그리고 이미 내 마음에 봄이 있었다.
그것은 바로 하늘이의 만남부터였다.

새 생명.
우리 부부에게 하늘이가 바로 봄이었다.

봄 타는 것을 미련하다 생각했던 나.
봄을 타는 것을 두려워하던 나,
봄 타는 것을 낭비로 여기던 나.

세상의 속도에 버거워하며 힘겨워하던 나. 그 가운데 어느덧 봄이 왔던 것이다. 그런데 몰랐다. 그렇게 나에게 찾아온 봄. 그 봄을 맞이할 겨를이 없던 것이다.

그래. 이제 봄을 타자.
아빠라는 이름 아래, 육아라는 단어 아래 만들어진 얼어붙은 마음과 생각. 그것들을 깨버리자. 그 부담을 내려놓자.
나에게 찾아온 생명. 그로 인해 생긴 반가운 봄.
생명이 가져다주는 봄.

그래, 봄을 타자. 봄을 타고, 봄을 누리자.

열두번째 이야기 _

경청

퇴근 후 하늘이를 찾는다. 그리고 말한다. 하늘이는 듣는다. 큰 눈을 꿈뻑이며 신기하게 바라본다. 태어난 지 두 달. 눈을 마주치며 상대방의 이야기를 듣고 있다. 가르치지 않았는데도 그렇게 한다. 인간의 본능적 태도이다. 누군가가 말을 할 때 눈을 마주치고 바라본다.

이 간단한 방법이 경청의 시작이다.

소통의 출발이다.

이미 태어나면서 우리는 알고 있는 것이다.

상대방이 이야기할 때는 집중하고 듣는 것. 그러나 오늘날 우리는 불통의 시대에 살고 있다.

얼마 전 지하철을 기다리는데 초등학생쯤 되어 보이는 학생들 3명이 서 있었다. 셋은 대화하고 있었다. 그러나 시선은 모두 스마트폰 화면을 보고 있었다. 대화하지만 대화하지 못하고 있었다. 서로 듣지만 듣지 않았다. 마치 그때처럼…

중학교 3학년. 내 말을 들어주는 사람이 없었다.

부모님은 너무 바쁘셨다. 두 분은 대화를 거의 하지 않으셨다. 지금도 그렇겠지만 학교 선생님은 대화 상대가 아니었다. 간혹 어떤 아이가 선생님과 대화를 하고 있으면 둘 중 하나였다. 혼나거나 문제가 있다는 것이었다. 그래서일까 주위 어른들과 대화할 수 있는 사람이 없었다. 친구들에게조차 마음을 나누는 것이 쉽지 않았다.

그 시절 가장 무서운 단어는 편견이었다.
한 아이를 무리에서 매장시키기 가장 쉬운 방법.
내 모습 그대로 나눌 수 있는 존재는 없었다.

그러다 내 말을 들어주는 사람을 발견했다.
그것도 어른이었다.
그분은 귀로 듣는 게 아니었다.

눈으로 들어주셨다.

어깨로 들어주셨다.

온 마음을 다해 들어주셨다.

사람은 타인의 듣는 태도를 통해 본능적으로 감지한다. 상대방이 내 말을 들을 때 그것이 진심인지 가식인지 알 수 있다. 얼굴을 대면하는 대화든, 전화기를 통해 듣는 대화든, 심지어 문자나 카톡, 편지조차 알 수 있다. 그 사람이 내 말을 듣는 사람인지 아닌지 감별할 수 있다.

당시 내 거친 욕설과 불안한 말투는 또래 친구들도 버거워했다. 이런 상황에 어른들은 내 말투와 욕설에 언제나 불쾌한 모습으로 바라보셨다. 그런데 처음으로 흔들림이 없는 분을 만났다. 만나서 대화할 때는 물론이었고, 문자나 편지도 진심이었다.

특히 통화를 할 때 한 시간,

두 시간이 넘어도 변함이 없었다.

내 말을 지루해하시거나 힘들어하지 않으셨다. 오히려 속이야기를 풀어놓을 때면 격려해주셨다. 어느덧 그분과 마음이 통하고 있었다. 그분은 바로 당시 교회 학교 분반 선생님이셨다.

"씨발~ 뭔 상관인데요."

버럭 소리를 질렀다.
분반공부 시간이었다.
선생님께서 내게 건넨 성경을 탁 치며 했던 말이다.

혈기와 분노로 가득했던 그 시절. 나에게 교회라는 문화는 처음이었다. 그래서일까? 교회에서도 내뱉는 말마다 욕이 넘쳐났다. 그럼에도 불구하고 선생님은 흔들림이 없으셨다. 나그치지 않으셨다.

혼내지도 않으셨다. 단지 그렇게 행동하는 것은 옳은 것이 아니라는 말뿐이었다. 가끔은 그런 흔들림 없는 태도가 화가 났다. 그래서 더욱 욕설을 내뱉었다. 그런 상황에도 선생님은 내 말을 들어주셨다.

몇 주, 몇 달이 지났는데도 나는 변하지 않았다. 그 거친 말은 변화가 없었다. 그러나 선생님 역시 변화가 없었다. 마치 거대한 호수에 돌을 던져도 얼마 지나면 파장이 잠잠해지는 것 같았다. 그렇게 묵묵하게 내 말을 들어주었다. 한 번은 그런 선생님에게 화가 난 채 물어본 적이 있었다.

"왜? 선생님은 이렇게 제가 행동하는데도 화를 안 내세요?"

선생님은 대답하셨다.

"널 사랑하니까."

대꾸할 수가 없었다.

사랑이라는 단어가 어색했다. 하지만 마음을 거대한 망치로 때린 듯 계속 울림이 있었다. 그 대답 이후 교회에서는(?) 욕설은 점점 줄어들었다.

한 사람이 만들어지기 위해서는 듣는 사람이 존재해야 한다. 들음은 이해를 만드는 거름이다. 들을 때 마음을 알 수 있다. 들을 때 공감이 일어나는 것이다. 아픔을 들어야 하고, 생각을 들어야 한다.

잘못된 길을 걷고 있다면 우리는 혼을 낸다. 그러나 그것이 먼저 되면 분명 같은 이유가 찾아올 때 또 그 길을 걸을 것이다. 따라서 들어야 한다. 왜 그 길을 걷고 있는지?, 왜? 그토록 외로워하는지 들어야 한다. 마음을 다한 들음은 통해 상대방의 어려움의 무게가 고스란히 느낄 수 있게 된다.

중고등학생 시절.

그토록 거친 말이 입에서 끊이지 않았던 이유. 그것은 듣는 사람이 없다고 생각했기 때문이다. 그래서 생각나는 대로 입에서 내뱉었다. 쏟아냈다. 어느 누구 하나 관심 갖지 않을 것이라 생각했다. 아니 오히려 관심을 가져달라고 거친 말을 쏟아 냈는지도 모른다.

그런데 듣지 않았다. 사람들은 날 무시했다.

무관심했다.

그때 필요한 사람이 바로 내 이야기를 들어주는 한 사람이었다. 그것은 오늘날 청소년들도 마찬가지다. 청소년뿐만 아니라 이 시대를 살아가는 사람들도 마찬가지다.

엄마의 말을 듣는 아기의 모습. 그 모습에서 배울 게 참 많다. 들어주는 사람이 있을 때 세상은 조금 더 나아질 수 있다. 중요한 것은 내가 만나는 한 사람의 말에 경청하는 것이 중요하다. 가장 가까운 사람이 말을 할 때 상대방의 눈을 바라봐야 한다.

관계의 시작은 듣는 것부터 시작한다.

만남의 시작은 듣는 것부터 시작한다.

사랑의 시작은 듣는 것부터 시작한다.

그러면 나는 오늘 아내의 말부터 경청해야겠다.

천리길도 한 걸음부터 시작되니 말이다.

열세번째 이야기 _

옹알이

이쪽저쪽 사방으로 눈을 치켜떴다.

아무것도 모르는 초보 아빠. 아이가 '사시'인가?

심각한 고민에 빠져 속앓이를 한 적이 있다.

짧은 시간. 여러 가지 복잡한 마음에 순간적으로 답답함이 밀려왔다. '수술해야 하나? 교정은 어렵다고 하던데?'

연거푸 한숨을 내쉬었다. 땅이 꺼지고 있었다. 안절부절못하며, 급기야 자책까지 하고 있었다. 아내 역시 나와 비슷한 생각을 하고 있을 터. 티를 내지 말아야 했는데 고개는 계속 땅으로 쏟아졌다.

아내가 도대체 왜 그러냐고 물었다. 쓰린 마음에 속 이야기를 풀어놓았다. 한참을 듣고 있던 아내가 황당해하는 표정을 지었다. 그러더니 깔깔거리며 소녀처럼 웃는다. 배냇짓. 아내는 처음 듣는 단어를 말하면서 설명해 주었다. 순간 의심했다. '산모들이 지어낸 용어 아닌가?' 그러나 녹색 검색창에 찾아보니 다음과 같이 설명하고 있었다. '배냇짓 : 갓난아이가 자면서 웃거나 눈, 코, 입 따위를 쫑긋거리는 짓.' 초보 아빠의 무식함에 자괴감에 빠졌다.

초보 아빠의 무식함이 드러나는 사건이 하나 더 있다. 얼마 전 하늘이를 보고 있었다. 아내가 샤워하는 동안 울지 않게 하는 것이 내 담당이다. 그래서 혼자 하늘이 앞에서 뮤지컬(?)을 하고 있었다. 그런데 하늘이가 반응을 보였다. 그냥 반응 정도가 아니었다. "져으오으으아" 말을 한 것이다.

세상에 벌써 말이 트이다니! 하늘이가 말을 했다. 그토록 기다리던 순간이었다. 분명 들었다. 너무 신기했다. 그래서 같은 동작을 더 보여줬다. 덩실덩실 춤을 추었다. 거대한 기쁨이 내 안에 가득했다. 샤워하는 아내에게 문밖에서 소리쳤다. "여보! 하늘이가 말했어요!" 아내는 반응이 없었다. 그러거나 말거나 나는 신났다.

그러더니 한번 더 하늘이가 입을 열었다.

"으으아!" 세상에 내 모습을 보고 좋다고 하다니! 그리고 '우와'라고 하다니! 순간적으로 하늘이가 대단하게 느껴졌다. 이건 '생후 두 달 된 아이 말하다.' 제목으로 신문에 나올 정도 아닌가?

꼬리의 꼬리를 물며 기분 좋은 상상을 하며 아내에게 말했다.

그러자 아내가 안쓰럽게 바라본다. 그리고 다독이듯 말했다. "옹알이 시작했어요. 요즘 옹알이 자주 해요." '옹알이?' 그것은 또 무엇인가? 두산 백과에 따르면 '옹알이란? 생후 4~6개월의 영아가 구체적인 단어 및 문장을 말하기 이전에 되풀이하여 내는 동일한 또는 다양한 소리를 말한다. 반복하며 같은 소리를 되풀이하는 것'.

아까 들었던 상황이랑 일치했다. 순간 민망함과 부끄러움이 뒤통수에서 등줄기를 타고 내려왔다. 그래도 자그마한 입에서 내는 소리가 너무나 신기했다. 하염없이 하늘이의 옹알이를 바라봤다. 시간이 가는 줄 모르고 입모양과 입술에 집중했다.

자그마한 소리에도 반응해 줬다. 그러면서 그 입술에 "아!" 비슷한 것을 찾는다. 그리고 잠시 후 "빠"의 소리를 찾아본다. 듣고 싶었다. "아빠." 그러면서 얼마 전 싸늘하게 끊어버린 전화 한 통이 생각났다. 아버지 전화였다.

며칠 전, 누워서 잠이 들 준비를 하고 있는데 진동이 울렸다.

'잘 지내고 있니?' 아버지였다.

오랜만에 듣는 아버지의 목소리. 그런데 며칠째 누적된 피로에 건성으로 받았다.

그런 나에게 아버지는 도리어 미안해하셨다.

그리고 그렇게 안부만 물으시고 전화를 마치셨다.

나는 잠이 들었다.

그렇게 시간이 흘러간 줄도 모르고 밤낮 바쁘게 일했다.

집에 오면 육아빠로 아이를 돌봤다. 그러면서 내 딸의 한마디를 기다렸다. 옹알이에서 그토록 기다렸던 한 단어.

"아빠."

우리 아빠도 내 옹알이 보며, 그렇게 기다리셨을 텐데,

우리 아빠도 내 따스한 한마디를 기다리셨을 텐데…
그 생각에 잠겨 한참을 멍하니 서 있었다.
그리고 핸드폰을 만지작거렸다.

아버지가 보내신 문자들을 본다.

"밥 잘 챙겨 먹어라."
"잠 못 자서 힘들지? 힘내거라."
"오늘 춥다. 옷 잘 챙겨 입고 다녀라."

딸의 한마디 들으려 옹알이하는 걸 그토록 집중하며 듣던 나. 아버지에겐 따스한 말 한마디 건넨 게 참 오래된 거 같다. 아버지에게 전화해야겠다. 그리고 옹알거리지 않고, 분명하게 여쭤 봐야겠다.

"잘 지내고 계세요, 아버지?"

열네번째 이야기 _

외로움

"하늘이 동생은 언제 생각하세요?"

최근 들어 들었던 같은 내용의 질문들이다. 아직 백일도 되지 않은 하늘이의 동생을 기대하는 사람들이 신기하다. 그 사람들은 거기서 끝나지 않는다. 하늘이를 걱정하면서 이런 이야기를 한다. "혼자면 너무 외로워요." 오늘은 적당히 다른 주제로 넘기려고 할 때, 그 이야기를 다른 사람들이 꺼냈다.

사실 얼마 전 아내랑 이야기한 적이 있지만, 아직은 시기상조라고 했다. 퇴근 후 그 말이 맴돌았다. 그래서일까? 혼자 모빌을 보며 노는 모습이 외로워 보였다. 머릿속에 외로움이라는 단어가 꼬리에 꼬리를 물며 여러 상상을 펼쳐 간다.

인간은 외롭다. 인간은 외로움의 존재다. 태어났을 때부터 외로움을 통해 세워져 간다. 하나님께서 아담을 만드셨다, 완전하신 하나님께서 아담을 온전하게 창조하셨다. 그런데 아담은 외로워했다. 그리고 하나님은 그 외로워하는 모습을 안쓰러워하셨다.

결국 또 다른 인간을 만드셨다. 하나님의 형상으로 만든 아담조차 외로워했다. 인간은 외로운 존재다. 죄수들이 가장 힘들어하는 공간도 독방이다. 감옥에서조차 독방 조치에 대해서는 기간 제한이 있다. 인간은 독방에 오래 있을수록 정신이상 증세를 통해 이상행동을 보이기 때문이다.

누군가는 이렇게 말했다. "결국 인생은 혼자 살아가는 것". 그런데 아이러니한 것은 이런 말 또한 다른 사람이 들으라고 한 말이다. 이렇듯 사람은 홀로 살아가기 어려운 존재다. 그런데 시대가 지나면서 세상은 인간을 홀로 살아가게 만들었다.

사람이 많은 곳에서도 혼자로 느끼게 만드는 것이다. 홀로 밥을 먹고, 홀로 영화를 보며, 홀로 살아가는 것. 그것이 지극히 자연스러운 것처럼, 혹은 멋스러운 것처럼 인식하게 만든다. 그러나 홀로족일

수록 자신에 대한 정체성은 흐려져 간다.

특히 세상이 흘러가는 기준에서 이탈하면 굉장한 불안감이 찾아온다. 그리고 이탈자들에겐 급격한 외로움이 찾아들어온다. 그 외로움을 누군가는 취미로, 누군가는 더욱더 고립으로, 누군가는 타인에 대한 인정으로 채우려 한다. 그리고 그것은 중독으로 흘러간다. 특히 우리나라는 이와 같은 문화가 유독 심하다.

중학교를 나오면,
고등학교를 가야 하고,
그 다음에 대학교, 군대, 취직, 결혼, 육아.

이러한 선상에서 뒤처지거나, 이탈하면 굉장한 스트레스가 찾아온다. 안타까운 것은 그 스트레스로 고통을 받는 이탈자들을 향한 기다림이 이 사회에는 없다. 기다림은 바라지도 않는다. 존중과 배려가 없다.

오히려 그것들을 주위 사람들은 가벼운 가십거리로 찾는다. 그러면서 이탈되지 않은 자신은 반사이익을 얻게 되는 착각을 한다. 그러나 얼마 안 가서 그들에게도 찾아온다. 이탈될 것에 대한 두려움. 그리고 그 두려움은 이내 곧 외로움으로 전환된다. 그래서 오늘을 살아가는 자들은 외롭다. 이탈자도 외롭고, 이탈되지 않은 자도 외롭다.

그 외로움은 주위 사람들을 통해 증폭된다. 그 외로움에 오늘도 사람들은 무엇인가 한다. 자기 계발, 취미활동, SNS. 심지어 최근 먹방이 유행이 된 것도 이와 무관하지 않다. 오직 맛에 대한 평가만 난무한 먹방.

무엇인가 외로움을 급급하게 채우기 위한 발버둥을 치는 모습이 넘쳐난다. 이런 가운데 20-30대 젊은이들에게 급속하게 퍼지는 '인생은 한 번뿐이다'를 뜻하는 욜로(YOLO-You Only Live Once)족의 모습. 즉, 현재 자신의 행복을 가장 중시하여 소비하는 라이프 스타일도 외로움의 연속선상이다.

그러나 목이 마르다고 바닷물을 퍼마시면 안 된다. 바닷물을 퍼마실수록 더 몸은 탈수 증세가 일어난다. 즉, 더욱 몸에 물이 빠져나간다. 그래서 외로움이라는 단어를 직면해야 한다. 무엇에 그리 목마른 지, 무엇에 그리 외로워하는지. 내게도 외로움이 문득 찾아올 때가 있다. 무시하면 그 외로움은 다른 무언가를 빨아들이고 있다. 그래서 반갑지 않은 손님이지만 조용히 묻는다. 외로움의 시작을 찾아본다. 찾으며 마음을 나누는 자들에게 외로움을 호소한다. 그리고 그것이 삶을 지배하지 않게 미리 손을 쓴다. 나만의 방법을 찾는다. 결국 인간은 외롭다.

그리고 외로움은 저절로 낫지 않는다. 무엇인가 함께 해야 한다.

그게 내가 지금까지 살아가며 찾은 답이다. 그러나 잘 변하고, 한정적인 것과 함께 하면 또다시 외로움은 찾아온다.

하늘이도 인간이다.
인간은 외롭다.
그래서 하늘이도 외로움을 잘 이겨내야 한다.
부모이기에 그 외로움을 모두 채워줄 수 없다.
언젠가 스스로 답을 찾아야 한다.

그리고 그 과정은 분명 어려움과 고통이 뒤따를 수도 있다. 그래서 외로움을 위해서는 변함이 없고, 한결같은 것. 그것을 찾는 것을 추천한다. 그런 대화를 하늘이와 할 수 있는 때가 곧 찾아오길 기대한다.

그리고 이 글을 읽는 당신에게 말하고 싶다.

그대.
외로운가?
당신만 그렇지 않다.
나도 외롭다.

그러니 함께 가자.

열다섯번째 이야기 _

자장가

초등학교 시절 친구 녀석이 내게 퀴즈를 하나 냈다.

그런데 그 답을 듣고 틀렸다고 했다.

그건 네 생각이라고 박박 우겨댔다.

친구의 질문은 다음과 같다.

"세상에서 가장 무거운 풀은?"

선생님은 대답하셨다.

"눈꺼풀"

그 나이에는 눈꺼풀이 그리 무거운지 몰랐다. 시간이 지나고 중고등학교 시절에도 그 퀴즈는 별반 다르지 않았다. 빨리 자라고 독촉하시는 어머님 말씀에, 어떻게든 안 자려고 버틴 수많은 날들.

수학여행이나 친구네서 잘 땐 뜬눈으로 해를 맞이하기 일쑤였다. 대학에 들어와서도 중간고사, 기말고사에 도서관에서 곧잘 밤을 새웠다. 커피 몇 잔이면 새벽 미명에 해가 고개를 들려고 하는 시간까지 잘 버텨냈다.

눈꺼풀이 무겁다는 것이 몸으로 납득되던 때는 20대 중반 군대에서부터였다. '군 생활은 경계근무만 없어도 할만하다.'라는 말이 자대배치 받고서부터 알게 되었다. 평소에 얌전하던 선임들도 잠을 깨울 때면 신경이 곤두서 있었다.

군대에서는 고픈 게 참 많다.
음식이 고프고,
자유가 고프고,
특히 잠이 고프다.

특히 경계근무를 마치고 다시 잠이 들어야 할 상황에서 울려 퍼지던 선임병의 코골이를 생각하면, 아직도 귀가 아프다. 정말 잠이 들고 싶지만, 누워서 눈만 감고 한두 시간을 버티다 아침을 맞이한 경우도 종종 있었다. 그럴 때면 졸음이 밀려온다.

떨어지는 눈꺼풀의 무게를 견딜 수 없어 걸으며 조는 경우도 있었고, 작업을 할 때 남들은 담배 필 시간에, 달콤한 하지만 치명적으로 짧은 단잠을 잔 적도 많았다.

하늘이를 낳고, 끊임없이 손님이 찾아온다. 그 가운데 가장 어려운 손님이 바로 졸음이다. 새벽에도 두 번, 세 번을 잠에서 깨어 달래준다. 몇 번 끊이지 않는 울음 때문에 안아주고, 어르고 달래다 자장가를 불러준다.

"자장자장 우리 하늘이, 잘도 잔다 우리 하늘이."

입에 잘 안 붙는다. 며칠을 이 자장가로 때운다. 그러다 "반짝반짝 작은 별, 어젯밤에 우리 아빠가, 산토끼 토끼야, 곰 세 마리…"등 아는 동요는 모두 불러 본다. 그렇게 부르다 지어내기 시작한다. 하고 싶은 말을 중얼거리며, 노래를 만들어 간다.

"우리 이쁜 하늘이. 잠들어라. 잠들어라. 눈도 쉬고 싶단다. 몸도 쉬고 싶단다. 잠이 들어야 한단다. 들어 버려라." 노래를 하다 보니, 간절함과 더불어 아무 말 대잔치를 하고 있다.

그렇게 삼십 분을 안아주다가, 눈이 껌뻑거린다. 아주 조심히 눕힌다. 마치 워터파크에서 슬라이드를 타는 것처럼 부드럽고 자연스럽게 내려놓는다.

그때부터는 초 예민의 상황이다.

마치 선임병들이 모두 잠들었을 때,
경계근무를 위하여 옷을 갈아입듯 소리 없이 눕힌다.

겨우 눕혔는데 다시 눈이 떠지며,
울음을 터뜨릴 찰나 쪽쪽이(공갈젖꼭지)의 힘을 빌린다.

이제부터 기나긴 자장가 모드로 들어간다. 우선 가장 먼저 익숙한 곡들이 나온다. 그러나 쪽쪽이 소리는 변함없이 강력하다.

그러면 가슴을 네 손가락으로 토닥거린다.
급하거나 빠르지 않게,
일정한 두드림이 중요하다.

이제 자장가의 리듬에 맞춰,
손가락의 두드림,

들숨과 날숨의 소리조차 의식의 흐름에 맡긴다.

그렇게 재우다 어느 날은 하늘이가 아주 큰소리로 울음을 터뜨렸다.

당황하며 아내에게 말했다.

"하늘이가 아픈가 봐요."

옆에서 아내는 말했다.

"여보, 코골이 소리가 너무 커요."

잠이 깨어버린 하늘이를 위해 어쩔 수 없이 다시 자장가를 시작한다.

그리고 그 자장가에 잠이 들지 않게 간절하게 바라면서

그렇게 나는 20년 만에 친구 녀석의 질문의 답을 인정해 버린다.

이 세상에서 가장 무거운 것은?

당분간 눈꺼풀!

열여섯번째 이야기 _

듣는 마음

"저기요. 제 말을 듣고 있어요?"

일에 몰두하다 보니 고개는 모니터에 집중하고 있었다.

대답은 그래도 하긴 했는데 그게 아니었다보다. 같이 일하는 동료가 내 듣는 태도를 문제 삼았다. 그 당시 바빴었고, 평소 경청을 잘한다고 생각했던 터라 그 말에 처음에는 기분이 나빴다.

그러나 최근 내 모습을 스스로 돌아보니 틀린 말이 아니었다. 상대방과 대화할 때 모니터를 본다든지, 스마트폰을 볼 때가 많았다. 주위 사람들에게 누구보다 경청이 중요하다고 말하며, 그것을 가르쳤는데 정작 본인은 실천하지 못하고 있었다.

이유를 생각해보니 내게 '듣는 마음'이 부족했다.

타인에 대한 존중은 들음으로 시작한다. 누군가 앞에서 상대방이 나를 존중하는지에 대해 알기 위해서 듣는 자세에서 발견할 수 있다. 그래서일까? 대통령 후보들은 모두들 같은 이야기를 한다. 한 후보는 다음과 같이 말했다.

"국민 속으로 들어가서 다시 국민의 소리를 듣겠습니다. 어디라도 가겠습니다. 누구라도 만나겠습니다."

각 후보들은 전국을 돌아다니며 말했다. 유세 현장 속에서 끊이지 않던 약속.

"듣겠습니다."

결국 국민들은 그 약속을 기대해 보며 투표소를 찾았다.
부산은 선거날 내내 비가 왔다. 조용히 비가 내렸다.

그동안의 어려웠던 정국이 깨끗이 씻겨 내려가길 바라는 국민들의 조용한 염원 같았다. 날씨가 좋지 않았지만 하늘이와 아내와 함께한

첫 선거. 이 한 장의 투표가 어느 때보다 중요하다는 마음이어서일까?

투표용지가 무거웠다.

투표를 하러 오가는 이웃들의 얼굴에도 진지함이 묻어 있었다.

빼곡히 쓰여있는 후보들을 한번 더 바라보면서, 지지하는 후보의 이름이 담긴 란에 선거 도장을 찍었다.

점 복(卜)이 빨갛게 찍혀 있는 것을 잠시 보다가 나왔다. 보통 점을 치다 라는 단어를 쓸 때 쓰이는 '점 복(卜)'. 이 단어의 의미를 찾아보니 헤아리다는 의미가 있다.

새로 선출되는 대통령이 국민의 마음을 헤아리는 지도자가 되길 바라는 마음이 담긴 건 아닐까?

미국의 대통령 링컨은
'국민의, 국민에 의한, 국민을 위한 정치'를 말했다. 민주주의를 가장 잘 나타내는 말로 평가되는 이 말은 조선을 설계한 정도전의 '민본정치'와 그 흐름이 같다.

정도전은 조선의 건국이념을 '민본주의'라 했다.

그 뜻인즉 '백성은 국가의 근본인 동시에 왕의 하늘이다'라는 의미다. 그러나 수많은 이 땅의 지도자들은 국민을 주인으로 여기지 않았다. 리더에게 주는 힘과 능력 때문이었을 것. 그것을 알았을까?

성서의 솔로몬은 하나님께서 한 가지 구할 때 지혜, 좀 더 원어성경에 맞게 해석하면 '듣는 마음'을 구했다. 그때 이스라엘은 어느 때보다 흥왕했음을 우리는 알 수 있다.

새로운 대통령이 선출되었다.

그는 '나라를 나라답게'라는 대선 슬로건의 내용을 가지고 취임식 연설을 가졌다.

나라가 나라답기 위해서는 듣는 마음이 필요하다.

국민의 마음을 헤아리는 마음,

국민의 처지를 듣는 마음이 필요하다. 힘들게 생각할 게 없다. 그도 한 아이의 아버지였으니,

갓 태어난 아이를 바라본다는 마음으로,

국민들의 작은 소리에도 듣는 마음이 있다면
분명 이 나라가 바로 설 것이다.

처음 아빠가 된 마음으로 나라를 세워 간다면 분명 나라는 나라다워질 것이다. 바라기는 대통령의 임기를 마칠 때까지 이런 소리를 듣지 않았으면 좋겠다.

"저기요! 제 말 듣고 있어요?"

열일곱번째 이야기 _

백일

"넌 백 원 안 줘?"

당당하게 손을 내민 여자 아이.

학원에서 친하지도 않았다.

그냥 인사 정도만 가볍게 하던 사이.

물론 중학생임을 고려한다면 남녀 간의 인사 정도면 관계가 형성되었다고 볼 수 있다. 그러나 갑작스럽게 백 원을 요구하는 게 참 황당했다. 물론 백 원을 그냥 줄 수도 있었다. 당시 오락실을 가기 위해 백 원은 늘 몇 개씩 주머니에 달고 있었다.

그래서 뒤적거리다가 백 원을 꺼냈다. 순간 새콤달콤도 떠올랐다. 그것도 가장 좋아하는 레몬맛.

요즘은 새콤달콤이 당시 새콤달콤이 200원, 컵라면이 500원이었다.

무언가 그냥 줄 수 없었다. 그래서 당당하게 고개를 45도 꼬고, 백 원을 돌려가며 말했다.

"내가 왜? 줘야 하는데?" 그러자 그녀가 백 원을 낚아채며 말했다.
"나 진수랑 백일인 거 몰라?"
그때 처음으로 100일을 처음 들었다. 백일 동안 남녀 간의 교제를 했기에 주위에서 축하해줘야 한다.
그 의미로 나는 백 원을 강탈(?)당했다.

이후 내 주위의 친구들이 교제할 때 백일을 챙기기 시작했다.

그러면서 생겨나는 게 투투, 오십일, 백일 등 연애를 더욱 난제로 만드는 것들이 생겨났다. 성인이 되어 지금의 아내를 만났다.

다행히 아내는 기념일에 예민한 사람은 아니었다. 하지만 때마다 자그마한 선물로 행복을 만들어내는 지혜가 있었다. 기념일을 챙기는 날들은 생각보다 빠르게 흘러갔다.

지금은 서로의 생일과 결혼기념일 정도를 챙기고 있다. 그런데 아내가 몇 주 전부터 분주하다. 사진을 찍어야 한다는 둥, 부모님이 내려오실 거라는 둥, 식사를 예약해야 한다는 둥 바빴다. 그러고 보니 벌써 하늘이가 태어난 지 백일이 되어가고 있었다.

한국 민속 대백과 사전에 따르면 20세기 초까지만 해도 백일 전에 사망하는 영아가 많았다. 조선총독부 자료에 의하면 1925~1930년까지 1세 미만 영아사망률이 무려 73%에 달하였다. 따라서 산후 백일이 되는 날이면 어려운 고비를 잘 넘겼다는 뜻에서 특별히 그 날을 축하하는 의례를 행했다고 한다.

백일을 건강하게 자라준 자녀에 고마움과 기쁨을 가까운 친지들이나 친척들과 나누는 잔치였다. 그러고 보니 나도 살면서 백일 떡을 몇 번 얻어먹은 적이 있다. 왕래 없이 가볍게 목례만 하던 이웃집 아줌마가 한 번은 벨을 누르고 방문했다. 싱긋 웃으시더니 백일이라며 떡 좀 가져왔다고 했다. 옛이야기에 따르면 백일 떡은 이웃과 친지를 비롯하여 길 가는 행인들에게도 나누어 주었다고 한다.

생각해보니 기분이 나빴다. 중학교 시절 백일이 되었던 그 친구에게 주머니에 있던 백 원을 강탈당해서는 아니 되었다. 오히려 그녀에게 백 원을 받아야 하는 것이 정상이었던 것인지 모른다. 청소년들 사이에서 시작된 백일 열풍은 데이트 비용이 궁핍한 커플로부터 시작된 건 아닐까 생각해본다. 어찌 되었든 백일 동안 건강하게 자라준 하늘이가 고맙다.

처음 경험하는 초보 엄마, 아빠가 마음에 들는지 모르겠다. 그저 이름을 부르면 이제는 알아듣고 씽긋 웃는 그것만으로 스스로 칭찬할 뿐이다. 백일을 위해 먼 곳에서 마다 안고 와주신 양가 부모님들과 이모, 삼촌의 눈가에는 환한 미소가 가득하다. 넉넉지 못해 양가 부모님 점심특선으로 대접하고, 집에서 만들어 놓은 셀프 백일상에서 잔뜩 사진 찍는 게 미안하다.

이게 아빠 마음인가 보다.

자신의 기념일은 오는지도 모르는 아내. 그러나 몇 달 전부터 딸 백일을 챙기는 엄마.

그게 바로 엄마 마음인가 보다.

그것도 모르고 짜증 한번 안 부리고 웃고 있는 딸. 눈물겹게 고맙다. 눈에 물이 살짝 고일 즈음 하늘이를 번쩍 들어 안는다. 그리고 내 눈높이까지 들어 올려 얼굴을 본다. 하늘이는 또 웃는다. 나도 코끝을 훔치며 다시 환하게 웃는다.

열여덟번째 이야기 _

나무

아빠가 되었고 백일이 흘렀다. 얻은 것이 많다.

일단 웃는 걸 보기만 해도 행복해지는 딸.

지금껏 살면서 보았던 것보다 더 많이 보게 된 여자의 눈물.

17로 시작하는 주민번호.

어둠 속에서도 쉽사리 갈아줄 수 있는 기저귀 가는 속도.

멍들지도 않았는데 생겨난 눈밑의 검은 그림자.

정말 다양하게 얻었다.

그중에 요즘 속 썩이는 게 바로 허리. 하늘이 트림 담당자로써의 임무를 수행할 때 허리를 쓸 수밖에 없는 상황. 그로 인해 우리 집에는 소파가 생겨났고, 황토 찜질팩이 생겨났고, 트림 담당자용 아기띠가 생겨났다.

허리를 위해 아침에 걷고 있다. 이 세상에서 가장 아름다운 모습. 아내와 딸이 잠든 모습(?)을 3초 감상한다. 그리고 빙판을 걷는 듯 조심스레 나온다. 화장실로 나와 혹이나 잠을 깰까 봐 찔끔거리게 수도를 켠다. 거의 눈곱만 뗀다 싶은 고양이 세수. 이후 구강청결제로 입을 헹군다. 물론 그때도 시원하게 확 뱉을 수 없다. 상처 난 초등학생 무릎에 호 하고 불어주듯 조심스레 준비를 마친다. 그리고 밖으로 나와 수영강변으로 향한다.

귓가에는 가벼운 보사노바를 천천히 넣는다.

브라질 전통음악 삼바에서 파생된 보사노바. 빈곤층과 같은 음악을 즐길 수 없다고 하여 그들만의 음악을 만들었다는 보사노바. 가벼운 리듬에 춤추는 멜로디.

보사노바의 아버지라 불리는 안토니오 까를로스 조빙의 리듬에 맞춰 가볍게 걷는다. 햇살이 가득하니 기분이 좋다. 이렇게 걷는 날은 허리의 통증이 거의 없다는 게 신기하다. 허리를 곧게 피고 걷는데 기분 좋게 초록을 담은 가로수가 반가워한다. 강가에 심기는 나무.

흐르는 강가에 심긴 나무가 단단하다. 마르지 않는 강가에 심겨 햇살과 물을 부족함 없이 누리는 나무.

그러나 조금 더 걸어 보니 마른 땅 위에 나무가 서 있다.

삐쩍 마른 땅에 가지 역시 툭 치면 부러질 듯한 모습.

나무라고 하기에도 민망하리만큼 힘이 없다. 언제 쓰러져도 이상하지 않은 모습. 두 나무를 생각하면서 고개를 들어본다. 한 점 구름 없는 하늘에 딸이 생각난다. 하늘이가 영원히 흐르는 시냇가에 심긴 나무. 그런 나무가 되길 기도한다.

그리고 늘어난 허리 통증, 다크서클에 고단하다 여긴 그 마음을 삐쩍 마른 나무를 바라보며 다시 툭툭 털어 본다. 하늘아.

아빠는 네가 시냇가에 심은 그런 나무처럼 자라길 바라.

열아홉번째 이야기 _

슬럼프

"여보, 우리 슬럼프가 찾아왔나 봐요."

내 입에만 맴돌던 말을 아내에게 뱉어버렸다. 현실을 직시할 때가 찾아왔기 때문이다. 사실이다. 우리 부부에게 슬럼프가 찾아왔다. 육아 슬럼프. 아는 지인 가운데 프로 야구선수생활을 했던 분이 계시다. 그분과 잠시 대화를 나눌 때가 있었다. 그때 본의 아니게 슬럼프에 대한 이야기를 나눌 수 있었다. 야구선수들에게 가장 두려운 것은 경기에 지는 것도 아니고, 부상도 아니고, 스스로 슬럼프의 늪에 빠져버리는 것이라 했다. 슬럼프라는 단어의 의미는 다양하다. 그런데 어학사전이나 백과사전에서 나온 정의들보다 흥미 있고, 실제적으로 설명해준 위키백과의 풀이가 맘에 든다.

"슬럼프란? 운동이나 학습에서, 훈련이나 연습을 반복해도 효과가 없고 실제 성적이 좋아지지 않는 경우를 슬럼프라고 부른다. 요컨대 노력을 해도 성적 부진이 나오는 경우 그것을 슬럼프라 부를 수 있다. 일상생활에서도 공부를 하다가 아무리 노력해도 이해가 안 되고 좌절에 빠지는 것을 슬럼프라고 부르기도 한다."

노력을 해도 잘 안 되고, 이해가 되지 않아 좌절에 빠지는 현상. 초보 부부인 아내와 나에게 육아 슬럼프는 기다렸다는 듯이 찾아왔다. 그리고 좀처럼 그 슬럼프의 늪은 우리를 정신없이 몰아쳤다.

우선, 아내에게는 산후풍 증세와 함께 우울함으로 찾아왔다. 아이를 낳고, 튼튼했던 아내. 평소 강하고 긍정적이었던 아내. 그랬던 아내에게 실제로 찾아온 신체적 위기는 정서적 어려움을 유발시켰다. 식은땀이 나고, 가슴이 두근거리며, 어깨와 허리의 통증을 며칠 전부터 호소했다. 그러다 갑자기 연락이 왔다.

"여보, 미안한데 집에 좀 와줘야겠어요. 지금 병원을 가야 할 거 같아요."

아내의 흔들리는 목소리에 머리가 하얘졌다. 한 번도 이런 식의 전화를 한 적이 없던 사람이라 더욱 크게 다가왔다.

집에 도착하니 아내의 얼굴에는 두려움이 묻어있었다. 어떻게 다쳤는지 물었다. 백일상을 차리기 위해 무거운 신디사이저를 혼자 옮기려다 흉골에 무리가 온 것 같다 했다. 아이를 들 수도 없고, 숨을 쉴 때마다 아프다 했다. 그 이야기를 듣는데 이상하리만큼 거대한 분노가 일어났다.

혼자 그 무거운 걸 옮기려 시도했다는 자체가 마음에 들지 않았다. 병원에 오가면서 화가 풀리지 않았다. 진정했어야 했던 그 시간. 수만 가지 복잡한 생각에 가슴이 터질 거 같았다. 위로와 마음의 지지를 받아야 했던 아내에게 싸늘하게 대할 수밖에 없었다.

"흉골 골절이 예상됩니다. 골절 시 두세 달은 병원에 입원을 하셔야 합니다."

믿을 수 없는 결과 앞에서 분노는 터졌다. 아내를 원망했다. 왜 그걸 혼자 옮겼냐며 나무랐다. 이러지도, 저러지도 못하는 아내. 고개를 숙인 채 말을 하지 않았다. 그것도 모르는 딸은 자그마한 입술로 옹알거리고 있었다. 그리고 침으로 방울을 만들며 주위를 둘러보고 있었다. 순간 눈치를 보는 것 같은 느낌이 들었다. 어릴 적 절대로 자녀 앞에서는 싸우거나 화를 내지 않겠다고 수차례 다짐했다. 그런데 그 다짐이 이렇게 쉽게 무너져 내리고 있었다.

다행히도, 다음날 MRI 결과 골절은 아님이 진단되었다. 그러나 이미 아내의 마음은 골절이 되었다. 무거웠던 신디사이저보다 더 무겁고 차가운 남편의 말들과 감정들로 인해 마음의 뼈는 부러졌다. 결국 태어나 처음으로 구급차를 타게 되었다. 시간은 새벽 4시였다. 이 상황이 원망스러웠다. 아이를 안지도 못하는 엄마. 구급차를 타고 가는 아빠. 백일이 된 아이. 얼마 전 아내에게 말했던 그 슬럼프. 육아 슬럼프의 그림자가 우리 가정을 뒤덮고 있었다.

아내에게 미안했다. 딸에게 미안했다. 내 감정도 슬럼프의 늪으로 빠져들고 있었다. 한참 링거를 맞고 있는 아내에게 연락이 왔다.

"계속 기도하고 있어요. 가장의 무게가 만만치 않죠? 한꺼번에 많은 짐을 혼자 지려니 많이 힘들었을 거예요. 아플 때는 아프다고 말해주세요. 당신의 아내잖아요. 아픔을 치료해줄 순 없지만 위로하고 기도해줄 수 있어요. 푹 쉬어요."

계속 핸드폰을 보는데 액정이 흐려졌다.

내 눈에 눈물이 가득 찼다.

그 눈물은 아내를 향해 몰아쳤던 분노를 보게 만들었다. 그 분노는 나에 대한 분노였다. 더 잘해주지 못하고, 더 함께해주지 못했던 부족한 아빠. 그 분노가 눈물을 향해 씻겨 내려갔다. 그리고 그 눈물은 거대한 파도가 되어 우리 아내와 내게 엄습한 견고한 슬럼프를 파도 앞 모래성처럼 같이 무너뜨렸다.

스무번째 이야기 _

혼자

신문기사에 눈이 갔다. '나 홀로 가구 2인 가구 제쳤다.' 이 기사는 다음과 같이 말하고 있었다. "지난해 한국의 1인 가구는 전체 가구의 27.2%가 되었다. 이는 1인 가구(27.2%)가 2인 가구(26.1%)보다도 많아져 우리나라의 가장 흔한 가구 형태가 된 것이다.

즉 우리나라 전체 가구의 절반 이상이 1~2인 가구인 것이다. 우리나라의 가장 흔한 가구 형태가 혼자 살아가는 가족이라는 말이 놀랍게 다가왔다.

그런데 잠깐 생각해보면 놀라운 일이 아니다. 주위를 돌아보면 혼자 살아가는 사람이 부쩍 많아졌다. 이 같은 트렌드는 문화에 전투적으로 침투하고 있다. 특히 변화에 제일 민감한 소비시장은 어느새 나 홀로 가구를 공략하고 있다. 혼자서 먹기 버거운 야채나 과일들이 마트 진열장에 소량 포장되어 늘어서 있다.

'혼밥, 혼영, 혼술' 이제는 익숙한 단어. 혼자 밥을 먹고, 혼자 영화 보고, 혼자 술을 마신다는 줄임말이다. 이러한 현상을 반영한 드라마도 커다란 인기를 끌었다. TVN에서 방영한 드라마 <혼술남녀>는 케이블 TV의 드라마이자, 늦은 시간대 방영한 것을 감안했을 때 5%라는 높은 시청률을 자랑했다. 드라마는 주로 혼밥과 혼술로 생활하는 사람들을 그렸다. 특히 홀로 생활할 수밖에 없는 고시생들. 그들을 가르치며 혼자 술을 먹는 강사들. 그들이 왜? 혼자 먹고 마시는 것을 즐기는지에 대한 내용이다.

이 드라마의 감초 역할을 하는 오프닝 장면은 매번 홀로 술을 먹는 남자 강사로 시작이 된다. 멘트는 다음과 같다. "나는 혼술이 좋다. 하루 종일 떠드는 게 직업이 나로선 굳이 떠들지 않아도 되는 시간이, 이 고독이 너무나 좋다."

혼자 사는 삶. 그 시간이 내게 찾아왔다. 처음으로 찾아온 고독. 익숙지 않다. 평생 혼자 살아본 적 없던 인생. 홀로 살아간 지 3주가 되었다. 육아 슬럼프 이후 어떻게든 버텨 봤지만 쉽지 않았다. 늪에 빠진 마냥 허우적거렸지만 나아지지 않았다. 결국 특단의 조치로 우리는 가족은 이별(?)을 택했다.

아내와 하늘이는 당분간 처가댁에 있기로 했다. 가족을 뒤로한 채 홀로 내려오는 기차. 너무 많은 생각 때문인지 금방 잠이 들어버렸다. 느지막하게 부산에 도착했다. 배가 고팠다. 사 먹기에는 돈이 아까워 바로 차로 향했다.

문을 열면서 유아용 카시트가 보였다. 하늘이가 누워 있을 것 같아 괜히 뒷좌석을 한번 더 챙겨 본다. 시동을 열고 한참 가는데 신호에 걸렸다. 조용했다. 카시트에서 울음소리가 나와야 정상인데 어색했다. 하늘이는 차를 타고 갈 때 멈춰서는 걸 싫어한다. 신호에 걸리거나, 차가 많아 막히면 '애애앵'하고 울어버린다. 그런데 차 안이 썰렁하고 괴괴했다.

집에 번호키를 누르고 들어왔다. 불이 꺼져있었다. 그렇게 몇 주가 지났다. 그러다 한 번은 손잡이를 돌려 문을 여는데 익숙한 감정이 일어났다. 고등학교 시절. 야자를 마치고 집에 불이 꺼져있으면 싫었다. 문을 열고 느껴지는 컴컴함. 어둠이 이끌어내는 쓸쓸함이 싫었다. 불현듯 그때 생각이 나면서 감정까지 같이 일어났다.

TV를 켰다. 불을 켰다. 씻고 나와서 소파에 앉아있었다. 무표정에 살짝 다문 웃음기 없는 얼굴. 숨소리가 내 귓가에 들린다. 그게 마음에 들지 않아서 달을 보러 나갔다. 걸었다. 흐르는 비릿한 수영강이 코끝에 스친다. 일렁이는 물결은 달빛을 머금고 있었다. 출렁거리는 내 마음도 아내와 딸을 그리고 있었다. 금방 집으로 들어왔다. 칠칠치 못하게 걷다가 계단 손잡이에 다리를 부딪혀 까졌다. 약을 찾는데 어디 있는지 한참을 찾는다. TV 선반 아래 약이 담겨있는 서랍을 여는데, 하늘이 사진이 있다.

아내가 찍어놓은 흔적. 언제 출력했는지. 3장을 꺼내다 본다. 웃고 있다. 분명 입꼬리가 올라간다. 그리고 하늘이에게 종종 불러주던 노래를 흥얼거린다. 가장 잘 보이는 곳 세 군데. 책상, 책장, 현관. 하늘이 사진을 놓는다. 옆에는 결혼사진과 아내랑 찍은 사진들이 있다. 한참 바라본다.

<혼술남녀>에서도 비슷한 장면이 나온다. 혼자 살아가는 고시학원의 원장이 유학을 보낸 가족들의 사진을 바라보는 모습. 그리고 혼술 남녀는 회가 거듭할수록 혼자 살아갈 수밖에 없던 그들에 문득 찾아온 함께라는 단어의 기쁨을 그려간다.

홀로 술과 밥을 즐기던 그들은 어쩌면 혼자라는 적막을 깨기 위해 먹고, 홀로라는 위로를 안주삼아 마셨던 건 아닐까? 그런 생각을 하면서 결혼사진 액자에 내려앉은 먼지를 닦아낸다. 그리고 가장 잘 보이는 선반 위에 놓는다. 그리고 옆에는 하늘이 사진을 올려놓는다. 그렇게 한참을 바라본다.

그리고 잠이 든다.

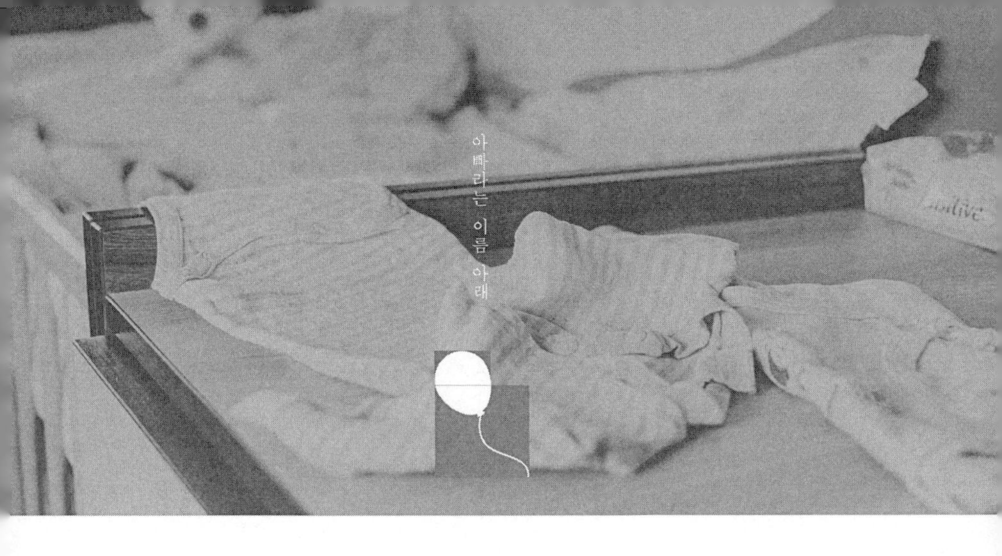

002

아빠,
스며들다

스물한번째 이야기 _

낯설다

전화가 하고 싶었다.

아버지, 어머니에게 전하고 싶었다. 잘 지낸다고, 걱정 마시라고. 한마디라도 전하고 싶었다. 여자 친구의 사랑스러운 목소리가 듣고 싶었다. 보고 싶다는 그 말. 하고 싶고, 듣고 싶었다. 그러나 쉽지 않았다. 우수훈련생이 되기에는 너무 버거웠고, 사격실력도 좋지 않았다. 훈련소 내내 단 한 번의 기회라도 주어지길 기다렸다. 그토록 전화가 하고 싶었던 적은 없었다. 그렇게 간절히 기다렸지만 시간은 더디게 갔다. 하루는 훈련 중 쉬는 시간에 교관이 오더니 누가 날 찾는다고 했다. 군에 빽도 없고, 아는 사람도 없었던 터. 저 멀리서 큰 키의 빨간색 모자를 쓴 교관이 날 불렀다. 군복에 분대장 견장까지 있었다. 딱 봐도 교관들 중에서도 왕고(최고 선임) 포스가 느껴졌다. 그 짧은 순간 오만가지 생각이 다 들었다. 엄청난 얼차려가 기다리는 건 아닐까? 내가 무엇을 잘못했는가? 뇌가 열려 수많은 일들을 돌아보게 하는 그때.

"상민아. 나야." 부드러운 음성이 흘러나왔다.
그러나 나는 그것을 무시한 채 강력하게 말했다.

"35번 훈련병 박! 상! 민!" 잠시 후 그 교관은 모자를 벗으며 다시 말을 걸었다.
"상민아. 나라고! 좀 봐봐."

순간 두 발이 얼어붙었다. 대지에 붙어버린 발은 도무지 움직이지 않았고, 내 시선은 그의 눈을 바라보다가, 다시 명찰을 바라보았다. 친구였다. 친구는 내게 말을 걸었고, 한참 민간인의 때를 벗기던 순간인지라 나는 편하게 말할 수 없었다. 친구의 목소리와 태도가 굉장히 낯설었다. 그러나 그 낯섦도 잠시, 친구는 P.X 에서 냉동식품을 사주었다. 그리고 지금 가장 하고 싶은 게 뭐냐고 물었다.
나는 단 한 치의 망설임도 없이 속마음을 전했다. 그러자 다음날 난 공중전화 박스에 서있을 수 있었다. 흔들리지 않는 기억력으로 공중전화기의 버튼을 꾸욱 눌러 갔다. "아들. 아들이야? 잘 지내고 있지?" 어머니의 흔들리는 목소리가 내 마음을 울렸다. 수화기를 통해 들려오는 목소리, 그리고 수화기를 든 채 떨고 있는 손, 낯설었다.

아내가 처가에 올라갔다.

혼자 집에 있는 시간이 길다. 몽글거리던 눈으로 바라보던 모빌에는 먼지가 쌓이고, 하야안 아기욕조는 다른 곳으로 치워져 있다. 아내가 열심히 끓이던 손수건은 한쪽에 모아져 있다. 어색하던 혼자의 삶. 문득 찾아오는 낯선 외로움에 산책하는 시간이 길어졌다. 어느덧 한 달. 영상통화를 통해 수십 번 바라봤던 눈, 진하게 들려오던 목소리, 아내와 딸이 그립다. 그동안 누군가를 이토록 그리워한다는 사실 자체가 놀라울 정도.

드디어 만나러 가는 날. 설렘을 담아 내딛는 한 발이 한 발이 가벼웠다. 차창은 빠르게 지나가지만 내 마음은 더 빨라서였을까? 올라가는 기차가 그토록 느리다는 사실을 원망했다. 아내의 손을 잡고 싶었다. 홀로 아이를 키우며, 꿋꿋이 잘 버티고 있는 손. 하늘이의 얼굴을 만지고 싶었다. 눈을 마주칠 때마다 웃던 그 얼굴,

손을 잡았다. 따스했고, 아내는 잘 버티고 있었다. 얼굴을 바라보았다. 하늘이의 눈이 흔들렸다. 어색함이 내 입술을 열지 못하게 했다. 낯설었다. 겨우 입을 열어 말했다.

"딸~ 우리 하늘이 잘 지냈어?"

흔들리는 목소리가 내 목구멍에서 흘러나왔다. 그때 내가 느꼈던 낯섦. 하늘이 역시 나를 한참을 바라보았다. 찰나의 침묵은 길었다. 그 정막을 깨는 울음이 터져 나왔다. 낯을 가리는 하늘이의 모습에 마음이 무너졌다. 낯가림이 시작된 것이다. '낯가림(stranger anxiety)은 대체로 6개월경에 시작되어 2세경까지 지속된다. 영아가 중요한 사람들과의 애착을 형성하고 그 외의 다른 사람을 거부하는 행동으로 간주된다(교육심리학 용어사전).'

그 순간을 받아들이기가 어려웠다. 결국 우리는 서로 낯을 가렸다. 안고 있지만, 계속 이름을 불렀지만 미숙한 아빠의 어색함은 계속되었다. 그걸 안쓰럽게 봤을까? 내 눈을 마주친 딸의 눈이 반달이 되었다. 그리고 웃었다. 나도 웃었다.

그제야 서로의 낯가림으로 꼬인 실타래가 서서히 풀리기 시작했다.

스물두번째 이야기 _

응급실

어머니가 쓰러졌다.

누워 계신 어머니.

차가운 주검처럼 누워있는 어머니.

꺾어진 버드나무 가지같이 늘어진 팔을 잡았다. 그러나 아무것도 할 수 있는 게 없었다. 흔들어도 반응이 없었다. 손을 주물러도 움직임이 없다. 순간 어미를 보호하려는 자식의 본능에 동생에게 소리쳤다.

"전화기 가져와."

가장 먼저 응급차를 불렀다. 본능으로 일렁이는 마음을 이성으로 묶어 놔서일까? 명확하고, 침착하게 상황과 주소를 말한다. 이후 아버지에게 연락을 드렸다. 다음에 해야 할 것이 생각나지 않았다. 그리고 알게 되었다. 할 수 있는 건 없다. 그저 기다릴 뿐. 쏜 화살이 멈춰 있던 시간. 시간은 좀처럼 가질 않고 있었다. 그때였다. 먹을 머금은 한지처럼 순식간에 두려움이 밀려왔다.

생각이란 것은 무섭다. 짧은 시간 속에 불안함이 가득 차니 어둠이 온 세상을 덮는 미래가 전개되었다. 눈을 감아버린 어머니의 얼굴을 보면서, 나 역시 시선의 초점이 흐려졌다. 그리고 다시 정신이 번쩍 든 것은 구급대원들이 문을 두드리는 소리 때문이었다. 그렇게 응급차는 어머니와 나를 실어 병원으로 향했다. 싸한 약품 냄새, 차가운 공기, 흥건히 피로 젖은 시트. 사춘기도 찾아오기 전. 응급실의 첫인상은 내게 공포를 가져다 주기에 충분했다.

'형. 전화 못 받네. 지금 형수 모시고 응급실에 가는 중이야.'

동생의 문자. 믿기지 않는 소식과 함께 숨이 막혔다. 어릴 적 온몸을 휘감던 응급실의 공포가 손끝부터 찾아왔다. 어색하게 통화 버튼을 누르니 동생이 전화를 받았다. 그리고 말했다.

"지금, 형수 모시고 응급실에 가는 중이야, 형. 생각보다 형수 상태가 많이 안 좋아. 이따 도착하거든 전화할게."

대답할 기회를 주지 않고 동생은 전화를 끊었다. 미간에 깊은 주름이 생겼다. 인생의 거대한 문제가 찾아올 때마다 생긴 습관. 그리고 순간적으로 소파에 맡겼던 몸은 바닥으로 붙어버렸다. 두 무릎에 고개를 처박았다. 인간에게 있어서 무기력을 표출하는 자세.

결국 터져 나오는 한마디.

"아버지."

하늘의 아버지를 부를 수밖에 없었다.

동생에게 연락을 다시 하기엔 어려운 상황인지라 짧은 순간, 이성의 판단들을 세운다. 해운대에서 수원까지 가는 기차는 다 끝난 상황. 마지막 해운대 시외버스터미널 11시 20분 버스가 있었다. 한치의 망설임 없이 옷을 갈아입는데 어머니가 생각났다. 사시나무 떨듯 흔들리던 손. 그리고 쓰러지자마자 아무 미동 없던 어머니. 눈은 뜨고 있는데, 물이 수정체에 가득 차서 아무것도 할 수 없었다. 그리고 또 불렀다. "아버지…" 그러자 벨이 울렸다. 동생의 번호가 화면에 찍혔다.

"여보. 많이 놀랐죠."

겨우 목소리를 내는 것이 느껴졌다. 아내였다. 이 상황에서도 내 안부를 묻는 아내가 눈물겹게 안쓰러웠다. 그리곤 말을 잇지 못했다. 그건 나도 마찬가지였다. 잠시 후 동생이 전화를 대신 받았다.

그리고 상황을 이야기해주었다. 아내는 좀처럼 기력이 회복되지 않아 하늘이를 친정에 맡기고 수원의 병원에 찾아간 상태였다. 그런데 급작스럽게 찾아온 어지러움과 불안에 응급실로 찾아온 것이다.

곧이어 아내의 상태를 말해주었다. 30도가 넘는 한여름에 두꺼운 외투를 입고. 식은땀으로 가득한 형수가 생각보다 상태가 안 좋다는 설명에 두 볼이 얼얼할 정도로 한숨만 연거푸 쉬어 댔다. 그렇게 통화하는 사이 시계는 12시를 가리켰다. 결국 새벽 첫 기차를 예매했다. 그리고 잠이 오지 않았다. 아내도 아파서 앓고 있다.

하늘이도 처음으로 아빠 엄마 없이 밤을 보내고 있다. 그렇게 수원에서, 천안에서, 부산에서 우리 가족은 좀처럼 지나가지 않는 밤을 밀어내고 있다.

시편 6:6

내가 탄식함으로 곤핍하여 밤마다 눈물로 내 침상을 띄우며 내 요를 적시나이다

스물세번째 이야기 _

변비

두 달. 혼자 있음에 익숙해지기에는 짧은 시간. 버릇이 생겼다. TV를 켜는 시간이 줄었다. 혼자 멍하니 TV를 바라보다 무표정한 내 얼굴이 익숙하지 않았다. 그때부터 음악을 켰다. 부드러운 음악을 즐겼다. 귓가에 익숙한 팝송이나 영화 OST를 보사노바 선율에 맡긴 곡들. 이제는 순서도 외울 정도. 아침에 조깅, 저녁에 산책. 아침에 시리얼과 플레인 요거트를 씹었다. 조깅 후 허기진 몸에 무엇이라도 넣어야 했다. 여러 가지를 찾다가 내게 가장 맞는 걸 찾았다. 그러다 제대로 된 조합, 블루베리를 발견했다. 얼어있는 칠레산 블루베리를 먼저 플레인 요거트에 넣는다.

그리고 조깅으로 인해 땀에 젖은 옷들을 빤다. 세탁기에 넣기에는 전기와 물이 아깝다. 모아서 빨기에는 냄새가 나고, 그냥 세탁물이 쌓이는 게 싫었다. 그렇게 널고 나면 흰 요거트에 블루베리 색이 감돈다. 파스텔 톤으로 변하는 요거트가 맘에 든다. 저녁은 두유를 먹거나 참는다. 배고픈데 먹기가 싫다.

그래서 참는데, 기분이 나빠질 정도로 힘들면 무첨가, 무당 두유를 마신다. 맛이 없는데, 배가 부른다. 그리고 산책을 하며 넉넉히 달빛에 하루를 적신다. 그렇게 들어와 핸드폰으로 동영상을 본다. 하늘이가 웃는다. 사진을 본다. 아내가 웃는다. 나도 잠깐 웃다가 잠이 든다.

아직 아내는 온전한 상태가 아니다. 산후풍에 한여름에도 외투를 입고 있는 모습에 마음이 타들어갈 만큼 아프다. 몇 번의 응급실과 한의원을 오가며 다양한 처방을 받았다. 그럼에도 불구하고 아직 병세가 쉽사리 호전되지 않았다. 혼자 있는 시간이 길어지며 해결해야 하는 게 몇 가지 있었다. 그중 하나가 바로 식사. 가족과 떨어지고 며칠 동안 아무렇게나 먹으니 속이 더부룩해지기 시작했다. 그리고 화장실에 머무는 기간이 길어졌다. 그때 종종 태어나 처음으로 경험했던 두려운 단어가 엄습했다.

'변비'.

사실 이전까지 한 번도 변비에 대한 고민이나 어려움을 경험한 적이 없던지라 그것이 주는 공포가 실로 얼마나 대단한지 몰랐던 것. 그것을 경험하게 해 준 것은, 새로운 경험의 보물창고인 군대에서였다. 훈련소 기간. 며칠이 지나도 신호가 오지 않았다. 과거 유럽여행을 시작했을 무렵 비슷한 경험은 했지만, 곧 해결할 수 있었다. 그러나 훈련소에서는 번번이 실패했다.

스스로 얼마나 해결하려 했던가. 끝없는 노력 속에도 좀처럼 문(?)이 열리지 않았다. 결국 문을 열어주는 열쇠를 타인에게 부탁할 수밖에 없었다. 그때 처음 먹었던 변비약의 효과는 상상 초월이었다.

두 달간 지내며 초반에 슬슬 그 단어의 신호가 찾아올 때 즈음. 결국 난 아침에 요거트와 하루에 충분한 수분 섭취라는 방법을 취했다. 그런 상황에 예전에 읽었던 책 속에서 일본의 성자라 불리는 가가와 도요히코 목사님의 일대기가 불현듯 스치며 지나갔다. 평생을 빈민을 위한 삶을 사신 이 분은 중국에서까지 빈민 사역을 해서 커다란 존경을 받으셨던 분이다. 어느 정도로 가난한 사람을 사랑했는지는 한 일화에서도 볼 수 있다. 아주 심한 변비 환자가 변비 때문에 거의 숨이 끊어지는 그런 위급한 상황이 되자 손으로 항문을 후벼 팠고, 그것도 되지 않자 그 환자 항문에 자기 입을 대고 침으로 그것을 녹이면서 빨아내어 사람을 살린 일화이다. 그 일화를 읽어내려갈 때 소름이 돋았다.

내가 누군가를 저토록 사랑할 수 있는가? 그런데 그 시험대가 찾아왔다. 두 달이라는 시간을 지내고 하늘이와 아내가 집으로 돌아왔다. 아내는 아직 기력이 회복되지 않았기에 육아의 상당 부분을 내가 하는 상황이다. 아내의 회복을 위해서는 보다 적극적이며, 능동적인 육아빠의 체제로 변신해야 한다.

열정이 가득한 열심. 그러나 아직 아이에 대한 이해와 육아가 서툰 상황. 하늘이가 "끄응"하며 울어댔다. 순간 밥 먹을 시간을 생각했는데 아직 많이 남았고, 잠잘 시간도 되지 않았다.

그때 아내는 말했다. "하늘이 응가하려고 하는 거 같아요." 역시 엄마였다. 하늘이를 보니 역시나 힘을 주는 모습이 보였다. 그런데 그 모습이 너무 귀여웠다. 그래서 "오~ 귀여워"라고 말했더니, 아내는 "하늘이 얼마나 힘들겠어요?" 하며 안타까워했다.

이것이 엄마와 아빠의 차이인가?

아내는 식사 중이었기에, 내가 기저귀를 갈아줘야 했다. 이미 구슬만 한 하늘이의 응가가 놓여 있었다. 이제는 이런 것쯤 쉽게 치우고, 하늘이를 씻겨줄 수 있다. 그렇게 하늘이를 씻기려 안았는데 엄청 서럽게 우는 게 아니겠는가?

자세히 살펴보니 하늘이는 계속 힘을 주는 상태였다. 역시나 아직 해결되지 않은 것이 있던 것이다. 어떻게 해야 할지 몰라 아내를 불렀지만 아내도 별수 없었다.

순간 기도가 절로 되며, 병원을 가야 하나? 생각하는 찰나. 오른손 위에 메추리알만한 무언가가 떨어졌다. 태어나 처음 만지는 촉감. 딱딱하지만 감사했다. 바로 옆에 변기에 넣고 확인했더니 하늘이의 그것이었다.

그제야 하늘이의 애절한 울음이 그쳤다. 커다란 일을 잘 치러서였을까? 금세 하늘이는 잠이 든다. 멍하니 누워 스스로에게 질문해본다.

"나는 누군가를 도요히코 목사님과 같이 그토록 사랑해 본 적이 있는가? 그토록 헌신해 본 적이 있는가?"

그리고 결론을 낸다.

'역시 막힌 걸 뚫는 것은 오직 사랑뿐이구나.'

스물네번째 이야기 _

구르기

8월 15일 광복절. 3월 1일 삼일절. 6월 6일 현충일. 나라가 법률로 지정해 놓은 국경일이다. 국경일이란? 나라의 경사스러운 날을 기념하기 위하여 법률로써 지정한 날(한국민족문화 대백과 참고)을 의미한다. 국가는 이 날의 의미와 사건들을 기념하기 위해 공휴일로 정하고 국민들은 이를 지키고 있다. 7월 6일 내 생일. 9월 15일 아내 생일. 2월 9일 하늘이 생일. 우리 가족이 지정해 놓은 가경일이다.

가경일이란? 가족의 경사스러운 날을 기념하기 위하여 상민네 가족끼리 지정한 날이다(이미 사용되는 가경일과는 다른 의미이다. 가경일嘉慶日은 나철이 순교한 날로 대종교의 4대 경절 가운데 하나를 말한다. -한국민족문화대백과 참고)

2017년에는 가경일로 지정되어질 만한 역사적인 날들이 많다. 2017년 6월 20일 뒤집기 날. 이날은 하늘이 인생에 있어서 처음으로 몸을 뒤집은 날이다. 아내가 친정에 있을 때 이 동영상을 보냈다. 영상 속 아내와 장모님은 하늘이가 뒤집는 모습을 보며 올림픽에서 메달을 딴 것보다 더 크게 기뻐했다. 아내는 기쁨이 넘쳐 흥분된 목소리로 말한다. "처음 뒤집기입니다. 박하늘. 이 역사적인 순간을 남겼습니다. 대박. 축하합니다." 나 또한 이 영상을 수십 번도 넘게 돌려보며 하늘이를 그리워했다.

6월 20일. 4개월이 된 그녀는 어깨와 목의 힘으로 뒤집기를 성공했다. 6개월. 뒤집기를 넘어서 '구르기 고수'가 되고 있다. 아직 '기어가기'는 어렵다. 그러나 구르기는 자신감이 느껴진다. 구르기를 시도할 때 특징이 있다. 허벅지와 엉덩이의 힘을 반동으로 시작된다. 이윽고 몸과 허리, 목과 머리를 일직선에 둔다. 그리고 몸을 굴린다. 아직 기어갈 수 없기에 방향을 바꾸는 것은 좀처럼 쉬운 일이 아니다.

그럼에도 끊임없이 시도한다. 아직 스스로 앉아 있을 수 없기에 구르기로 대부분의 것을 해결한다. 몸을 굴리다 해결되지 않을 때는 염소의 톤으로 다음과 같이 울어댄다. "움뫄~~" 보호자로서 그녀가 몸을 굴릴 때 늘 집중해야 한다. 그녀의 순간 스피드는 대단하다. 그래서 주위를 기울이지 않으면 예상치 못한 곳. 그녀에게 고통과 어려움을 가져다 줄 곳으로 향하고 있다.

얼마 전 그녀는 낭떠러지로 떨어졌다. 결국 후두골과 두정골 사이가 맨바닥을 가격하는 사건이 있었다. 그때 역시 그녀는 외쳤다.

"옴뫄~~~~~"

맨바닥과 매트의 높이.

즉, 낭떠러지의 깊이는 2cm. 그럼에도 그녀에게는 굉장히 높은 지대였기에 몸을 굴릴 때 언제나 집중해야 한다.

쉽사리 몸이 구르는 모습을 보고 있으니, 학창 시절 슬픈 기억이 불현듯 지나간다. 때는 세상 무서울 것이 없던 중학교 3학년. 당시 학생주임 선생님이 지나다니다 학생 머리카락이 3cm가 넘어가면 이발기로 바로 자르던 시절. 거친 땀 냄새 가득한 남자 중학교에서 선생님들 눈을 요리조리 피해 다녔다. 그리고 드디어 시작된 여름방학. 당시 파격적인 음색으로 음반 깡패였던 솔리드 형들 가운데 김조한 형의 머리를 해본다고, 온갖 머리카락을 끌어 모으던 시절. 친한 친구 녀석 하나가 서울랜드를 가자고 했다.

고향 수원은 유치원 때부터 소풍은 에버랜드 아니면 서울랜드였기에, 그 녀석을 무안 주며 대답했다. "장난하냐?" 그 녀석은 내 심기를 살피며 하회탈 얼굴을 하며 다시 말했다. "여자 꼬시러 가자고! 서울애들 쌔끈하데!" (쌔끈하다 : 세련되고 끝내준다란 뜻으로 두 단어의 앞글자를 따서 줄이고 앞의 말을 된소리처럼 발음함)

지금도 생각해보면 이불킥을 날리고 싶지만, 중3의 허세와 패기의 끝은 어디까지일까? 결국 친구 녀석 둘하고 쌔끈한 서울 여자 고딩들과 서울랜드를 활보할 생각으로 출발했다.

유치원 때 이후 처음 만나는 서울랜드. 사춘기 남자 세 명의 혈기를 감당하기에는 벅찬 감이 있었다. 우리는 온갖 것들을 욕설을 해대며, 여자 찾기에 혈안이 되었다. 그러나 좀처럼 여자들이 보이지 않았다. 그저 여자 초등학생들, 여자 아이들, 여자 아줌마들, 여자 직원들 뿐이었다. 결국 욕설의 깔때기는 서울랜드를 가자고 했던 친구 녀석을 향하고 있었다.

그러던 중. 여자를 발견했다.

고1 정도 되어 보이는 애들이었다. 수원에서 만났던 애들과는 확실히 달랐다. 딱 봐도 세련됨이 묻어 있었다. 그중에 연한 갈색 뿔테에 흰 피부. 작은 입과 착한 눈을 가진 여자가 눈에 들어왔다. 우리는 세 명이었지만 하나가 되어 접근했다. 그런데 의외로 반응이 괜찮은 거 아닌가? 순간 서울랜드가 너무나 소중했다.

뜨겁던 햇살은 우리를 향한 조명이 되었고, 끊임없이 유치하다고 말했던 서울랜드 중앙에 은색으로 돔은 낭만적인 공간의 조형물로 변모되어 있었다. 그러나 하나가 된 마음으로 여자를 꼬셨던 우리는 금세 갈라졌다. 그것은 바로 누가 먼저인지도 모르게 시작한 '쎈척' 때문이었다.

여자 앞에서 '친구'라는 이름은 사라진 지 오래. 우리는 여자들의 미소를 위해서라면, 과장된 행동도, 예상치 못한 지출도, 넘어서는 안될 선도 서슴없이 행하고 있었다.

평소에 라면 하나 쏘지 않던 친구 녀석은 츄러스를 사다 바쳤고, 깔깔거리는 여자애들 앞에 끊임없이 개그를 시도하던 다른 친구 녀석은 오버액션을 멈추지 않았다. 나 역시 그런 분위기에 취해가고 있을 무렵.

넘어서는 안될 선을 넘고 있었다. 그것은 술도 아니요, 담배도 아니요, 스킨십도 아닌. 놀이기구 다람쥐통이었다. 어릴 적부터 이상하리만큼 놀이기구 가운데 다람쥐통이 무서웠다. 당시 가장 무섭다던, 환상특급, 독수리 요새, 자이로드롭, 죠스까지 못 타는 게 없었다. 귀신의 집도 하나도 무섭지 않았다. 그런데 다람쥐통 앞에만 서면 나는 작아졌다. 그 이유는 어릴 적 그것을 타다가, 집어 삼켜질 듯한 공포를 경험했었다. 결국 그날 먹었던 모든 것을 쏟아내었다. 그 후 아무것도 하지 못했던 슬픔. 그 거대한 상처가 있었기 때문이다.

그러나 그 '쎈척'이라는 단어 앞에 나는 그 선을 넘었다. 내가 찍었던 그 아이와 다람쥐통을 타는 순간. 시작과 동시에 나는 괴성을 질러댔다. 다람쥐통은 끊임없이 내 몸을 굴렸고, 결국 내 속도 굴렸다. 결국 그 이후부터 아무것도 탈 수 없었고, 내 자존심도 다람쥐통의 사람들처럼 굴러 다녔다.

지금도 놀이동산의 다람쥐 통을 보면 그 시절이 떠오른다. 괴성을 지르며, 무섭다고 발버둥치던 그때가 아련히 생각난다. 다람쥐 통에서 울부짖던 나를 정색하며 바라보던 그 시선. 놀이기구가 멈추자 짜증을 내며 나가던 뒷모습. 결국 흩어져 버린 여자아이들로 인해 울지도 못하고, 웃지도 못하던 친구들.

오늘도 세차게 구르며 온갖 곳을 돌아다니는 하늘이는 과연 다람쥐통을 잘 타려나? 그때쯤이면, 나도 다람쥐통을 잘 타려나?

소심한 아빠는 내심 다람쥐통이 없어지길 바랄 뿐이다.

스물다섯번째 이야기 _

육아

214일. 내 인생에서 이처럼 큰 변화는 없었다. 태어나 처음으로 응급실에 실려갔고, 또 누군가를 데리고 응급실을 몇 번을 찾아다녔으며, 산부인과라는 곳도 익숙해졌다. 서재에는 새로운 코너가 두 개가 생겼다. 육아 코너('임신 출산 육아 대백과, 삐뽀삐뽀 119 소아과, 아이가 잘 먹는 이유식 따로 있다' 등)와 함께, 아기 그림책 코너('까꿍 놀이 아기 그림책 - 내 뒤에 누가 있을까? 꼭꼭 숨어라' 등…)가 생겼다.

수면시간도 바뀌었다. 8시가 되면 온 가족이 조용해지고, 조명은 꺼진다. 모기장이 설치된 곳으로 아이를 이동시키고, 공갈 젖꼭지를 물린다. 브람스의 자장가를 지니뮤직에서 켠다(물소리가 함께 나오는 오르골). 그리고 아주 조심스레 하늘이 가슴을 토닥여 준다. 그러다 보면 나도 잠들고, 하늘이도 잠든다. 6-7번 정도 자다가 깬다. 자다 보면 끙끙거리는 소리가 나서 일어난다. 그러면 매트가 아닌 다른 곳에서 울고 있다. 어쩌다 밖에서 소리가 나거나, 자동차 경적소리가 크게 울리면 그렇게 원망스러울 수 없다. 차를 세우고 따지고 싶다. 어떻게 잠들게 했는지 그가 알았으면 그렇게 크게 울리지 않았으리라.

100일까지 나는 육아를 도왔다. 아이를 낳는 과정을 바라보며 마음이 타들어갔다. 그때 다짐했다. 어떤 식으로든 아이를 키우는 걸 도울 것이다. 산후조리원을 마치고 아내가 왔다. 며칠 지나서 바로 산모도우미 서비스로 도우미 선생님이 오셨다. 어머님 뻘 되는 연세에 못하시는 게 없었다. 아내는 나를 배려하며, 방에서 잠을 잘 수 있도록 해주었다. 당시 허리가 다친 상태라서 아이를 씻기는 일도 아내가 했다. 기저귀 가는 정도, 분리수거하는 것, 아내가 사다 달라는 걸 사주는 일. 그 정도가 내 몫이었다.

모유수유를 하고 있던 상황이라 100일이 되도록 분유 타는 법도 몰랐다. 가제손수건을 빨고, 끓이는 일, 아기 옷을 세탁하는 일도 도우미 선생님에 이어서 아내가 했다. 난 그저 아내를 도울 뿐. 그래서일까? 아이를 키우는 일은 어렵지 않다고 생각했다. 퇴근 후 그저 아이를 몇 번 안아주다가, 도와달라는 걸 하고 자면 되는 줄 알았다. 그렇게 100일 무렵 일이 터졌다.

홀로 독박 육아를 도맡아 하던 아내. 어떻게든 깨끗하고, 더 나은 환경에서 키우고자 했던 아내의 모든 것이 방전됐다. 결국 아내는 응급실에 몇 번을 실려갔고, 한여름에도 외투를 입고 춥다고 했다. 어떤 음식을 가져다줘도 먹지 못하고, 입맛이 없다고만 말했다. 그렇게 아내와 하늘이는 처가댁으로 올라갔다.

180일. 그때부터 나는 육아를 함께 했다. 남편의 육아는 돕는 게 아니었다. 육아는 함께 하는 것이었다. 정말 부끄럽게도 나의 육아는 아이가 태어난 지 6달이 지난 뒤부터 시작된 것이다. 육아. 두산백과에 따르면 '육아란? 어린아이의 신체적 발육과 지적 교육, 정서의 건전한 발달을 위하여 노력하는 일을 말한다. 어린아이의 몸과 마음의 성장을 방해 하는 요인을 없애 주고, 순조로운 성장을 촉진하는 일이 육아의 가장 중요한 과제이다.' 돌아보니 아내는 홀로 육아를 감당하고 있었던 것이다. 혼자 감당하기엔 너무나 버거운 육아를 말이다.

'아빠라는 이름 아래' 많은 글을 썼지만, 어쩌면 보여주기식의 모습이 아닌가? 생각하게 되었다. 그때부터 육아는 본격적으로 시작되었다. 퇴근 후 다시 출근(?)이라는 마음을 가지고 함께 육아를 해 나갔다. 우선 가장 먼저 하늘이를 재우고, 먹이고, 씻기는 일을 시작했다. 거기에 재우는 것뿐만 아니라 아내를 다른 방에 재우고, 하늘이와 잠드는 훈련(?)을 시작했다. 일주일에 딱 두 번. 토, 일을 제외하고 하늘이와 함께 자고 있다. 분유도 160ml 타는 것도 이젠 능숙하다. 기저귀를 가는 것, 목욕을 씻기는 것도 익숙해졌다.

함께 육아를 하니 변화가 찾아왔다. 겨우 몇 주 되지 않았지만, 변화는 상당했다. 가장 큰 것은 바로 엄마라는 단어의 생각이다. 셰익스피어는 이렇게 말했다. "여자는 약하나, 어머니는 강하다." 이 세상의 어머니. 엄마들에 대한 인식이 바뀌었다.

육아는 실제다.

육아는 굉장한 체력과 엄청난 시간이 소요된다. 어떤 노동보다 감정이 소비되며, 업무시간 역시 이 세상에서 가장 길다. 이런 가운데 남편이 없거나, 있어도 없는 존재와 같다면 상황은 심각해진다. 나 역시 100일, 아니 180일 이전까지는 이름만 아빠였고, 이름만 남편이었다. 아내에게 진심으로 미안하고, 용서를 구한다.

사람에게는 일정량의 휴식을 통해 충전이 필요하다. 그 휴식은 수면으로 대부분 이루어진다. 그런데 인간에게 잠을 자지 못하는 것은 이루 말할 수 어려움이다. 몇 년 전 밝혀진 미국 중앙정보국(CIA)의 고문 보고서에는 사람을 극도의 고통을 가져다주기 위해 7일간 잠을 못 들게 하는 방법을 사용했다고 했다. 그런데 이 땅의 대부분의 엄마들은 아이를 가졌을 때부터 숙면을 취하기 어려워진다. 특히 출산 후 아이를 기를 때부터 그 어려움은 더해진다. 아이와 함께 잠들며 단 하루도 깨지 않은 적이 없다. 중간에 잠이 들지 않는 경우는 분유를 타 주고, 소화시키고 재우는데 1시간이 넘게 걸린다. 그때마다 오늘도 독박 육아를 하게 될 아내가 안쓰러웠다. 그리고 수원에 계신 어머니가 생각났다.

이제 막 함께 하게 된 육아. 아직 명함도 내밀 수 없는 아빠라는 이름. 이전에는 아빠라는 이름이 어색했다면, 이제는 너무나 부끄럽다. 아빠라는 이름의 무게감. 엄마라는 이름의 위대함을 경험하고 있기 때문이다. 언젠가 누군가에게 이렇게 당당하게 말할 수 있는 날이 찾아오게 될 것을 기대한다.

"제가 하늘이 아빠입니다."

스물여섯번째 이야기 _

아기 띠

새벽 5시. 아이가 뒤척였다. 잠귀가 예민한 탓에 잠이 금방 깼다. 근데 눈이 떠지질 않았다. 신기하게도 아이가 자는 척하는 내 곁으로 다가온다. 뒹굴거리더니 반대쪽 탄력을 받아 내 팔 위로 머리를 기댄다. 기분이 좋다. 피곤하여 잠깐 짜증 냈던 감정이 미안하다. 엉덩이와 자그마한 발목의 힘으로 어깨까지 오른다. 그리고 나를 깨우며 말한다. "맘마" (엄마, 아빠, 맘마 이 세 가지 중의 중간 발음이다. 눈을 뜨고 아이를 바라보니 싱긋 웃는다. 눈을 거의 감았지만 이제 분유 타는 건 일도 아니다.

6번 우유통에 숟가락을 퍼담는다. 벌써 240ml를 먹는다. 귀여운

먹깨비. 어젯밤에 끓여놓았던 물을 미리 컵에 담가 놓는다. 그리고 생수를 조금 붓고 끓인다. 분유통에 뜨거운 물을 넣고 시계방향으로 돌린다. "맘마~~ 맘~~~~~~" 찡찡거리던 하늘이가 내 발등까지 울며 기어왔다. 귀여웠다. 맘마를 하늘이에게 주면 하늘이가 누워서 젖병을 두 손으로 잡고 먹는다. 거의 감긴 눈으로 그 광경을 보면서 머리를 쓰다듬는다.

소화를 시키고 범퍼 의자에 앉혀 동화책 3권을 읽어준다. 1권까지는 관심을 갖다가 2권째부터는 빨고 3번째는 도중에 포기한다. 한 시간 그렇게 놀아주니 6시 즈음 졸려해서 다시 방에 들어간다. 쪽쪽이를 물리고, 나도 잠이 들어버렸다. 그렇게 8시 반쯤. 더 잠이 오지 않아 조심스레 나왔다. 아내에게 산책을 좀 하고 오겠다고 말했다. 아내는 손가락으로 오케이 사인을 내린다. 감사했다.

수영강변을 향하는 발길에 시원한 한 모금의 숨결이 코끝으로 들어온다. 한 움큼씩 오던 가을이 어느덧 여름의 뜨거움을 뒤덮은 모양이다.

언제부터 피었는지 모르는 코스모스가 강변 텃밭을 가득 메우고 있었다. 코스모스를 좋아하지 않는다. 홀로 피어있을 때 너무 흐늘거리며, 위태로워 보이는 경우가 많기 때문이다. 그런데 눈앞에 가득한 코스모스의 물결이 수영장을 뒤엎었다. 두 여자가 생각났다. 아내와 내 딸. 눈에 한참 담아두다가, 두 여자에게 보여주고 싶어 몇 장 찍어봤다. 하지만 거대한 매력을 담기에 카메라 렌즈는 역부족이다. 그렇게 집에 다시 도착하니, 둘은 날 기다리고 있었다. 뭔가 기분이 좋았다.

하루 종일 집에 있었던 아내.
혼자만의 시간을 갖고 싶다 했다.

순간 아찔했다. 자신이 없었다. 가장 레벨이 오르지 않는 독박 육아. 상상하니 한숨이 쉬어졌다. 그래도 아내가 안쓰러워 그렇게 하라 했다(물론 하고선, 걱정이 가득했다). 아내는 카페로 향하고, 하늘이는 나간 아내의 문 앞에서 울음을 터뜨렸다. 더 이상 들을 수 없어서 안아주고, 달랬다. 그러나 쉽지 않았다. 그래서 아기띠를 꺼냈다. 사실 나는 아기띠를 했다가 2번 실패한 경험이 있다.

지난여름 아내가 아기띠를 메고 하늘이를 재우거나, 청소를 하거나, 마트를 가는 모습을 보면서는 쉬워 보였다. 그러나 두 번이나 실패를 거듭하면서 자신감을 잃었다. 그런데 하루 종일 집에 있던 하늘이는 밖에 나가고 싶은지 아기띠 끝을 잡고 빨고 있었다. 지난번의 실패를 교훈삼아 뒤로 메는 것은 포기한다. 그것은 능력자들이나 가능한 것이요, 아직 초보 아빠에게는 시도조차 하기 어려운 일.

결국 양쪽 어깨의 줄을 늘리고, 허리띠까지 조절한다. 그리고 드디어 하늘이를 안고 쑤셔 넣듯(?) 시도했다. 1차 실패. 다시 줄을 조이고 2차 시도! 드디어 성공. 감격스러웠고, 나 자신이 자랑스러웠다.

하늘이가 추울까 봐 모자를 씌우고 나갔는데, 바람이 뺨을 때렸다. 나는 맞아도 우리 애가 맞는 것은 못 본다. 지난번 감기에 걸려 고생한 일이 있기에 다시 집에 가서 후드 집업을 하늘이 머리에 씌운다. 그리고 뒤로 묶는다. 이것은 거의 유레카 수준! 마치 후드 집업은 이날을 위해 준비되어 있던 것처럼 하늘이와 나를 감싸 안아 주었다. 그렇게 한 걸음씩 걸었다. 머리가 흔들렸다. 왼손으로 머리를 바쳤다.

나중에 알게 되었지만, 아이의 목과 머리를 보호해 줄 수 있는 넥 서포트가 있었다. 그걸 모르고 아이를 꼭 안고 다녔다. 그 순간 아이의 몸이 느껴지고, 무게가 서서히 하나가 되고 있었다. 땀이 났고, 옷이 젖고 있었다.

여름철. 쉬워 보이던 아내의 아기띠 두른 모습이 지나가면서, 괜스레 미안했다. 그리고 계단을 오르고, 내릴 때 무게가 느껴져 한 걸음씩 옮기는 게 무게감이 있었다. 임신했을 때 이런 상황이었겠구나? 하는 마음에 애잔함이 가슴을 먹먹하게 만들었다. 드디어 코스모스 정원 도착. 그러나 하늘이는 이미 깊은 잠에 빠진 상황. 그래도 함께 산책하고, 함께 이 순간, 이 곳에 있다는 사실이 행복했다.

그래서 사진이라도 몇 장 담고, 바람이 거세 바로 집으로 향했다. 거센 바람에도 온몸이 젖는 아기띠의 실체. 그리고 우리가 하나가 되게 만들어 주는 아기띠. 이 묘한 매력을 충분히 느낄 무렵 집 앞에 도착했다. 하늘이는 아직 깊은 잠에 빠졌다. 그 표정이 평화롭다. 아기띠로 하나됨이 느껴져서일까?

내 마음에도 그 평화가 흐른다. 처음으로 독박 육아의 커다란 계단을 한 계단 오른 뿌듯함에 하늘이 머리를 괜스레 쓰다듬는다. 그건 아마 내 머리를 스스로 쓰다듬기 쑥스러워했던 행동이었으리라. 기분 좋게 집에 들어가니 아내가 기다리고 있었다.

뭔가 기분이 좋았다.

스물일곱번째 이야기 _

장염

"아아아 앙~ 앙~~" 처음 듣는 울음소리였다. 맘마를 찾는 소리도 아니요, 졸려서 투정 부리는 소리도 아니요, 엄빠를 찾는 소리가 아니었다. 번호키를 누르고 집에 들어갔더니 하늘이가 울고 있다. 아내도 거의 우는 얼굴로 하늘이 엉덩이를 향해 부채질을 하고 있다. "아빠다~" 하며 들어올 때마다 싱긋 웃으며 언제나 반기던 웃는 아이의 얼굴은 온데간데없다. 아빠를 보며 더욱 자지러지게 운다.

너무 울어서였을까? 목소리가 쉬어 있는 거 같고, 머리는 땀으로 젖어 범벅이 되어있었다. "무슨 일이에요?" "하늘이가 계속 설사를 해요. 그래서인지 엉덩이랑 허벅지에 발진이 났어요." 시선은 아이의 엉덩이로 향했고, 눈은 환부를 오래 바라보지 못했다. 마음이 아파서 볼 수가 없었다. 살짝 건드려도 피가 터져 나올 듯하게 부어 있었다.

바닥이 꺼질듯한 한숨과 함께 발끝이 얼어 움직이지 못하고 있었다. 옷도 갈아입지 못하고 어쩔 줄 몰라하고 있자 아내가 말했다. "옷부터 갈아입고, 좀 도와줘요." 그 말을 듣고 정신이 번쩍 들었다. '그래! 내가 이래서는 안 되지.' 정신이 번쩍 들었다.

이럴 때 필요한 건 스피드!
옷을 갈아입고, 손을 깨끗이 씻고 나왔다.

정신 차리고 아이와 아내를 다시 보니 상태가 둘 다 말이 아니었다. 몸이 아파 하늘이는 울다가 지쳐있었고, 아내는 쓰러지기 일보직전이었다. 하루 종일 독박 육아에 하늘이가 이토록 아팠으니 얼마나 몸과 마음이 무너졌을까?

일찍 아내를 재워야 했다. 강제로 방에 들어가게 했고, 그때부터 홀로 쏟아지는 설사와의 전쟁이 시작되었다. 먹고, 싸고, 울고를 반복했다. 보통 8시에서 9시에 잠들던 하늘이가 12시 30분이 넘도록 아파서 잠을 이루지 못했다.

겨우 1시가 넘어갔다. 기력을 다하고 지쳐 눈을 감고 끙끙 앓고 있었다. 나도 옆에서 누웠다. 두 마음이 슬그머니 올라왔다. 먼저는 고마웠다. 태어나 한번도 아프지 않고 씩씩하게 버텨주고, 건강하게 자라준 하늘이에게 참 고마웠다. 그리고 이후 미안함이 내 온몸에 가득히 퍼져갔다. 아빠로 아무것도 해주지 못하고, 남편으로 더욱 아내의 마음을 챙기지 못한 게 미안했다. 미안함이 가슴에서 시작해 코끝으로 올라와 눈으로 집중되어 눈물이 고일 때 즈음.

'새애액, 새애액' 소리가 났다. 하늘이가 잠이 든 것이다. 그리고 나 역시 잠깐 눈을 감았는데 다시 커다란 소리로 울기 시작했다. "애애애액. 애애애앵~" 아까 저녁에 들었던 그 울음소리에 잠을 깨고 코를 기저귀에 갖다 댔다. 설사였다. 겨우 일어나 시계를 보니 새벽 3시였다.

결국 하늘이마저 응급실로 행했다. 2017년은 엄마, 아빠, 하늘이 모두 응급실을 가게 된 특별한(?) 한 해로 기록되는 순간이었다. 근처 종합병원 응급실은 8개월 된 아이를 진료하기 어렵다 했다. 내가 살고 있는 동네 기준으로는 진료 가능한 곳은 멀리 떨어진 대학병원 응급실뿐이었다. 결국 부리나케 달려갔다. 소아과 당직근무 의사는 '장염'이라는 병명을 진단 내렸다. 다행히 열은 많이 없어서 설사약을 처방받고, 혹이라도 열이 나면 병원에 와야 한다 했다.

당분간 분유는 멈추고 설사분유(노발락 AD)를 먹이고, 이유식도 중단해야 한다고 했다.

집에 오는 내내 아내와 아이는 깊은 잠에 들었다.

운전을 하면서 이 모든 일의 이유가 나 때문이 아닌가? 생각이 들었다. 하늘이가 아무거나 빨기 시작하면서 조금 더 챙겼으면 이런 일이 없었을 텐데, 아내가 부탁하는 것들을 더 적극적으로 했으면 이렇게 지치지 않았을 텐데.

그저 건강하게만, 잘 웃어주기만 해도 얼마나 커다란 기쁨이며,
행복이었는지 자고 있는 두 여자를 보며 애잔함을 느낀다.

집으로 돌아와 육아빠로 감성 가득한 글과 그림이 잔뜩 담긴 책 <집으로 출근>을 들어 밑줄그은 곳을 천천히 읽어본다.

"네가 나중에 자라서 나에게 효도를 할 거란 기대는 하지 않아. 건강한 것, 잘 웃어주는 것, 나와 함께 놀아주는 것, 밥 잘 먹는, 다치지 않는 것과 같은 엄청난 양의 효도를 이미 하고 있거든. 언젠가 너는 내가 없어도 너의 인생을 잘 헤쳐 나가며 살아가게 되겠지. 그리고 나 역시 그 모습을 보면서 너와 따로 살아갈 날이 오겠지. 나는 아마 내가 꿈꿨던 아빠의 모습으로 늙지 않아서 네게 많이 미안할 거야. 하지만 너는 그 존재만으로도 내가 꿈꿨던 것이니 건강하게만 자라줘."

\- 전희성 <집으로 출근> 중에서

눈으로 읽다가 다시 또 밑줄을 긋는다. 그리고 오른쪽 상단을 살짝 접어 놓는다. 그리고 펜을 들어 선명하게 써놓는다.

'언젠가 하늘이에게 편지로 써줄 것.'

스물여덟번째 이야기 _

도리 도리

"아빠다"

번호 키를 꾹꾹 누르며 반가운 목소리를 전한다. 문을 열고 들어서면 아내는 반가운 기색을 하며 "아빠 오셨다."하고 외친다. 하늘이는 엉덩이를 들썩거리며 굉장한 속도로 나에게 다가온다. 그리고 내 발등 위에 올라서고 고개를 댄다. 하루 종일 뻑뻑했던 눈과 무거웠던 어깨, 무표정했던 얼굴 근육들이 풀어진다.

하늘이를 안기 전에 아내를 찾는다. 그리고 아내와 살며시 포옹을 한다. "오늘 별일 없었어요?" 아내에게 안부를 묻는다. 매번 이런 식으로 진행되지는 않지만, 의식적으로 아내에게 먼저 인사를 하고, 아내에게 먼저 안부를 물으려 한다. 그것이 육아빠로써의 가장 커다란 의무이다. "아내가 살아야 아이가 산다. 아내가 살아야 내가 산다. 아내가 살아야 우리 집이 산다." 이것이 내가 가진 신념이자, 가정 행복론의 중요한 핵심이다.

곧이어 화장실로 향한다. 하늘이는 빛과 같은 속도로 따라온다. 화장실 바닥까지 내려올까 봐 화장실 문을 닫으면 소리를 낸다. "애애 애앵~ 애앵" 빛보다 더 빠른 속도로, 하지만 깔끔하고 구석구석 손을 씻는다. 문을 열고 나오면 하늘이는 엉덩이를 다시 들썩거린다. 내 마음도 들썩인다. 드디어 하늘이를 눈높이까지 번쩍 들어올린다.

"잘 지냈나요? 오늘 하루 어땠나요?" 나도 모르게 그 순간 뮤지컬 톤으로 연기하는 대사처럼 하늘이와 대화를 한다. 기분이 좋은지 다리가 바둥바둥거리며 둥글한 허벅지와 발을 부쩍부쩍 튕겨댄다. 그런데 아내가 갑자기 신기한 일이라도 일어난 것처럼 이렇게 말한다.

"여보 이것 보세요. 도리도리" 아내가 고개를 좌우로 흔들며, 음률을 섞은 주문을 건다. 그러자 하늘이의 고개가 좌우로 움직이기 시작한다. 보고 있으면서도 믿어지지 않는 상황이다. 그러더니 아내가 하늘이의 얼굴에 입을 맞추며 말한다. "너무 잘하네 우리 하늘이."

이 짧은 순간에 하늘에서 내려오는 거대한 기쁨이 가득하다. 누군가의 말에 몸이 반응했다는 것 자체에 대한 묘한 자부심까지 피어올라왔다. 우리 딸이! 내 딸이! '도리도리'를 하다니! 금방이라도 소리를 지르고 싶었다. 너무 신이 나서 얼굴에 미소가 가득 넘친다. 하늘이도 같이 덩달아 웃는다. 그리고 말한다. "여보, 제가 해봐도 될까요?" "한번 해보세요!" 잠시 흥분을 가라앉히고, 아내와 최대한 비슷하게 싱크로율을 맞춰 주문을 걸어 본다.

"도리도리" 그러자 미세하지만 아주 조금 움직였다. 이어서 한 번 더 시도해 본다. 그때 비로소 살랑살랑 고개를 움직였다. 그 모습이 어찌나 귀여운지. 하늘이를 안고 덩실덩실 춤을 추었다. 하지만 그때까지 도리도리의 여파가 그토록 커질 것이란 걸 우리는 예상 못했다. 이후 도리도리 실력은 하루가 다르게 빨라져 갔다. 점점 속도가 붙었고. 좌우가 아닌 대각선 스킬도 늘어갔다.

심지어 나를 향해 '도리도리'를 말해 달라고 할 정도로 계속 머리를 움직일 때도 있었다. 그때는 너무 안쓰러워 "그렇게 하면 어지러워~" 하면서 하지 말아 달라고 달래기도 했다. 특히 맘마가 먹고 싶어질 때 진행되는 도리도리는 모성 본능(?) 아니 부성 본능을 더욱 일으켰다.

이럴 때 발동하게 되는 초보 아빠의 마음. "우리 아이가 이상한 건 아닌가? 병원에 가야 하는 건 아닌가?" 아내에게 묻자, 전혀 걱정하지 마라며 나를 진정시켰다. 그래도 어쩔 수 없는 아빠 마음. 녹색

창에다가 조심스레 적어내려 갔다. “아기 도ㄹ” 이 정도만 쳐도 벌써 “아기 도리도리”라고 검색이 되었다. 그래서 검색했더니 엄청나게 많은 글들이 나와 있었다.

하나같이 나와 비슷한 마음들이었다. 그리고 결국 내용의 결말은 걱정하지 않아도 된다. 자연스럽게 없어진다. 발달단계 중 하나라는 말만 가득할 뿐. 나처럼 과잉 불안 초보 아빠 같은 사람들이 많이 있구나 하면서 안도감과 함께 부끄러운 미소가 입에 가득하다. 그나저나 도리도리 때문인지 요즘 몰라도 사무실에서 나도 모르게 고개를 좌우로 흔들 때가 있다. 나도 그만할 때가 됐다. 오늘은 집에 가서 도리도리 안 하고, 잼잼을 시도해봐야겠다.

“잼잼잼잼~”

스물아홉번째 이야기 _

홀로 서기

“어허~ 안 돼” 하늘이가 물건을 잡고 서기 시작했다. 의자 없이 앉기만을 바랬던 게 어제 같은데 어느덧 300일이 지났다. 이제는 보고 있지 않으면 어디로 갈지 모른다. 빙판 위의 김연아 선수처럼 거실 바닥에 배를 깔고 기어 다닌다. 때로는 박태환 선수처럼 접영의 자세로 거침없이 사방을 돌아다닌다.

그 모습이 어찌나 늠름하고, 빠른지 가끔 보면 고구려의 영토를 넓히던 광개토대왕의 눈빛을 하고 있다. 그러다가 갑자기 배가 고프면 사정없이 울어버린다. 그렇게 자란 하늘이. 요즘 홀로 서는 연습을 한다. 그런데 넘어진다. 곧잘 주저앉는다. 수십 번, 수백 번을 넘어진다. 인터넷에서 떠돌아다니는 글을 보면 한 아이가 어머니의 뱃속에서 나와 제대로 걷기까지 총 2000번을 넘어져야 한다고 한다.

그러니 홀로 서고 걷는 것이 얼마나 어려운 일인가.

그러나 하늘이만 그토록 홀로 서고 걷고 싶은 게 아니다. 사실 나에게도 그런 시절이 있었다. 당당하게 19금 영화를 얼마나 보고 싶던지, 주민등록증을 보여주고 대통령 선거가 얼마나 하고 싶던지, 운전을 하면서 좋아하는 노래 들으며 어찌나 달리고 싶던지. 어른이 되면 좋겠다는 말을 입이 닳도록 하던 학창 시절. 부모님을 떠나서 살아간다는 기대와 환상. 내가 번 돈으로 포장마차에서 마음껏 떡볶이를 먹을 수 있을 그날을 상상했었다. 홀로 설 수 있을 거라는 자신감. 내가 살아갈 것을 혼자 벌고, 혼자 쓰며, 그렇게 살아간다는 것에 대한 기대감이 가득하던 시절이 있었다.

그런데 살다 보니 그게 만만치 않다. 어느 하나 녹록한 게 없다. 학비를 벌기 위해 시작한 카드회사의 전화상담원. 하루에 쉬는 시간 10분. 점심시간 40분. 콜이 많으면 30분. 그 외에 시간에는 항상 대기를 해야 한다. 일정량의 전화를 받지 못하면 언제나 박살이 났다.

처음 듣는 목소리의 사람들. 이 땅에 돈이 없고, 어렵게 살아가는 사람이 그토록 많은지 그제야 조심스럽게 배웠던 그 시절들.

고등학교를 졸업하자마자 이 엄청난 노동현장에 뛰어들었던 한 여직원. 그 업계에서 오랜 경력을 쌓다가 도저히 참지 못해 그만두었다가 다시 시작해 부팀장까지 올랐던 그녀. 결국 쏟아지는 질책과 찢어지는 감정 속에 버티지 못하고 사직서를 건네던 그날, 어느 하나 위로해줄 힘들조차 없는 그 시간, 아쉽다는 말과 함께 그녀의 용기를 축하해 주며, 나 역시 사직서를 만지작거리지만 결국 포기하던 하루하루.

이런 세상에서 하나님의 나라를 살아 내려 이를 악물고, 목에 핏대 세우며 버틸 때 가장 간절한 것은 누군가의 한마디였다. 인사치레라도, 진심이 없고, 던지는 말이라도 듣고 싶었다.

"힘내, 포기하지 마."

상투적인 멘트라도 누군가가 그리웠다.

그리고 그 그리움의 끝에 배웠던 커다란 배움. 이 세상에서 사람은 홀로 설 수 없다. 이 같은 결론 속에 나약하다 손가락질하며, 비판할지 모르지만 어쩔 수 없었다.

"사람이란 홀로 설 수 없다." 이 깨달음을 귀하게 여기셨는지 하나님께서는 나를 교회로 이끄셨다. 그때 만난 만남들. 사회에서 디자인 회사에 다니며 주 5일 모두 야근하며 겨우 버티던 부부, 법률회사에서 하루에 4시간씩 자다가 결국 그만두고 쓰러지기 직전에 공무원 시험을 준비하던 부부, 한 명은 대학원생으로 또 한 명은 콜센터

직원으로 살아가던 우리 부부까지. 그렇게 우리는 모였고, 그 모임 속에 하나님이 거하시기 시작했다.

그렇게 쓰러져 있던 우리 들은 서로를 세워주기 시작했다. 삶이란 혼자 사는 것을 포기하는 순간부터 새로운 세상이 시작된다. 그것을 우리는 느꼈다. 누구나 혼자 살 수 있을 것 같지만, 하나님을 통해 함께 사는 삶을 경험하면 완전히 새로운 세상을 발견하게 된다.

그 시절 만나던 그 가정들도 그랬다. 서로의 삶을 오픈하며, 하나님의 이름으로 모인 우리에게 하나님께서는 서로의 마음들을 치유케 하셨다. 더 나아가 함께라는 이름의 거대함을 경험케 하셨다. 누군가가 서기 위해서는 누군가가 끌어줘야 하고, 잡아줘야 하며, 일으켜 세우는 존재가 있어야 함을 경험했다. 그 경험이 내 삶에 든든한 자양분이 되어주고 있다.

하늘이는 오늘도 넘어졌다. 자꾸자꾸 넘어진다. 그런데 넘어져도 다시 일어난다. 씩씩하다. 그러나 하늘이가 일어나지 못할 때가 있다. 그저 누워 있으며 울어재낄 때가 있다. 그것은 혼자가 되었을 때 그렇다. 엄마도, 아빠도 없을 때 그렇다. 아무도 없으면 하늘이는 계속 울어댄다. 마치 죽음에 임박한 두려움 앞에 어쩔 줄 모르는 존재처럼 울어댄다.

하지만 하늘이가 엄마가 있을 때, 아빠가 있을 때는 일어난다. 혼자서도 씩씩하게 일어난다.

어쩌면 인간은 그런 존재인지 모른다.

아무도 없는 홀로 된 존재일 때는 바로 설 수 없는 존재.

돈을 잡고 일어나려 하지만, 직장이나 권력을 잡고 일어나려 하지만, 자신의 만족과 행복을 잡고 일어지만 결국 쓰러질 수밖에 없는 존재.

그러나 하나님께서 함께 할 때는 아무것도 없는 것 같지만 씩씩하게 일어나는 존재. 하나님의 존재로 인해 홀로 설 수 있는 존재가 바로 인간인지도 모른다.

서른번째 이야기 _

첫 돌

벌써 일 년. 하늘이의 첫 번째 생일. 아이가 태어난 지 1년이 되었다. 한국에서는 아이가 태어나 12개월을 지나면 돌이라고 표현한다. 한국민족문화대백과, 한국학중앙연구원에 따르면 한국인의 문화 속에 첫돌은 빈부귀천이나 경향京鄕의 지역적 차이 없이 누구나 아이를 위한 돌잔치를 지내준다고 나와있다. 이 때문이었을까?

정신없이 지내다 보니 내 생각과 다르게 하늘이의 돌잔치가 준비되고 있었다. 아내와 어머니께서 돌잔치를 준비하였고, 나는 그 과정을 옆에서 지켜보면서 마음에 들지 않는 부분이 많았다. 사실상 돌잔치를 하여 주위 이웃들에게 부담되는 게 싫었다. 그래서 아주 가까운 친척들만 모여서 조그맣게 하고 싶었다.

평소 친구나 지인들의 아이의 돌잔치를 가보면서 마음에 부담이 계속 있었다. 나의 삐딱한 시선은 돌잔치를 'give & take'의 모습으로 바라보았다. 그래서 나의 솔직한 마음들을 아내에게 나누었다. 그러나 이미 진행된 잔치를 되돌릴 수 없는 상황이었다. 그래서 돌잔치 지역을 친척들이 대부분 사는 수원으로 잡았다. 가급적 손님들을 친척과 아주 가까운 지인들만 초대하길 바라는 마음에서였다. 감사하게도 이런 나의 바람은 이루어졌다. 하지만 부산에서 사역중인 상황 속에 몇몇 지인 분들은 아쉬움을 내비치기도 했다.

하늘이를 데리고 해운대에서 수원까지 가는 길은 쉽지 않다. 우선 좌석을 특석을 끊었다. 다소 부담이 되지만 아직 하늘이가 걷지 못하는데 대중교통을 이용해야 하는 상황에 이웃들을 배려하는 마음이 컸다. 하늘이는 수원까지 가는 길에 많이 보챘다. 울기도 했고, 힘들어 했다. 아무래도 긴 시간 기차를 타는 상황이 마음에 들지 않은 듯했다. 그래도 커다란 무리 없이 도착한 수원은 몹시 추웠다. 우리는 그때까지 수원의 매서운 추위처럼 돌잔치를 진행하는 것이 우리 가정에게는 결코 쉽지 않을 것이란 상상은 전혀 예측하지 못하고 있었다.

돌잔치는 엄마 아빠의 화장과 머리손질부터 진행되었다. 나는 얼마 전 미얀마에 다녀와 피부염을 앓고 있었다. 그 후 한동안 로션도 바르지 못하는 상황. 머리와 메이크업을 해주시는 선생님에게 본의 아니게 굉장히 까칠하게 대할 수밖에 없었다. 그 다음에는 복장을 선택해야 했다.

예전부터 과한 화장과 한복을 입고 돌잔치를 진행하던 어색한 지인들의 모습이 우리 가정에 연출되는 부분을 굉장히 껄끄럽게 생각했다. 그래서 정장을 선택했었는데 예상치 못한 정장 베스트(남성 정장 조끼)를 입어야 하는 상황이었다. 여기까지는 괜찮았다. 이후 하늘이와 함께 돌 사진을 찍는데 상상을 초월하는 에너지가 들었다.

사진을 찍는 하늘이는 얼어있었고, 끝까지 웃는 사진을 위해 사진기사는 말도 할 수 없는 노력을 강행했다. 어떻게든 웃는 사진을 찍으려는 마음을 알겠지만 세 명 모두에게 쉽지 않은 시간이었다. 그럼에도 최선을 다해주는 사진기사가 고맙기도 했다. 결국 그렇게 찍힌 사진들을 뒤로 한 채 드디어 기다렸던 돌잔치. 하늘이는 사진을 찍을 때부터 아빠의 팔에서 떨어지려 하지 않았다. 사진기사의 말로는 거의 대부분은 엄마랑 안 떨어지려 하는데 이런 애들은 10명중 한 명 정도밖에 되지 않는다 말했다. 아내가 10kg 넘는 하늘이를 계속 안고 있는 것은 무리라고 생각해서 감사했지만, 마지막까지 아빠 품에 있는 상황에 언젠가부터 팔은 떨리고 있었다.

돌잔치를 진행하는 과정 속에 참 많은 지인들과 친척들이 축하해 주었다. 다 찾아가서 하늘이를 보여주고 싶은 마음이 있던 분들인데, 이렇게 한 번에 할 수 있다는 상황에 돌잔치를 준비하는 내내 투덜대던 나의 모습이 반성이 되었다. 우리 가정에 큰 의미는 없지만 돌잔치 사회자 말로 가장 중요한 '돌잡이'. 놓여있는 건 실, 판사봉, 마이크, 돈, 청진기, 펜 등이었다.

나는 그저 하늘이가 건강하고 밝고, 착하게 자라주었으면 하는 바람뿐인데, 각각의 의미를 알기에 큰 기대가 없었다. 사회자는 갑자기 나에게 물었다. "어떤 걸 잡으면 좋겠어요?" 순간적으로 나는 "마이크!" 그리고 아내는 "판사봉"을 말했다. 그러나 단박에 하늘이는 청진기를 잡았다. 사회자는 훌륭한 의사가 되길 바란다 말을 하고 돌잔치를 끝냈다.

하늘이는 그날 밤 앓았다. 새벽 내내 잠들지 못하고 울었다. 사진을 찍는 내내 어려워하더니 많이 자극이 되었던 것 같다. 계속 울어대는 하늘이를 안아주고 업어주었다. 그러는 동안 청진기를 잡은 하늘이가 생각났다. 그리고 그때부터 잠들려 하는 하늘이의 등을 쓰다듬으며 마음으로 이야기했다.

“하늘아. 아빠는 말이야. 청진기처럼 들어주는 사람이 되었으면 좋겠어. 들음의 가치가 점점 사라지는 이 시대에 누구의 말이라도 경청해 주는 사람. 기쁜 소식에 더욱 기쁘게 들어주고, 슬픈 소식에는 눈물을 흘리며 함께 들어주는 사람. 그런 사람이 되었으면 좋겠구나.”

그렇게 한참을 이야기 하니 돌잔치 내내 내 뜻대로 안 되는 부분에 투정부리며, 다른 이의 말을 듣지 않던 나도 반성이 되었다. 하늘이도 아빠의 이 말을 마음으로 잘 들었는지 어느새 곤히 잠든다.

그렇게 하늘이의 돌잔치는 마무리되었다.

서른한번째 이야기 _

골절

금수저와 흙수저로 우울한 낙인을 찍어버린 사회를 살아가는 세대. 갈수록 힘든 취직으로 인해 역사상 최고의 스펙을 쌓는 세대. 욜로(yolo)족, 혼밥, 혼술, 혼영족들이 늘어나고, 이로 인해 개인화가 견고하게 세워지는 세대. 청년이다. 그러나 나에게 '청년'이란 단어는 이런 시대 속에서도 기대를 놓지 못하게 하는 단어이다.

가능성, 높은 기세. 역동성과 활력을 통해 세상 가운데 나눔, 함께, 평등, 자유라는 단어의 가치와 능력을 알려주고 싶은 마음이 가득하다. 그런 마음이 단단하게 세워져 가는 속에서 청년부 사역자라는 직책을 맡게 되었다.

드디어 청년들을 섬기는 청년 리더들과 첫 모임. 그 시간을 위해 얼마나 준비하였는가? 청년부 예배를 마친 뒤 리더모임을 준비하고 있었다. 첫 모임인지라 여러 가지 신경을 쓰며 준비했다. 예상시간이 길어지며 이대로 가다간 아내가 늦게까지 기다릴 거 같다는 판단에 아내에게 전화를 했다. 아내가 아닌 타인의 목소리가 귓가에 울리며, 이해할 수 없는, 이해하기 싫은 내용이 전달되고 있었다.

"전도사님 말씀 들으시고 전화하셨죠? 여기 병원 응급실이에요." 가슴이 턱 막혔다. 반응을 할 수가 없었다. 아내가 유치부실에서 아이들과 놀아주다 넘어졌는데 크게 다쳐 수술을 해야 하는 상황이라고 전해 주셨다.

귀로 들은 이야기가 가슴으로 느껴진 건 응급실에서였다. 창백한 커튼을 젖히니 아내는 떨고 있었다. 아무 말도 할 수 없었다. 작년 한 해 몇 번의 응급실 경험과 수술 경험 때문에 무뎌진 줄 알았던 가슴은 진정되지가 않았다. 상황을 눈과 머리로 이해되었지만 마음으로 받아들이지 못하고 있었다. 숨이 가쁘게 쉬어지다가 아내의 첫 마디는 나를 더욱 무너지게 만들었다.

"여보, 미안해요."

화가 났다. 이 상황에 화가 났고, 화를 내는 나에게 화가 났다. 아내의 눈을 마주칠 수 없었다. 의료진에게 물어보니 '고관절 골절'이 예상된다고 했다. 그리고 응급수술이 진행되어야 하는 상황이라는 말을 이어갔다. 그 뒤에 후유증이나 겪게 될 어려움을 말하는 의사의 입술을 바라보았지만, 내용은 음소거된 TV의 뉴스처럼 다가왔다.

감정을 소모할 시간이 없다는 판단이 일어났다. 응급한 상황에 도움을 청할 사람들이 생각나고 어떻게든 신속하게 수술이 진행되어야 하는 상황이었다. 그래서 가까이 있는 대학병원으로 향했다. 시간이 지나는데 아주 작은 기대를 꿈꿨다. 다친 부위가 수술을 하지 않고, 가볍게 지나갈 수 있는 상황이 되기를 그 짧은 시간에 얼마나 간절히 기도했는지 모른다. 그러나 나의 간절한 기대는 또 다른 대학병원으로 가야 하는 상황을 맞닥뜨릴 때 부러져 버렸다. 그렇게 세 번째 병원으로 이동하며 수술을 기다렸다. 응급수술이 늦은 밤이나 새벽에라도 진행될 줄 알았지만 아침 7시가 돼서야 가능하다는 말이 나왔다. 마음이 무너져 내려가고, 한숨은 이어졌다. 그때 하늘이가 생각났다.

장모님께 전화드려 늦은 밤 기차를 타고 오신 장모님께 전화드렸다. 다행히도 하늘이는 장모님과 처제와 함께 잘 있다는 말을 들었다. 그때까지 앉을 시간이 없던 내 몸도 극도의 피로가 몰려왔다. 수차례 앉으라는 아내의 말에도 아랑곳하지 않고 서 있던 그때. 응급실 침대 옆 간이의자에 내 몸이 주저앉았다. 청년 공동체를 멋지게 세워 함께 울고, 함께 웃고, 함께 사역하는 공동체로 나아가겠다는 굳은 의지도 주저앉았다. 아내와 하늘이와 이 봄날에 벚꽃을 만끽하며 아름다운 부산의 봄을 경험하려던 계획도 주저앉았다.

나는 아무것도 할 수 없었다.

새벽 2시 반. 아내의 수술을 기다리는 시간 속에서 갈아입지도 않았던 옷과 입원을 할 때 필요한 물품을 챙기러 집을 향했다. 하늘이는 울다가 지쳐 벌벌 떨며 할머니 등에서 울고 있었다. 제대로 안아주지도 못하고 옷과 물품을 챙겼다. 그리고 나갈 때 즈음 울다 지친 하늘이가 장모님 등에서 잠들어 있었다. 무너지는 마음과 빗소리는 절묘하게 어울렸다. 움직일 때마다 "끼익"거리는 오래된 와이퍼는 쏟아지는 비를 감당하기엔 부족했다. 그저 그 소리만 을씨년스럽게 차 안에 가득 채워지고 있었다. 그때 나도 모르게 한마디가 새어 나왔다. "도대체 왜…" 그리고 소리를 지르며 핸들을 주먹으로 내리쳤다.

어이없게 순간 지난주 설교하던 내 모습이 떠올랐다.

"어떤 상황에서도 하나님을 바라봐야 합니다."

그렇게 설교를 전했던 목소리, 말투, 전하는 제스처가 생생하게 지나갔다. 그 말을 지키기 못하는 지금. 이를 꽉 깨물자 눈에는 물기가 가득해졌다. 아무것도 할 수 없는 초라함. 나약하고, 부족함. 아빠로서, 남편으로서 아무것도 할 수 없는 무능함은 나를 둘러 덮었다. 그렇게 내 마음도 부러져 가고 있었다.

아내의 수술시간 내내 내가 할 수 있는 건 없었다. 그저 하늘로 던지는 원망의 한숨. 목까지 차오르는 분노, 거기에 가슴을 계속 두들겨 패는 듯한 통증만 느껴졌다. 시간도 누군가 초침을 부러뜨렸는지 멈춰 버렸다. 기다림은 고통이었다.

멈춰진 시간 속에 나 역시 사지가 부러져 있는 시체마냥 거친 숨만 땅에 뱉어댔다.

서른두번째 이야기 _

하루

저녁을 먹고 나른하게 앉아 있었다. 몸은 무겁고, 목은 뻐근했다. 굉장한 무게의 눈꺼풀은 나의 큰 눈을 뒤덮었다. 거의 누워있는 듯한 자세에 어깨는 축 처지고 기운이 없었다. 무기력했다. 고개를 좌우로 돌리며 스트레칭을 한다. 아내의 수술로 인해 하늘이가 장모님댁에 올라갔다. 병실에서 아내는 자고 있다. 자연스레 핸드폰을 만지작거린다. 검색사이트를 엄지손가락으로 휘젓는다. 눈에 띄는 기사에 클릭을 했다.

기사는 다른 기사로 옮겨지고, 다시 영상으로 이어진다. 시간이 흘러가고 있음을 짐작한다. 시계를 보니 순식간에 시간이 30여분이 지나가고 있었다. 나는 분명히 할 게 있었다. 정리할 것도 있었고, 나중에 책도 읽어야 했다. 마음속 계획이 있었다. 그러나 마음의 힘도 잠깐, 금세 다른 기사를 클릭하고 또 무의미한 베스트 댓글에 눈이 갔다. 몸과 마음은 본능이 이끄는 대로 움직였다. 핸드폰과 병원의 침대 그리고 나를 일치시키고 있었다. 그리고 의식에 흐름대로 눈은 자연스럽게 TV를 향하게 되었다.

"찰나에 바뀌는 메달색… 동계올림픽 '1000분의 1초 승부' "

지금의 내 모습과 전혀 다른 세계의 동계올림픽에 대한 뉴스가 나왔다(JTBC. 2018년 02월 18일 20:33). '최고 시속 90km로 질주하는 스노보더인 체코 레데츠카가 결승선을 통과하자 이번 대회 최대 이변이 펼쳐졌다. 1분 21초 11, 0.01초 차로 금메달을 땄다는 내용이었다. 그러면서 기자는 이런 말을 이어서 풀어갔다. "4년간 땀의 결실을 찰나의 순간으로 평가받는 선수들, 그래서 동계 올림픽에서는 작은 실수도 용납되지 않습니다." 그 뉴스가 내 자세를 곧추세웠다. 이러면 안 되겠다는 생각에 침대에 일어나게 한 것이다. 내게 주어진 하루도, 체코의 레데츠카 선수와 동일한 하루일 것이라는 생각이 내 생각의 사면을 둘러쌌다.

하루. 하루는 24시간. 14400분. 86400초. 지금 생활하는 하루, 한 시간, 일분, 일초가 하나의 점으로 환산된다면 그것은 내 삶의 거대한 진행 속에 중요한 순간이다.

중학교 1학년 수학에서 배웠던 점, 선, 면이 떠올랐다. 점은 모여서 선이 되고, 선은 모여서 면이 된다. 우리가 찍는 점들이 하루라면, 그 하루는 모여서 선이라는 나의 세월이 된다. 나의 세월이라는 선들이 모이면 나의 인생이라는 면이 되어 간다. 그래서 오늘 하루가 중요하다. 누구에게나 주어진 값없는 커다란 선물 하루. 그러나 그것의 위대함을 발견하는 이는 많지 않다. 나 역시 그것을 발견해 가는 과정 가운데 있다. 누구에게나 주어진 하루라는 선물은 하나님께서 우리를 세워 가시는 사랑이다.

그래서일까? 그리스도인의 삶은 하나님께서 주신 하루라는 선물을 누리며 살아가는 인생이다.

하나님께서 값없이 주신 하루라는 은혜를 누리며 사는 삶. 하나님께서 베푸신 하루가 얼마나 이 땅에 필요한지 이웃에게 알리는 삶.

이것이 그리스도인의 삶이다. 하루의 가치를 생각하니 우리 가정에게 하루의 가치가 얼마나 중요한지 하나님께서 깨닫게 하신다. 수술 부위가 아물고, 피부조직에 새로운 살이 솟아나고, 뼈마디가 붙기에 필요한 아내의 하루. 넘어지고, 엉덩방아를 찧고, 머리와 허벅지, 무릎에 멍이 들어도 바로 서고 걷기에 필요한 하늘이의 하루.

그렇다면 나에게 필요한 하루는 무엇인가? 바쁘고, 정신없이 보내는 하루? 아니면 정반대로 느릿느릿하며 생각 없이 보내는 하루? 아니다. 아마도 내게 필요한 하루는 하나님의 은혜라는 인식이다. 하나님의 거대한 은혜를 인식하는 것. 누구에게나 주신 하루를 하나님의 은혜로 특별하게 누리는 것. 그 마음으로 하루를 그분과 함께 살아가는 것. 그것이 지금 나에게 필요하다. 그 은혜가 내게 필요하다.

서른세번째 이야기 _

읽는 사람

나중에 하늘이가 자라서 어떤 사람이 되었으면 좋겠어요?

잠깐 머뭇거렸다. 나의 자녀가 어떤 존재로 자랄까에 대한 바람은 결혼 전, 결혼 후, 출산 후로 극명하게 갈린다. 결혼 전엔 정말 별 생각이 없었다. 상상해 봤다면 나랑 닮은 딸이 나온다면 어떤 느낌일까? 궁금했을 뿐이다. 나와 성별이 다른 나의 자녀라고 생각하니 신기할 뿐이었다. 결혼 후 그 생각은 조금 더 추가가 되었다. 아내의 좋은 점과 나의 좋은 점을 닮은 아이가 이 땅에 태어나길 바랐던 때가 있었다. 그러나 아이를 임신하고 출산을 하는 과정에서 그런 부분들은 완전히 사라졌다. 그저 건강하고, 착한 사람이 되길 바라는 마음만 간직하고 있었다. 그리고 누군가 물어보면 그렇게 대답했다.

“건강하고, 착한 사람.”

아내에게 같은 질문을 하자 아내는 “건강하고 자신의 삶을 행복하게 느끼는 사람.”이 되었으면 좋겠다고 했다. 정말 정답이다. 그런데 TV 채널을 돌리다 공익광고가 눈과 귀를 잡아당겼다. 이미 광고는 몇 초가 흐른 후였지만 멘트 하나하나가 마음에 박혔다. ‘재미있는 이야깃거리로 가득한 당신, 사려 깊고 지혜로운 당신, 총명하고 재치가 넘치는 당신. 책을 읽을수록 책을 닮아갑니다.’ 그렇게 끝나버린 광고는 이어지는 다음 광고에 집중하지 못하게 만들었다. ‘즐거운 이야깃거리로 가득한 사람. 사려 깊고 지혜로운 사람, 총명하고 재치가 넘치는 사람.’ 생각만 해도 얼마나 멋진 일인가?

만약 누군가 당신이 어떤 사람이냐 물었을 때 이와 같은 대답이 나오면 얼마나 멋진 삶을 산 것인가? 하늘이가 자라서 그런 사람이 되었으면 좋겠다고 생각했다. 광고를 몇 번이고 돌려봤다. 광고의 시작은 잔잔한 왈츠가 나오며 펼쳐진 책들이 장면이 바뀌며 자막이 하나씩 나온다.

‘즐거운 이야기로 가득하다. - 가디언’
‘사려 깊으며 지혜롭다. - 뉴욕 타임스’
‘대단하다, 총명하고 재치가 넘친다. - 김영하’

그러면서 화면 사람들이 책을 읽어가는 모습과 함께 멘트가 이어진다. 광고가 마칠 때 즈음 나오는 마지막 멘트는 독서가들의 마음을 책장으로 가게 만든다.

"책을 읽을수록 책을 닮아갑니다. 독서는 나에게 주는 가장 큰 선물입니다."

광고를 몇 번 더 본 후 나는 자연스레 책을 펼치고 있었다. 오랫동안 책장에 읽기를 기다려온 본회퍼 전집을 다시 열었다. 책장을 넘기니 반 정도 읽었던 느낌이 있다. 본회퍼는 〈나를 따르라〉를 통해 책장을 열어제친 내게 가감 없이 또 도전한다.

"예수의 제자는 절대로 분노해서는 안 된다. 왜냐하면 분노함으로써 그는 하나님과 형제를 모독하기 때문이다."

최근 내 안에 아주 작은 것으로 분노하는 예민함으로 기도하던 중 부담스럽지만 밑줄 그어야 할 문장이 튀어나와 버렸다. 일본의 평론가로 비평의 새로운 분야를 연 개척자로 소개되는 고바야시 히데오는 톨스토이 전집에 관련된 내용을 다음과 같이 다룬다. "톨스토이 전집에는 좋은 것도 나쁜 것도 있게 마련이다. 하지만 그런 것을 전부 읽었을 때 톨스토이라는 인간의 전체상이 자신 안에 들어온다. '글이 곧 그 사람'이라는 말은 바로 그런 뜻이다."

책을 읽는 사람. 책을 통해서 책을 닮아가는 사람이 되고 싶다. 자극적이며, 선정적인 기사와 사건들이 가득한 이 시대에, 슬며시 찾아온 봄기운처럼 미소 짓게 만드는 이야기를 나눌 수 있는 책 읽는 사람이 되고 싶다. 남녀가 갈라지고, 빨강과 파랑이 분열하며, 동과 서로 쪼개지는 이 땅에서 사려 깊고 지혜가 있어서 누구든 편안히 함께 대화할 수 있는 책 읽는 사람이 되고 싶다.

돈과 힘을 향해 칼과 총이 아슬아슬한 긴장 속에서 평화의 물꼬를 틀 줄 아는 책 읽는 사람이 되고 싶다. 그 사람이 나였으면 얼마나 좋을까? 그리고 그 사람이 우리 하늘이었으면 얼마나 좋을까? 이렇게 한 장, 한 권 읽고, 이렇게 한 단어 한 문장 쓰다 보면 언젠가 그렇게 되겠지. 오지 않을 것 같았던 봄이 찾아온 것처럼 그렇게 나도 자라 가고 있겠지.

서른네번째 이야기 _

친구

<명심보감>의 〈교우交友〉편에 보면 공자孔子는 “선한 사람과 함께 있으면 지초와 난초가 있는 방으로 들어가는 것과 같아서 오래되면 향기를 맡지 못하니, 그 향기에 동화되기 때문”이라고 말한다. 또한 공자는 선하지 못한 사람과 함께 있는 것을 생선가게에 들어간 것에 비유한다.

그는 절인 생선가게에 들어가 오래 지나면 그 악취를 맡지 못하는 것처럼, 냄새에 사람이 동화되기 때문에 반드시 함께 있는 자를 조심해야 한다고 말했다. 여기서 유래한 지란지교란 말은 벗을 사귈 때 지초와 난초처럼 향기롭고 맑은 사귐을 가지라는 의미를 가지고 있다. 벗 사이의 변치 않는 사귐, 두터운 사귐을 일컫는 한자 성어가 ‘지란지교’이다.

그래서 언젠가부터 향기가 좋은 사람을 만나면 유안진 시인의 <지란지교를 꿈꾸며>를 보낸다. 그의 시의 일부에서는 이와 같은 시구가 나온다.

“그가 여성이어도 좋고 남성이어도 좋다 나보다 나이가 많아도 좋고 동갑이거나 적어도 좋다 다만 그의 인품은 맑은 강물처럼 조용하고 은근하며 깊고 신선하며 친구와 인생을 소중히 여길 만큼 성숙한 사람이면 된다.”

향기가 좋은 사람을 곁에 두고 깊게 사귀면, 내면에서 쏟아져 나오는 악취가 조금씩 사라질 것을 기대함으로 그렇게 하고 있다. 그래서일까? 내게는 인생에 있어서 아주 중요한 꿈이 있다. 그런데 나이가 들면서 내게 꿈이 뭐냐고 물어보는 경우가 적어졌다. 하지만 나에겐 아직도 생각만 하면 두근거리고, 반드시 이루고 싶은 꿈이 있다. 살짝이라도 건드리면 금방이라도 터질 듯한 꽉 차 버린 홍시 같은 꿈이 그득하다. 그 꿈은 바로 누군가에게 “좋은 친구가 되는 것.”이다.

내게는 이미 그런 좋은 친구가 있다. 그 친구를 만난 건 중학교 3학년 무렵이다. 내 인생의 모든 진로를 결정해야 할 것 같은 두려움이 임박한 그 시절. 그 친구는 참 조용했다. 친구들에게 고민이나 상담하는 것을 약한 사람이나 하는 것으로 알던 시절. 늘 남의 이야기를 들어주던 나에게 조용히 내 이야기를 들어주는 친구를 발견했다. 한 번은 너무 힘들어서 울면서 그 친구에게 이야기를 하는데,

다른 누군가처럼 어떠한 해결책이나, 방법들을 말하지 않고 조용히 나를 안아 주었다. 그게 그 시절 얼마나 위로가 되었는지 모른다. 그리고 그 친구는 노래를 참 좋아했다. 아니 좀 더 구체적으로 말하면 노래하는 내 모습을 좋아해 주었다. 그래서인가 그 친구 앞에서 노래도 참 많이 불렀다.

그렇게 인자한 친구가 가끔씩은 분명하고 단호하게 말할 때가 있었다. 그럴 때면 나도 모르게 그 말을 듣게 되고, 친구의 진심에 미안함을 가지고 그가 말하는 대로 살아보려 노력했다.

그 친구를 다시 만난 건 군대에서였다. 당시 우울함 속에 매일을 삶을 이어나가기 힘든 시절. 그는 변함없이 맑고 깊은 강처럼 내가 던지는 감정들을 조용히 받아주었다. 특유의 고요함으로 나의 일렁이는 마음들을 토닥여 주었다. 한 번은 너무 지쳐 멍하니 하늘만 바라보는데 그가 곁에 있는 걸 느꼈다. 왜냐하면 그에게는 마음이 시원해지는 민트 향이 나기 때문이다. 그는 특유의 두꺼운 손과 머쓱한 미소를 지며 내 어깨를 툭 쳤다. 그리고 말했다.

"기다리고 있었어."

그렇게 몇 달 동안 그 친구와 함께 했더니 그 사이에 내 속의 악취가 사라졌다. 사실 한동안 생선의 썩은 비린내보다 더 고약하게 상해 버린 마음과 부패한 시선들이 나를 사로잡고 있었다. 그러나 그와 함께 하는 시간이 흐르며 내 불안한 삶과 거친 시선들은 변화되기 시작했다. 그는 언제든 기다려주었고, 지칠 때마다 예전에 함께 거닐던 장소, 대화들을 이야기해주며 내게 힘을 주었다.

나도 그 친구처럼 좋은 친구가 되고 싶다. 그 친구를 닮고 싶다. 누군가의 상함을 향기로 감싸주는 맑은 사귐으로 만들어가는 친구가 되고 싶다.

내 친구 '예수'처럼 되고 싶다.
그리고 내 딸에게도 이 친구를 소개하고 싶다.

서른다섯번째 이야기 _

하늘색

어릴 적 누구나 한 번은 크레파스로 하얀 도화지에 그림을 그려본 적이 있을 것이다. 아무것도 없는 하얀 도화지에 세상의 다양한 색을 표현하는 시간은 나에게 신나는 순간이었다. 그 가운데 빨리 닳아버리는 색이 있는데 그것은 하늘색이다. 사람을 그리고, 집을 그리고, 나무를 그린 뒤 도화지의 3분의 1의 면적을 항상 하늘색으로 칠하곤 했다. 어떤 친구들은 하늘색을 파란색으로 칠하고, 붉은색으로도 칠했지만 나는 하늘색으로만 칠했다. 하늘색을 가득 채워 놓고 좋아하곤 했다.

그리고 지금도 가장 좋아하는 색을 꼽으라면 하늘색을 말한다.

하늘색이라고 통용되는 이 색은 영어로 SKY BLUE라는 색이며,

연한 파란색을 의미하는, 맑게 갠 하늘의 색이다. 사실 하늘에는 다양한 색이 존재한다. 비가 오기 전의 우중충한 날은 하늘이 잿빛으로 가득하다. 또한 붉은 노을이 질 때면 하늘은 빨간색으로 뒤덮인다. 그런데 사람들은 오래전부터 연한 파란색을 하늘색으로 불렀고, 세계적으로도 공용으로 표현한다. 아마 그것은 연한 파란색이 가장 하늘다운 색을 나타내기 때문이 아닐까?

이러한 하늘색은 나에게 있어서 맑음과 희망을 상징하는 색이다. 하늘이 하늘색이 되기 꼭 필요한 것이 있는데 바로 빛이다. 빛이 반쯤 가려진 노을 가득할 때의 하늘은 적색을 띠게 된다. 빛이 없는 밤의 하늘은 칙칙한 검은색으로 변한다. 빛이 구름에 가려진 하늘은 짙은 회색이 되고 만다. 물론 이러한 하늘이 각기 다름을 선보이며 멋을 부린다. 그렇다면 하늘에 빛으로 충만할 때는 어떤 색을 보여줄까? 그것이 바로 하늘색이다. 빛이 가득한 하늘에는 하늘색이 온 하늘에 가득하다.

빛이 넘치는 하늘의 하늘색은 사계절 모두에 다 잘 어울린다. 겨우내 잠자고 있던 숲과 대지가 푸른빛으로 진동하는 봄의 하늘은 하늘색을 머금고 한참 낮게 내려와 우리와 차분하게 대화한다. 찬란한 태양을 머금고 온갖 곡식과 열매들을 맺기 위해 뜨거운 열정으로 일하고 있는 여름의 하늘은 청량한 하늘색으로 우리에게 시원함을 가져다준다. 온 세상의 결실을 모두 보고 싶은 듯 드높게 펼쳐진 가을 하늘은 맑음의 절정을 한껏 자랑한다. 코끝이 알싸한 겨울의 하늘은 눈과 더불어 청명한 희망을 더 해준다.

이렇듯 하늘은 우리에게 맑음과 희망을 가져다준다. 하늘은 때때로 우리의 인생 속에 어둡고, 시커먼 일들이 가득할 때 고개를 들게 한다. 그리고 하늘색처럼 맑고 희망 가득한 일들이 일어날 것에 대한 기대를 가져다준다. 또한 온갖 사건 사고가 가득한 혼잡한 이 세상 속에서도 여전히 하늘의 맑음을 추구하는 것이 인간의 본연의 삶이란 것을 다시 되새기게 한다.

시간이 흐를수록 이러한 이유로 온 세계가 하늘의 색을 SKY BLUE라고 여기는 것이라 생각한다. 오늘도 나는 고개를 들어 하늘을 본다. 회색 지대 속에서 살아가는 가운데 맑음과 희망을 안겨다 주는 그 하늘색을 가득 칠하고 싶어 하늘을 본다. 그리고 나의 삶도 세상을 맑게 하고 희망을 안겨다 주는 하늘의 색을 닮아 또다시 고개를 든다.

서른여섯번째 이야기 _

찢어지다

수업이 마치면 1층인 우리집 앞으로 모였다. 하루 이틀 모인 게 아니었다. 매일 모였다. 학원가는 아이도 없었고, 핸드폰 게임하는 아이도 없었다. 아파트의 같은 라인에 살아도 전혀 모르고 인사하지 않는 오늘날과 다른 그 시절. 나의 어린 시절이 그 시절과 맞물리는 게 얼마나 감사한지 모른다.

우리는 올챙이도 잡으러 갔고, 앞산에 우리의 아지트를 만들어 피라미드 모험이라며 해가 질 때까지 놀았다. 매일매일 신났다. 그중 내가 나이가 제일 많았다. 나보다 나이가 많은 형은 고등학생 형이라서 우리 멤버가 될 수 없었다. 학교를 마치면 1층에 살았던 나는 있는 힘껏 소리를 질렀다. “피라미드 모험할 사람 나와라” “오재미할 사람 나와라" "비석 까기 할 사람 나와라" 그러면 아이들이 하나 둘씩 모이고 금세 7-8명의 멤버가 구성된다. 모두들 얼굴이 시커멓게 그을린 목과 얼굴을 가지고 서둘러 나왔다.

7월의 뜨거운 햇살에 달걀 프라이가 될 것 같은 아스팔트 속에서도 우리는 모였다. 그날따라 나는 자전거를 가지고 나가고 싶었다. 자전거를 가지고 소리 지르며 나오라는 목소리에 아이들은 자신의 자전거를 다들 들고 나왔다. 그 시절 자전거를 가장 빠르게 타는 사람은 언제나 우리의 우상이었다. 감사하게도 그중에 제일은 나였다.

그러나 언제나 이런 상황이 올 때 한 살 어린 2층의 우진이는 나의 가장 커다란 경쟁상대였다. 살집이 있던 나는 우진이에게 힘은 되지만 태권도로 늘씬한 우진이의 스피드는 만만치 않다는 걸 느꼈다. 자전거를 다 같이 타다가 갑자기 시합 모드로 변했다. 결코 지고 싶지 않은 시합 속에서 나는 있는 힘을 다했다. 아파트 두 바퀴를 도는 시합이었는데 한 번도 밀리지 않았던 상황에서 마지막 바퀴의 턴 하는 곳에 가까이 오자 우진이가 바로 뒤에 있다는 걸 느꼈다. 오른발에 힘을 더 넣었다. 강하게 더 세게 더 빨리. 허벅지가 터지는가 싶더니 순간적으로 자전거가 미끄러졌다.

정신을 차려보니 아스팔트에 나의 왼쪽 다리살들이 너덜너덜 찢어져 있었고, 피가 아스팔트 사이에 흘러 검붉은 색을 드러내고 있었다. 팔과 얼굴은 긁혀서 까진 정도였지만, 왼쪽 무릎은 살이 찢겼음을 언뜻 봐도 알 수 있을 정도였다. 옆에 있던 여자애가 소리를 지르며 울기 시작했고, 사람들이 모였다. 나는 정신이 없어서 창피한 줄도 모르고 멍하니 하늘을 바라봤다. 얼마 지나지 않아 엄마 얼굴이 하늘을 가렸다. 어머니는 급히 수건으로 살점과 피가 흘러내리는 무릎을 눌러주셨다. 정신이 들 무렵 병원에 도착했다. 엄청 혼날 줄 알았다. 그러나 어머니의 깊은 한숨소리만 연이어 들었을 뿐 침착하셨고, 더 다치지 않아서 다행이라는 말씀만 하셨다.

아내가 고관절이 골절되어 2개월 넘게 누워만 있다가 집에 왔다. 주위에선 조금 더 입원해 있었으면 했지만 더 이상 병원에 머물기에는 나도, 아내도, 하늘이도 많이 지쳐있었다. 아내는 병원에서 퇴원하여 집에 누워있었다. 목발 없이는 아무것도 할 수 없는 상황. 나의 업무가 마칠 때까지 육아 도우미 선생님께서 하늘이를 봐주셨고, 퇴근 후에는 내가 하늘이를 봐야 하는 상황이었다. 하루의 일과를 마치고 집에 들어와 하늘이를 보는 것은 쉽지 않았다. 씻기고, 먹이고, 재우고, 놀아주는 일은 만만치 않았다.

간혹 하늘이가 너무 찡찡거리면 나도 모르게 책을 보는 척하며 하늘이를 혼자 놀도록 둘 때가 있었다. 그런데 일이 터졌다. 어릴 적 자전거를 타고 아스팔트에 넘어졌을 때, 울었던 여자 아이의 울음소리보다 더 큰 소리로 하늘이가 괴성을 지르며 울어댔다.

달려가 보니 하늘이는 바닥에 누워 떨고 있었고 아내는 하늘이 이마를 누르고 있었다. 바닥에 그리고 매트에는 붉은 피가 쏟아져 있었다. 생각보다 많이 흘러 있는 피를 보고 너무 놀랐다. 소리를 질렀다. "어떻게 된 거예요?" 아내도 겁을 먹은 상황이었다. 떨리는 목소리로 대답했다. "혼자 놀다가 장난감 통에 박았는데 이렇게 됐어요." 떨리는 가슴이 진정이 되지 않았다. 홀로 설 수도 없는 아내는 엉덩이를 바닥에 붙인 상태로 피를 닦고 하늘이를 안고 있었다.

정신이 없었다. 두 모녀를 바라보는데 가슴에 속상함과 분노, 답답함과 짜증이 가득 넘치더니 찢어지기 시작했다. 그러나 잠시 후 정신이 들었다. 그리고 여기서 내가 흔들리면 안 된다는 강한 의지가 솟아났다. 감정과 환경을 이겨내는 정신력이었다. 모든 게 해결된 지금에서야 느꼈지만 많이 당황하던 나와는 달리 아내는 예전에 어머니께서 내게 보여주신 모습과 흡사했다. 나보다 침착했고 나보다 담대했다.

우리는 응급실로 향했다. 1년 사이 열 번을 넘는 응급실이었지만, 그 어느 때보다 간절했고, 그 어느 때보다 정신을 차리고 마음을 지키고 있었다. 아내가 고마웠다.

그리고 어머니가 보고 싶었다.

서른일곱번째 이야기 _

꿰매다

깊은 밤. 11시를 넘어가고 있었다. 이마가 찢긴 하늘이는 부들부들 떨고 있다. 아내는 목발로 서 있기도 쉽지 않은 상태. 끝까지 아이와 병원을 가겠다는 아내와 결국 함께 응급실로 향했다. 피로 젖어버린 휴지를 통해 아내의 손은 어느새 피로 물들었다. 가장 가까운 종합병원 응급실. 아이를 들고 문을 발로 차며 들어온 우리 모습에 간호사는 우리 곁으로 달려온다. 아이의 이마를 잠깐 보더니 기다려 달라 한다. 아무것도 모르는 우리. 응급실까지 아무 사고 없이 온 것으로만 감사하고 이제 한숨 돌린다. 그런데 예상치 못한 간호사의 대답이 나온다.

"상처부위가 깊고, 워낙 아기라서 성형외과 전문의가 있는 병원으로 가셔야 할 거 같아요. 여기서 치료할 수 없는 상황이에요."

한없는 원망의 눈길로 간호사를 바라봤다. 그러나 정신을 다시 차려야 한다. 머릿속에 이 상황에 도움을 줄 수 있는 지인들을 생각해낸다. 그리고 겨우 연락이 취해지고, 40분 거리에 있는 대학병원으로 서둘러 오라는 연락을 들었다. 15개월 정도 된 아이가 넘어져 찢어졌을 경우, 상처 부위와 경중에 따라 다르지만 성형외과 전문의가 있는 병원으로 가야 한다는 걸 이제야 알았다는 상황에 너무 미안할 뿐이었다. 이마는 멍과 혹으로 부풀어 올랐고, 아이는 많이 놀랐는지 축 늘어져 젖은 빨래마냥 내 몸을 의지하고 있었다.

서둘러 발길을 돌렸다. 우선 비상 깜빡이를 켰다. 그리고 마음속으로 몇 번이고 말했다. "빠르게, 안전하게." 그러나 빠른 것보다 더 중요한 건 안전하게 도착하는 것이라는 생각이 지배적이었다. 12시가 훨씬 넘은 새벽길이었고, 도로는 물기로 젖어 있던 상황. 속도를 내야 하지만 내서는 안 된다는 생각이 들었다. 박살나버린 나의 마음들과 생각들을 이성의 끈이 꿰매고 있었다. 성령님께서는 나의 시선들과 핸들을 잡은 손, 액셀을 밟는 발을 절제시켜 주시며 나를 이끄셨다. 쏟아지는 자책감에 한숨만 깊어졌다. 아내와 나는 오가는 말이 없었다. 아빠 그리고 엄마라는 이름의 무게가 너무 커다란 이 상황이 지나가길 바랄 뿐.

병원 도착 후 성형외과 전문의는 예상보다 빨리 내려왔다. 아이의 이마를 꿰매어야 하는 상황인데 성인 두 명이 필요하다고 했다. 의사는 꿰매는 과정을 함께 하려는 엄마를 향해 잠깐 나가 있으라고 했다. 그리고 젊은 남자 간호사를 부르더니 우리 둘에게 말했다.

"절대 움직이게 하면 안 됩니다. 상처가 깊어요. 잘못 꿰매면 풀고 다시 해야 하니까 꽉 잡아주세요. 특히 아빠가 잘 잡아줘야 합니다."

남자 간호사가 몸과 다리를, 그리고 나는 머리를 잡았다. 지난 병원에서 붙여준 거즈를 떼니 상처부위가 생각보다 심각했다. 국소 마취만 하고 꿰매는 상황. 하늘이는 이 상황을 보고 있고, 느끼고 있다. 태어나 이토록 바들바들 떠는 것과 이토록 격렬하게 우는 모습을 본 적이 없다.

모든 힘을 다해 소리를 지르는 하늘이의 발발 떠는 머리를 잡으며 할 수 있는 거라곤 아픔과 공포에 질려 있는 아이에게 이렇게 말하는 것뿐이었다. "하늘아 많이 아프지? 아빠가 미안해. 조금만 더 참아. 다 끝났어." 꿰매는 시간은 생각보다 길었다. 많이 움직이는 하늘이, 그리고 찢긴 부위, 그리고 심혈을 기울이는 의사. 한 땀 한 땀 찢어진 곳이 꿰매어져 갈 때마다 하늘이는 울었고, 내 마음은 더 찢어져 갔고, 밖에서 기다리는 아내의 속은 상해 가고 있었다.

딸의 고통을 바라보며 찢겨지는 아픔과 상해버리는 마음이 나를 숨 막히게 압도할 때 생각이 났다. 나를 위해 자신의 아들이 십자가에 찢김을 바라보신 분. 나를 위해 자신의 아들의 목마름을 지켜보신 분. 나를 위해 쏟은 물과 피를 바라보며 눈물 흘리신 분. 그때 나를 이처럼 사랑한다는 그 말씀이 내가 들어온다. 단순한 지식적 앎이 아닌, 경험하며 숨쉬기조차 버거운 아픔 속에서 경험되어지는 앎. 그 앎을 통해 사랑을 느낀다. 그렇게 내 눈에 눈물이 고일 때즈음 하늘이의 이마는 모두 꿰매졌다.

잘 참아줘서 고맙다 하늘아.

날 사랑해 줘서 감사해요 하나님.

서른여덟번째 이야기 _

됐다

산책을 좋아한다. 천천히 걷다 보면 생각이 바뀌고, 또 생긴다. 오래 달리기는 별로 좋아하지 않는다. 가볍게 조깅하는 정도는 좋지만, 측정을 위해서 달려야 했던 오래 달리기는 정말 싫었다. 특히 고등학교 때 체력장에서 허벅지가 떨리며, 입안에 신맛을 넘어 피맛까지 날 정도로 뛰었던 그때를 생각하면 아직도 치아가 얼얼하다. 숨이 턱밑까지 차오르며 코가 아려올 정도의 아슬아슬한 추억은 지금도 생생하다.

고등학교를 졸업하면 함께 졸업할 줄 알았던 오래 달리기. 그러나 군입대를 준비하며 학사장교의 푸른 꿈을 안고 준비하는 과정에서 오래 달리기는 다시 한 번 나를 괴롭혔다. 헬스장에서, 운동장에서,

친구와 함께, 홀로, 비를 맞으며, 뙤약볕 아래 달려야 했던 그 시간들. 좀처럼 기록이 줄지 않아 힘들던 그때. 무척이나 힘든 과정 속에서 포기하고 싶었지만 스스로를 얼마나 다독였는지. 측정 날까지 몸무게를 줄여가면서 뛰었던 오래 달리기. 당시 여자 친구였던 아내까지 함께 응원을 와줘서 무척이나 부담되었던, 그러나 설레고 기대했던 그때. 결국 합격의 기록을 마치며 운동장 바닥에서 커다란 숨과 함께 뱉었던 한마디.

"됐다."

체력장에서는 합격선이 나왔으나 결국엔 떨어졌던 학사장교의 면접. 그리고 거칠게 머리카락을 자르고 늦은 나이에 입대한 군대는 내게 너무나 어려운 곳이었다. "가혹행위가 있었습니다." 느리지만 분명하게 말했다. 헌병대 부사관이 놀란 눈치이다. 그는 다시 한 번 물었다. "정말 가혹행위가 있었나?" "네. 그렇습니다." 가장 가깝게 지내던 선임병의 죽음을 군에서는 끝까지 교통사고로 내몰려고 했다. 하지만 그렇게 할 수 없었다.

그래서 그렇게 말했다. 그때도 떨리는 입술을 질겅 씹으며 뱉었다. 결국 이 발언으로 인해 같은 생활관 선임 5명은 징계를 받고 한 명은 영창을 갔다. 그리고 그들이 돌아온 후부터 끝나지 않을 것 같은 어둠이 시작되었다. 그때 당시 겨우 일병. 시간은 멈췄다. 그들은 먹잇감으로 발견된 민달팽이 같은 나를 매일 쇠꼬챙이 같은 혓바닥으로 찌르며, 숨 막히는 분위기로 몰아갔다. 나는 짓눌렸고, 버거웠고, 지겨웠다. 끝나지 않을 것 같았던 군생활의 마지막. 신고를 마치고 위병소를 걸어 나가며 깊은 한숨과 함께 던진 한마디. "됐다."

유전일까? 아니면 내가 쏟아냈던 말을 흉내냈을까? 2살 난 딸에게 듣는 "됐다."는 기분이 좋았다. 처음으로 "엄마"라는 말을 하고 얼마 뒤 배가 고파 울어 우유를 주었더니 말했다. "됐다." 이후 책을 가져와 품에 안기고 마지막 페이지를 넘길 때 하는 말 "됐다." 발음도 정확하지 않은 옹알이 가운데 명확하게 들리는 소리 "됐다." 기저귀를 다 갈았을 때, 밥을 다 먹었을 때, 밖에 나갔다 집에 들어와 누울 때 하늘이는 외친다. 특히 걷기 시작한 하늘이의 "됐다"는 좀 더 풍성해졌다.

15개월이 된 하늘이는 요즘 아장아장하다. 아장아장 걷는 하늘이에게 지금 경험되는 하루하루의 일상은 신대륙을 찾아가는 모험가의 표정과 기세가 대단하다. 한 번은 차를 타고 도착한 바다 앞에 눈앞에 펼치지만 눈이 풍선처럼 부풀어 오르며 입은 탁구공처럼 동그랗게 하고 말했다. "됐다." 그 모습을 바라보며 그동안 내가 내뱉었던 말 "됐다."를 돌아본다.

삶의 거대한 문제들 앞에서 뒷걸음치고, 피하며, 포기하고 싶었던 그 순간. 버티고 견디어 겨우 뱉은 말 "됐다."가 모여서 지금 여기까지 왔다. 언젠가 하늘이도 턱끝까지 차오르며 피맛나는 고통과 숨 막히게 조여오는 사방의 욱여쌈 가운데도 견뎌내는 법을 배워가길. 혹시라도 버티기 힘들면 지금처럼 아장아장 내 품에 언제든 찾아오길.

그래서 지금처럼 "됐다." 하고 살아가길.

서른아홉번째 이야기 _

편지

아버지.

여름이 지나가는 길목에 아버지에게 이렇게 말을 걸어볼 수 있는 시간.

이 시간이 주어져서 감사하네요. 여름이 지나고 낙엽이 지기 시작하면, 유독 피부가 건조하신 아버지는 항상 로션을 많이 바르셨고, 또 두 번씩 바르셨죠. 그런 아버지의 모습을 떠올리면 가슴 한구석에 시린 이에 들이닥치는 찬바람 마냥 가슴 한구석이 아려올 때가 있네요. 아마도 그것은 아버지를 향한 마음과 표현의 아쉬움 때문일 거라 생각이 듭니다.

아버지.

저는 아버지를 이해하는 데 오래 걸렸어요. 아니 아버지에 대한 오해를 버리는 데 더 오래 걸렸다고 말씀드리는 게 맞겠죠. 아주 어릴 적부터 아버지는 쉬는 시간이 없었죠. 그렇다고 특별히 일이 엄청 바쁘시거나, 밖에서 시간을 많이 보내시는 것도 아니셨죠. 더군다나 당시 한국사회의 아버지들이 흔히 즐기던 음주가무나 노름 한번 하지 않으셨죠. 그럼에도 불구하고 바빴던 이유를 돌아보면 두 가지 이유 때문이 아닌가 생각해 봤어요. 아무래도 어린 시절 아버지를 떠올리면 항상 바로 떠오르게 되는 두 단어이기도 하네요.

첫째는 분재네요.

분재를 국어사전에서 찾아보니 '화초나 나무 따위를 화분에 심어서 줄기나 가지를 보기 좋게 가꿈'으로 표현이 되어 있네요. 맞아요. 아버지는 제가 아주 어릴 적부터 분재에 많은 에너지를 쏟으셨죠. 쉬는 날에도 항상 화분 위의 나무를 정성스레 돌보셨어요. 때로는 화분에서 나무를 뽑아서 뿌리를 쳐주시는 날도 있었고요, 꽃이 피어나게 되면 해마다 저를 부르시며 아이처럼 좋아하셨죠. 그래서 저는 저희 베란다 앞에서 화분의 식물과 찍은 사진들이 많았죠. 특히 아버지는 웃자라는 나무의 가지에 철사를 돌돌 말아가며 나무가 바르게 자리 잡을 수 있도록 가꾸는데 공을 들이셨잖아요.

지금도 그 모습을 생각하면 아주 오랜 시간 동안 자리에 앉으셔서 몰입하시던 아버지의 등이 생각나네요. 가지 하나하나에 알맞은 철사로 나무의 자람을 돕는 손길. 그리고 또 생각나네요. 해마다 늦가을이 되면 날이 급격히 추워져 화분이 얼까 봐 우리 집의 남자들은 늘 집합(?)했지요. 그때도 아버지는 저희를 배려하시며 무언가 강제로 시키지 않으셨죠. 그저 나무가 자리 잡을 수 있게 철자로 구부린 것처럼 아버지 먼저 그렇게 아버지께서 본을 보이시면, 저와 동생은 말없이 분재를 옮기며 도와드렸죠. 이제 생각해보면 인생의 어려움 속에서도 아버지는 분재를 멈추지 않으셨어요.

저는 그 모습이 선하다고 표현하고 싶어요. 늘 몸에 밴 소박함과 온유함. 아버지께서는 비열함이 없으셨죠. 그러다 하나님을 만나시면서 말씀과 기도라는 철사에 자신을 맡기며 살아가시던 모습이 떠오르네요. 항상 목사님의 설교의 내용을 성경에 빼곡하게 적어가며, 그것들도 아마 아버지를 그리스도 안에 자라게 하셨던 철사 중에 하나였던 거 같아요. 그렇게 아버지는 선한 분이시죠. 그래서였을까요? 아버지는 분재를 하지 않는 날에는 항상 이웃의 일에 발 벗고 나서는 분이셨죠.

그래서 두 번째 아버지를 생각하면 저는 '사람'이라는 단어가 떠올라요.

아버지는 사람을 존귀하게 여기는 분이셨죠. 돈이 많다고 해서, 높은 자리에 위치한다고 해서 어려워하시거나 높이 바라보지 않으셨고, 경제적으로 어려운 사람들이나, 어려움에 놓인 사람들을 하등 하게 여기지 않으셨죠. 가족이나 친척, 이웃의 어려움이 생기면 누구보다 발 벗고 먼저 달려가셨던 분이셨어요.

그래서 아버지는 저의 모든 졸업식에 찾아오셨고, 심지어 친척들의 졸업이나 경조사에 늘 같이 기뻐하시고, 같이 아파하셨어요. 그래서 아버지는 바쁘셨죠. 토요일 일요일이면 친척들이나 친구들의 결혼식에 참여하셨고, 가을이 되면 고모네 가서 포도밭에 얼굴이 그을려 오시는 게 너무 당연하듯 사셨죠. 그렇게 상대에게 마음과 시간들을 들였지만, 그에 비해 10분의 1도 반응하지 않거나, 오히려 무시하는 이웃이나 친척을 볼 때 저는 가슴이 아팠어요.

그리고 아버지의 삶에 물음표를 던졌습니다. 그것이 옳은 삶인가? 그 질문에 저는 대답할 수 없었어요. 그래서 옳다, 그르다를 떠나 저는 다음과 같은 결론을 도출하게 되었죠. "나는 그렇게 살 수 없다." 아버지는 눈가에 주름이 깊어져도, 머리에 서리가 내려도 항상 이타적인 삶을 사셨죠. 그래서 스스로를 돌보지 못하는 모습들도 보였고, 그런 상황에 어머니와도 어려움이 종종 있으셨죠. 그리고 어릴 적 아버지의 그런 모습에 이해를 하지 못하고, 답답하게 여기며, 분노까지 일으켰던 저의 마음에는 오해가 가득했답니다. 그러나 진심과 진실은 사람을 변하게 하잖아요. 아버지의 그런 한결같은 모습은 어느덧 제가 아빠라는 이름으로 살아가야 하는 이 시기가 왔을 때야 비로소 아버지의 위대함을 느끼게 되네요.

그리고 이제야 말할 수 있을 거 같아요. 아버지는 이 세상에 제가 아는 어느 아빠보다 그 이름이 잘 어울리는 분이시라는 걸. 그리고 저 역시 누군가의 아버지로 살아갈 때 제 삶의 귀한 이정표가 있다는 사실에 감사하고 있답니다.

아버지.

아버지라는 단어의 무게. 아버지라는 단어의 위대함을 보여주셔서 감사합니다.

그리고 그 이름 아래 삶의 한절이라도 아버지의 길을 쫓아가길 원해요.

감사합니다. 저의 아버지가 되어주셔서. 그리고 그 단어의 의미를 가르쳐 주셔서.

마흔번째 이야기 _

그리스도인

요즘 부쩍 하늘이가 아빠를 많이 부른다. 어떤 것을 하든 간에 자신에게 관심 갖기를 좋아한다. 우리는 오늘날 관심을 받기 좋아하는 사람을 '관종'이라 부른다. 어느 순간부터 튀어나온 재미있는 단어. 관심종자의 줄임말. 관심을 받고, 관심을 끄는 것을 좋아하는 사람. 청소년들에게는 부정적으로 쓰이는 단어. 그야 그럴 것이 대한민국의 중학생, 고등학생으로 살아갈 때 개성이 있고, 튀고, 드러나는 것 집단은 은연중에 묵살하고, 원치 않고, 차가운 시선으로 바라본다. 그래서일까.

어릴 적부터 튀고, 자기 색이 강하고, 드러나는 것을 좋아했던 나를 향한 시선은 언제나 극명하게 갈렸다. 첫 번째는 나를 '호의적'으로 바라보는 시선이었다. 이런 시선들이 생기다 보면 그 공동체 가운데 나를 '인싸(인사이더(insider)의 줄임말로, 아웃사이더와는 다르게 무리에 잘 섞여 노는 사람들을 말한다)의 핵'으로 간주한다. 그렇게 될 때 내 중심으로 모여 지내는 경우가 있었다. 이런 경우 나의 '관종'기질은 극대화되었고, 내 주위의 무리는 그것을 너그럽게(?) 이해해 주고, 즐겼다.

고등학교 때부터 대학교 때까지. 내 삶이 '관종의 절정' '인싸의 핵' 시기가 찾아온다. 재미있는 것은 그 시기가 바로 하나님에 대하여 궁금하게 여기고, 질문하고, 격렬한 사랑을 나누던 시기와 맞물린다. 그래서 고3 내내 아침마다 반 친구들에게 '할렐루야' 하며 인사를 하고 등교했고, 반에서 점심시간에 예배를 드린다며 반 전체 애들에게 찬양 악보와 성경구절이 담긴 종이를 나눴다. 그러나 그런 상황 속에서도 꼴사납기보다는 아이들을 두루 살피고, 친했으며 반 전체 분위기가 호의적이었다. 더불어 아이들을 공부 성적으로 바라보던 담임선생님과 아이들이 갈라졌을 때, 하나님은 극적인 인도하심으로 내게 용기를 주어 서로 관계가 회복되게 하시는 놀라운 역할을 하게 해 주셨다.

대학시절도 마찬가지였다. 고등학교에서 대학교로 진학하면서 나의 관심의 주 대상은 친구들 플러스 하나님이란 존재가 된다. 하루하루 하나님과 데이트하며, 하나님을 통해 사람과 관계 맺고, 더 나아가 하나님의 시선으로 사람에게 관심을 갖게 되는 또 다른 관심종자가 되었다.

그러나 인생은 희로애락이 있는 법. 내 관종의 삶에도 '불호'한 시기가 찾아온다. 바로 군 입대 시기였다. 누군가에게 불호의 눈빛으로 살아간다는 것이 얼마만큼이나 어려운지 그곳에서 느끼고 깨달았다. 당시 신병 때 하필 다리를 심하게 다쳐 엄청난 압박과 스트레스, 거기에 의가사 전역을 할지도 모른다는 기대 때문이었을까? 지금 돌아볼 때도 하루하루를 어떻게 하면 이 군생활을 탈출할 수 있는가? 에만 집중했다. 그러다 보니 나의 신앙과 하나님과의 관계는 무너졌고, 그것을 오히려 이용했다.

기독교 군종병의 주특기가 있던 나는 자연스럽게 기독교와 그리스도인의 위상을 격추시켰다. 부정적 '관종'의 이미지의 시선의 화살이 매일 내 마음에 쏟아졌다. 그로 인해 매순간 우울함의 피가 쏟아졌고 숨쉬기조차 힘겨운 시절이 찾아온다. 물론 역전의 명수 하나님께서 그 상황을 회복시키셨지만, 당시 대부분의 사람들에게 불호의 눈으로 바라봐지는 내 삶은 지금 생각해도 숨 막히며, 버겁다.

타인에게 관심이 사라지는 오늘날. 그래서 사람들은 셀카를, 음식사진을, 여행사진을 끊임없이 올려 주위 관심을 요구한다. 어떤 이들은 관심을 구걸하며 자신의 존재를 인식한다. 그 마음, 관종으로 살왔고, 지금도 스스로 관종이라 자처하는 나도 충분히 이해한다.

나 역시 누군가의 관심을 필요로 하며 살았고, 한때는 그 관심에 목말라 매일의 삶의 인정과 관심을 요구했다. 그러나 나에게 언제나 관심을 가지시며, 안정감을 가지고 한결같은 시선으로 인정하시는 분. 때로는 모질게 혼도 내시지만 돌아보면 사랑이 느껴지는 훈육으로 나를 길러가시는 그분. 그분을 만나고 그분의 관심에 넉넉히 살아가니 이제는 사람들의 관심보다, 그분의 관심에 더욱 반응하는 나를 바라보게 된다.

그래서 훗날 하늘이가 나에게 그리스도인이 누구냐고 묻는다면 나는 '관종'이라 말하고 싶다. 세상에 살아가면서 그분의 관심을 누리며, 그분의 바람대로 살아가는 관종. 그게 그리스도인이다.

마흔한번째 이야기 _

외로움

인간은 외롭다. 인간은 외로움의 존재다. 태어났을 때부터 외로움을 통해 세워져 간다. 하나님께서 아담을 만드셨다, 완전하신 하나님께서 아담을 온전하게 창조하셨다. 그런데 아담은 외로워했다. 그리고 하나님은 외로워하는 모습을 안쓰러워하셨다. 결국 또 다른 인간을 만드셨다. 인간은 외로운 존재다. 죄수들이 가장 힘들어하는 공간도 독방이다. 그래서 감옥에서도 독방 조치에 대해서 기간이 분명히 있다. 그것은 인간은 독방에 오래 있을수록 정신이상 증세를 통해 이상행동을 보이기 때문이다.

누군가는 이렇게 말했다. "결국 인생은 혼자 살아가는 것". 그런데 아이러니한 것은 이것조차 다른 사람이 들으라고 한 말이 아닐까?

이렇듯 사람은 홀로 살아가기 어려운 존재다. 그런데 시대가 지나면서 세상은 인간을 홀로 살아가게 만들었다. 사람이 많은 곳에서도 혼자로 느끼게 만드는 것이다. 홀로 밥을 먹고, 홀로 영화를 보며, 홀로 살아가는 것. 그것이 지극히 자연스러운 것처럼, 혹은 멋스러운 것처럼 인식하게 만든다. 그러나 혼자 생활할수록 인간은 스스로에 대한 정체성이 흐려져 간다.

오늘을 살아가는 자들은 외롭다. 그 외로움에 오늘도 사람들은 무엇인가를 한다. 자기 계발, 취미활동, SNS. 심지어 최근 먹방이 유행이 된 것도 이와 무관하지 않다. 오직 자극적인 표현이 난무한 먹방. 무엇인가 외로움을 급급하게 채우기 위한 발버둥을 치는 듯한 모습이 넘쳐난다. 이런 가운데 20-30대 젊은이들에게 급속하게 퍼지는 '인생은 한 번뿐이다'를 뜻하는 욜로(YOLO-You Only Live Once)족의 삶의 추구. 즉 현재 자신의 행복을 가장 중시하여 소비하는 라이프 스타일도 외로움의 연속선상이다.

그러나 목이 마르다고 바닷물을 퍼마시면 안 된다. 바닷물을 퍼마실수록 더 몸은 탈수 증세가 일어난다. 그래서 당신이 외롭다면 그 단어를 직면해야 한다. 찬찬히 외로움을 들여다보면 보인다. 무엇 때문에 내가 이토록 외로워하는지 돌아보게 되고 그 시작을 찾게 된다. 그러나 그렇게 홀로 해결책을 찾아봐도 결국 외롭다. 그래서 외로움이라는 문을 열 용기를 가져야 한다.

그 문은 관계를 통해 열 수 있다. 외로움은 저절로 낫지 않는다. 어렵겠지만 관계라는 문을 조금씩 열고 들어가야 한다. 그게 내가 지금까지 살아가며 찾은 답이다. 외로운가? 당신만 그렇지 않다. 나도 외롭다. 하나님도 외롭다. 그러니까 문을 열자. 문을 열고 나아갈 때 서서히 녹아내리는 외로움을 경험할 것이다. 나도 그랬고, 지금도 그러는 중이고, 앞으로는 역시 그럴 것이다.

(홀로 인형을 가지고 오랫동안 놀고 있는 하늘이를 보며 몇 자 적다.)

마흔두번째 이야기 _

한 끼

최근 외식이 잦았다. 그래서일까? 속이 더부룩해졌다. 밖에서 먹는 음식이 대체로 자극적이고, 칼로리가 높고, 무거운 음식이다. 그래서 운동도 해보고, 소화제도 먹어 봤지만 소용이 없었다. 결국 굶었다. 하루에 한 끼 정도씩 굶었다. 아침은 먹고 점심을 굶었다. 오랜만에 한 끼를 안 먹고 생활을 하니 배가 고파졌다. 특히 가장 에너지를 많이 쓰는 오전부터 오후까지 물과 커피만을 들이키니 배고픔을 넘어선 감정들이 일어났다.

조급해졌고, 짜증이 났다. 핸드폰으로 먹을 것을 검색하고 있고, 간식을 먹는 동료의 소리에 민감해졌다. 그러다 보니 집중력이 흐려졌다. 힘이 없어지고, 신경질까지 났다. 괜스레 손도 떨리는 거 같았다. 그때부터 오만가지 음식에 대한 생각이 가득해졌다. 고수를 곁들인 따끈한 쌀국수, 이국적인 맛이 매력적인 브리또, 입에서 사르르 녹는 초밥, 입안에 육즙과 풍미가 넘치는 스테이크… 그런 생각이 엉켜버렸다.

그러다 결국 입에 초코바 하나를 물었다. 참을 수가 없었다. 입부터 시작해서 온몸에 가득한 굶주림이란 압박을 해결해야 했기 때문이다. 내가 속을 비우기 위해 선택한 굶주림이 스스로를 통해 해결되는 순간이었다. 어릴 적 하늘이가 자다가 깨어 숨을 헐떡이며 울던 모습을 종종 봤다. 특히 배가 고파 울 때의 울음은 살려달라는 절박함이 느껴졌다.

언어 폭발기라고 느끼는 요즘 하늘이가 일어나자마자 하는 소리가 있다. 바로 "맘마." 잠에서 깨어 정신을 잠깐 차리고 있다 여지없이 "맘마"를 달라고 말한다. 그러면 아내는 하늘이 맘마를 위해 요리하고, 챙겨준다. 아빠로서 나의 자녀에게 매일 "맘마"를 줄 수 있다는 사실이 오늘따라 감사하게 여겨진다. 그동안 생각하지 못했던 일들이 한 끼를 굶으며 사고의 폭을 넓혀주었다.

확장된 시선은 늘 넘어가던 TV광고에까지 눈길을 가게 만들었다.

TV를 보면 채널을 빠른 속도로 돌리게 하는 광고들이 가득하다. 보험, 상조, 대출 등의 광고가 나오면 어느 때 보다 리모컨을 누르는 속도가 빨라진다. 오늘도 어김없이 그렇게 채널을 돌리다 한 광고가 나를 멈추게 했다. 평소 같았으면 넘어갔을 광고. 그러나 광고가 마칠 무렵 '뚜뚜'가 걱정되었다.

광고는 마을을 소개하는 장면부터 시작한다. 얇은 판자 지붕 아래 위태로운 집. 열대의 모기와 말라리아를 옮기는 모기에 무방비로 방치된 아이들. 가축과 함께 사용하는 생활용수. 그렇게 하루하루 살아가는 뚜뚜의 집. 그리고 마을. 그 마을에는 뚜뚜처럼 아픈 아이들이 많다며 간단한 처방으로 치료할 수 있지만 그마저도 어려워 1분에 5명이 영양실조로 인해 목숨을 잃고, 매일 말라리아로 458명이 숨지는 상황. 이 광고의 마지막 메시지에는 이렇게 우리에게 질문한다.

"우리 마을에 사는 친구들이 5살이 되어 생일잔치를 할 수 있을까요?"

영양식, 항생제, 깨끗한 물, 모기장. 이것만 있으면 영유아 4대 사망위험에서 뚜뚜를 살릴 수 있다며 아이의 손을 잡아달라는 영상을 보며 예수님께서 가르친 기도가 생각난다. "우리에게 일용할 양식을 주옵소서."

일용할 양식에 초점을 둔 나머지 한동안 잃어버렸던 단어,

'우리'.

쌀국수, 브리또, 탕수육과 스테이크가 아닌 하루를 살기 위한 양식. 그것이 이 땅의 뚜뚜에게 지금 당장에 필요하다. 나를 창조하신 하나님은 하늘이를 창조하셨고, 하늘이를 창조하신 하나님께서 뚜뚜도 창조하셨기 때문이다.

일용할 양식을 고민할 뚜뚜를 생각하며, 배가 불러 한 끼를 굶었던 나를 돌아본다. 이 땅에 넘치는 풍족함과 이기심으로 인해 하늘의 아버지는 얼마나 슬퍼하실까. 숨이 메인다. 하늘이가 맘마를 찾듯이, 뚜뚜도 찾는다. 한 순간의 동정이 아닌, 상투적 의분 아닌 함께 아파하는 긍휼한 마음으로 "우리에게 일용할 양식을 달라" 구하는 자가 되기를, 그리고 기도를 삶으로 살아내기를 그분께 간구한다.

마흔세번째 이야기 _

훈육

"시어"

드디어 입에서 나왔다.

하늘이의 입에서 드디어 자기주장의 신호탄이 터졌다. 처음에 들었을 때 너무 신기하기도 하고 기특하기도 했다. 그래서 자꾸 시켰다. 그러나 그것은 앞으로 엄청난 일들이 일어날 예고편이었다. '시어' 한마디로 인해 아빠를 이토록 처참하게 만들 거라는 것은 예상하지 못했다. 어느덧 하늘이가 자라 21개월이 되어 가고 있다. 그동안 하늘이의 다양한 부분이 자라고 있었다.

키와 몸무게는 비슷했지만, 언어의 폭발과 동시에 자기의 주장이 점점 강해졌다. 그리고 무엇보다 늘어난 것은 '떼'였다. 표준 국어 대사전에선 부당한 요구나 청을 들어 달라고 고집하는 짓을 의미한다. 미운 세 살에 근접한 하늘이는 요즘 종종, 자주, 걸핏하면, 수틀리면, 맘에 안 들면, 계속, 떼를 쓴다. 즉, 요즘 종종, 자주, 걸핏하면, 수틀리면, 맘에 안 들면, 계속 부당한 일을 해 줄 것을 억지로 요구하거나 고집한다.

결혼 전, 아니 아이를 갖기 전까지 길거리나 공공장소에서 떼쓰는 아이들을 볼 때 나는 이해하지 못했다. 왜 떼를 쓰는 아이를 그냥 내어두는지. 왜 아빠는 또 가만히 있는지. 아이 하나 제대로 통제하지 못하면서 왜 공공장소에, 길거리에 어려움을 가져다주는지. 이것이 불과 몇 년 전 솔직한 나의 태도였다. 그러나 이제 그 상황에 내가 처해 있다.

하늘이를 업고 집 근처 대형 마트 안에서 하늘이가 먹고 있던 과자가 땅에 떨어졌다. 하늘이는 계속 "까까" 하며 바닥을 가리켰다. 나는 아무런 생각 없이 단호하게 말했다. "안 돼." 그러자 하늘이가 떼를 쓰기 시작했다. 그냥 보통 떼를 쓰는 정도가 아니었다. 허리가 마치 금방 잡아 올린 고등어처럼 팔딱팔딱 뛰면서 "시어"를 연발했다. 순간적으로 너무 당황했다. 그러면서 파닥거리는 하늘이를 어떻게든 잡아야 했다. 힘을 주는데 하늘이의 음성은 방금 전과는 판이하게 달라졌다.

소리를 지르며 "시어"와 "까까"의 엄청난 콜라보로 주위 사람들을 주목케 했다. 얼굴이 달아올랐다. 어쩔 줄 몰랐다. 다시 한번 "안 돼"하며 하늘이를 안고 자리를 피하는데 하늘이의 떼 부림은 끝나지 않았다. 결국 같은 과자를 사주자 그 떼씀은 끝이 났다.

그리고 얼마 후. "시어"의 절정의 사건은 저녁 식사자리에서 터졌다. 아내와 하늘이와 저녁을 먹는 시간. 아내가 하늘이 밥을 먹이는데 하늘이가 아기 의자에서 일어나기 시작했다. 최근 그런 모습이 자주 있을 때마다 "안 돼"하고 말하곤 했었다. 그런데 그날따라 하늘이가 작정을 하고 일어섰다. 며칠 전 한 선배가 훈육을 어려워하는 마음을 내비치자 했던 말이 떠올랐다.

"우리 아이는 한번 잡으니까 그때 뒤로 떼쓰는 게 많이 줄었어. 애가 심하게 떼쓸 때 아빠가 한번 그렇게 하는 것도 방법이야."

나는 왜 하필 그때 그 이야기가 떠올랐을까? 서있는 하늘이를 향하 손가락질을 하고, 위엄 있고 단호한 말투로 소리쳤다. "박하늘. 안 돼! 빨리 앉아." 그 순간. 이전에 보지 못했던 하늘이의 울음이 터지기 시작했다. 다시 하늘이는 '시어'를 연발했고, 옆에 있던 아내는 하늘이를 바로 안았다. 아내는 하늘이를 달래기 시작했지만 그 뒤로 하늘이의 울음과 떼씀은 더욱 증폭되었다. 거기에 플러스 아빠인 나를 향한 두려움이 생겨난 것일까? 항상 달려와 안아주었던 하늘이는 그 뒤로 굉장히 오랫동안 (물론 이건 나의 체감이다. 사실 5

일 정도 지나자 다시 돌아왔다) 나를 멀리했다.

그날 새벽. 아내는 누워있는 나를 불렀다. 잠깐 5분만 이야기하자며 식탁으로 초대했다. 그러면서 아내는 내게 하늘이에 대해서 좀 더 자세하게 말해주었다. 하늘이는 자신의 자의식이 강하고, 자신의 내면의 목소리에 귀 기울이길 원하는 마음이 크다고 했다. 그리고 이 시기는 '안 돼'라고 했을 때 '하지 말아야 하는 것'에 대해 인지를 하기 시작하지만 안타깝게도 인지 능력보다는 내면의 목소리에 더욱 매료되는 시기가 시작이라고 하며 알려주었다.

그리고서 자신도 아이를 데리고 나갔다가 하늘이가 이해할 수 없는 행동과 고집들을 부려서 소리를 지르기도 하고 혼도 내기도 했지만 이내 후회했다고 말했다. 그때 나는 지난번 선배의 말을 인용하면서 그렇게 훈육을 해보려고 했던 나의 핑계를 말했지만 아내의 말에 이내 고개를 끄덕일 수밖에 없었다.

"여보. 백 명의 아이가 있으면 백 명의 아이 모두 다 양육과 훈육하는 방법은 달라야 한다고 저는 생각해요. 아이를 인격으로 여기고 아이의 기질과 성향대로 인정하고 키우고 훈육해야 하는 게 지금 우리에게 필요할 거 같아요."

그렇게 말하며 아내는 요즘 하늘이를 훈육할 때 방법이 있다고 알려주었다. 먼저 하늘이의 감정을 알아주고, 이후 그렇게 해서는 안 되는 이유를 설명하고, 마지막으로 좋은 대안을 말해준다고 했다. 생각해 보니 아내가 언젠가부터 아침에 배가 고파 과자를 달라고 떼를 쓰는 하늘이를 훈육할 때 이런 식으로 말했다. "하늘이 이가 지금 배가 많이 고파서 속상하구나? 그런데 아침부터 과자를 먹으면 배가 아야 해요. 대신 엄마가 밥을 줄 테니까 조금만 기다려줄까?" 나 역시 그런 순서와 태도로 하늘이에게 접근하려 하지만 아직은 너무 어렵다.

그러나 하늘이의 떼쓰기는 현재 진행 중이다.

물론 이제는 감정에 이끄는 대로, 무조건적으로 "안 돼"하며 소리 지르지 않는다. 5일간 하늘이가 아빠를 어려워하고, 힘들어하는 모습에 나는 더욱 힘들었고 어려웠기 때문이다. 나는 아빠로서 앞으로 자라나는 아이의 모습에 따라 다르게 훈육을 해야 할 것이다. 그때 책이나 타인의 조언도 중요하겠지만 가장 먼저 아이 개인을 인격으로 여기고, 아이의 성향과 기질에 따른 훈육을 한다면 하늘이도 나의 진정성과 마음을 알아주지 않을까.

그렇게 오늘도 나는 조금씩 아빠가 되어간다.

003

아빠,
삶이 되다

마흔네번째 이야기 _

깁스

중학교 시절 다리를 자주 삐었다. 그 이유는 농구화 때문이었다. 농구화를 안 신고 농구하다가 그렇게 된 경우가 많이 있었다. 급기야 어머니는 농구화를 사주셨다. 그래도 몇 번 어려움이 있었지만 심하지 않았다. 그 뒤. 크게 군에서 다리를 다쳤다. 왼쪽. 허벅지 근육 파열에 무릎이 크게 다쳤다. 의가사 전역을 하는 상황이 올 거 같았는데 오지 않고, 결국 버티며 군생활을 했다.

지난 목요일. 다리를 삐었다. 넘어지는 순간 엄청난 고통이 머리까지 찾아와서 바로 누워버렸다. 소리를 질렀고 짧은 시간 속에서 크게 다쳤구나, 느낌이 왔다. 하루 버텨보려다 아내의 말을 듣고 병원에 갔다. 3-4주 걸린다는 말을 듣고 멍해졌다.

반깁스를 했다. 깁스란 석고붕대를 뜻한다. 그동안 그렇게 자주 깁스를 했지만 석고붕대를 의미하는 것은 이 글을 쓰면서 알게 되었다. 깁스를 하고나서부터 내 생활은 완전히 바뀌었다. 몸이 무거워졌고, 먹는 양을 줄이지 못해 소화가 잘 안되었다. 평소 즐기던 산책도 할 수 없게 되었다. 오른쪽 다리인지라 운전도 하지 못하게 되었다. 하늘이를 안아줄 수도 없었다. 자꾸 하늘이가 이곳저곳 손가락을 잡고 놀고 싶어 하는데 하지 못한다. 하늘이랑 밖에 나갈 수도 없다. 아내와 함께 하던 집안일도 그저 바라볼 뿐이다. 가만히 있는데도 고통이 따라왔다.

며칠 지나며 앉아있는 시간이 늘어난 것을 알았던 것은 책의 세계에 더욱 깊게 들어가면서부터였다. 앉아 있는 시간이 많아지다 보니 책에 더 몰입도가 생겨났다. 워낙 책을 좋아해서 들고 다니거나, 어떻게든 읽으며 살았는데 책이 더 가까워졌다. 그리고 원래 한 주에 3-4명과 만남을 가지며, 지체들의 어려움을 들어보고, 함께 먹고 나누는 시간이 많았는데 아무것도 할 수 없게 되었다.

그런데 문득 그렇게 부산에 와서 매주 몇 명씩 만나는 심방을 했는데 좀처럼 하지 못한 두 존재가 생각났다. 하나는 하나님을 향한 심방. 하나님의 마음을 진지하게 방문하는 것. 또 하나는 나를 향한 심방. 나 자신 스스로를 돌아보며, 지친 나에게 위로와 격려 그리고 용기를 불어넣어주는 시간. 그것이 없었다.

어쩌면 이 시간은 하나님께서 그토록 바라시던 시간인지도 모르겠다. 그래서 집에서도, 또 교회에서도, 앉을 수 있는 곳에서 그리고 누워있는 물리치료실이나 방에서 하나님께 말을 걸고, 나에게 말을 걸었다. 보통 잠이 오지 않으면 팟캐스트나 음악을 켜 두었다. 그러나 집중하고 싶었다. 고요하게 나에게 말을 건넸다.

"2018년. 참 많은 일이 있었지 상민아. 그래. 잘 버텼다. 너는 올해 있던 일을 빨리 잊고 싶겠지. 그런데 말이야. 언젠가 이 시간들을 회고하며 그런 때도 잘 버텼던 상민이를 격려하는 때가 올 거야."

내가 나와 대화하는데 하나님께서 들으신다. 그리고 말씀하신다.

"그래. 아들아. 얼마나 곁에서 같이 울고, 어깨를 두드리며 격려했는지 모른단다. 고맙구나. 지금까지 함께 와줘서. 앞으로도 같이 이렇게 가자꾸나."

제대로 걷지 못하니,

하나님의 부축이 필요하다는 걸 깨닫고,

바로 서지 못하니,

그 동안 나 홀로 서있던 나를 돌아보게 된다.

그래서,

지금 이 밤.

반 깁스로 다친 다리를 부여잡는 이 순간에 감사가 흐른다.

마흔다섯번째 이야기 _

선물

한 달. 깁스로부터의 해방은 내게 자유를 안겨다 주었다. 아직은 그것을 받아들이기에 누리기에는 서툴다. 그건 아마 아직 힘이 들어가지 않는 오른발의 위축과 땅을 밟을 때 기분 나쁜 시큰거림 때문일 수 있다. 그러나 의사는 내게 조금씩 걸으며 다시 힘을 키워야 한다고 말했다. 이와 같은 일련의 과정 속에서 두 발 걷기는 내게 다양한 의미로 다가온다. 움직임이 서툴던 한 달의 시간은 여러 가지로 다가왔다. 마지막 남은 치약을 짜듯 찾아온 한 해의 마지막과 맞물린 이 시간의 의미는 컸다.

하나. 느림의 즐거움.

다친 발에 무게를 주지 않기 위해 걸었던 한발. 목발을 짚어야 했던 한발. 그것은 나의 보행뿐 아니라 내가 사는 속도를 느리게 만들었다. 산책을 좋아하는 내게도 이토록 느리게 걷지는 않았던 익숙하지 않은 느림. 처음 받아들이는 느림은 내게 너무 어색했다. 이동거리를 줄여야 하며, 최대한 느리게 가야 하는 이 모습과 대조적으로 뉴스의 소식들은, 예능프로그램 속 연예인들 대화들은, 가수들의 노랫소리는 너무 빨랐다. 함께 빨리 일을 처리해야 하는 상황들이 있으면 사람들은 배려라는 이름으로 내게 홀로 있는 시간을 주었다. 그 시간들을 통해 느림을 받아들이는 것이 익숙해졌다.

느리게 걸으니 보이지 않던 하늘이 자세히 보였다. 어느 날은 시퍼렇고 붉게 물들고, 어느 날은 잿빛으로 또 어느 날은 햇살 가득과 푸르름으로 다가왔다. 느리게 걷다 보니 동네의 소식들이 보였다. 평소 보지 않던 아파트의 게시판에 적힌 쓰레기 무단 투기의 사진. 해운대구의 변화하는 소식들에 눈이 갔다. 그리고 나보다 빨리 걸으시는 할머니가 걱정스레 전하시는 한마디에 처음 뵈었음에도 넉넉하게 웃으며 반응할 수 있었다. 그게 즐겁게 다가왔다.

둘, 기도해야 할 것들.

다친 발을 보시며 사람들이 걱정해 주었다. 그중에서 진심으로 마음을 써주는 분들이 많았다. 하루는 힘겹게 출근했는데 책상 위에 두꺼운 수면양말이 있었다. 그리고 그 옆에는 작은 메모 하나가 있었다. "기도할게요."

기도. 인간보다 뛰어나다 생각하는 존재에게 빎. 국어사전에서의 정의는 내가 생각하는 기도에 반만 맞는다. 기도는 인간보다 뛰어난 하나님께 하는 것이 맞다. 그러나 기독교에서의 표준 대 국어사전에서처럼 기도는 비는 것으로 끝나지 않는다. 기도의 아주 중요한 부분은 대화이기 때문이다. 대화는 한 사람만 일방적으로 말하는 것이 아니다.

서로가 상대를 인식하고, 인격으로 존중해야만 온전한 대화가 일어날 수 있다. 그런 면에서 나를 위한 기도가 아닌 타자를 향한 기도. 즉, 중보기도는 하나님께 더욱 진심으로 드릴 수밖에 없다는 것이 내 생각이다. 중보기도를 시작하는 순간부터 하나님과 나 그리고 제3의 무언가를 향한 나의 태도 감정 바람이 생기기 때문이다.

하루 일과를 마칠 무렵 다친 다리는 어느새 퉁퉁 부어있었다. 그때 음성 메시지 하나가 왔다. 그것은 기도였다. 아내가 하늘이와 함께 하나님께 드린 기도. 엄마의 기도를 그대로 따라 하는 하늘이의 목소리.

“하나님.” “안 님.” “아빠” “압빠” “다리” “다료” “치료” “치요” “해주세요” “해져요” “예수님” “우슨님” “이름으로” “아움으어” “기도합니다.” “기도따.” “아멘” “아민”.

아내와 하늘이의 기도를 수차례 들으며 말로 할 수 없는 감사가 솟아난다. 하나님께서는 내 안에 그동안 미루어 두었던 기도해야 할 것들을 떠오르게 하신다. 그 기도는 비는 기도가 아니었다. 내 삶의 아빠이자 주인이신 그분께 진정으로 드리는 ‘감사’였다.

셋, 일상의 감사.

외삼촌의 죽음, 어머니의 화상, 아내의 수술, 하늘이의 응급실, 나의 깁스까지, 한 가지만으로도 벅찰 것 같은 단어들이 2018년 내게 쏟아졌다.

이런 와중에 하나님의 뜻이 무엇일까? 하는 고민이 머릿속에 맴돌았다. 분명 내가 어떤 것을 잘못해서 그런 것은 아니다. 그리고 하나님께서 무엇인가 경고를 하시려 내 삶에 이토록 고난의 매질을 허락하는 것은 아니다. 그런데 계속 들어오는 몽둥이질에 온 몸과 맘이 성한 곳이 없어지니 하나님에 대한 원망이 피어오르기 시작했다.

그때 하나님의 뜻은 무엇일까 고민하는 가운데 의외의 말씀이 번쩍이며 생각나기 시작했다. "항상 기뻐하라. 쉬지 말고 기도하라. 범사에 감사하라. 이것이 그리스도 예수 안에서 너희를 향하신 하나님의 뜻이니라." 데살로니가 전서에 나오는 이 말씀은 하나님의 뜻이 무엇인지 분명히 기록되어 있다. 기쁨, 기도, 감사. 이것이 바로 하나님의 뜻이었다. 그렇다면 그리스도인이란 기쁨과 기도와 감사가 끊이지 않는 것이 필요하다.

깁스를 통해 한 달간 천천히 걸으며 기도할 시간이 많았던 나에게 찾아온 것은 특이하게도 감사였다. 버겁고 어려웠던 시절 속에서 함께 하신 하나님을 향한 감사. 지금까지 버티게 해 준 이웃들에 대한 감사. 그리고 지금 여기 살아갈 수 있는 하루의 감사. 천천히 걷다가 잠깐 멈추니 하나님에 대한 말로 표현할 수 없는 감사가 아주 천천히 흘러나왔다.

그리고 이제. 조금씩 두 발로 걷는다. 느리게 걸으며 찾을 수 있었던 즐거움, 걷기 어려워 잠깐 멈추며 했던 기도, 그리고 지금까지 여기 살아가는 것에 대한 일상의 감사. 두발로 걷기 시작하니 깁스가 내게 주었던 선물을 잊힌다. 또 다른 한 해가 시작되는 이 시점.

2018년이 내게 알려준, 그리고 깁스의 기간이 내게 선물한 것들을 꼭 잊지 말아야겠다.

고맙다 2018. 그리고 반갑다 2019.

마흔여섯번째 이야기 _

버릇

오른쪽 다리를 떨며 책상에 앉아 있는 지금. 글을 쓰거나 집중할 때 나는 종종 오른쪽 다리를 떤다. 이건 나의 버릇이다. 이게 고쳐지지가 않는다. 물론 의식하고 긴장하면 하지 않는다. 중요한 자리나 어려운 사람들과의 만남 속에서는 하지 않는다. 그러나 마음이 편해지고, 조금 여유가 생기면 오른발 발바닥을 땅에 부착하고, 뒤꿈치를 마치 하이힐에 놓인 발처럼 세우고 위아래로 흔든다.

수차례 들었던 말. "다리 떨지 마라. 복 나간다." 나도 알고 있다. 그런데 나는 복이 가득한 자이니 복이 나가고, 복을 전하는 것은 내게 아주 중요한 사명(?)이기에 계속한다(물론 지금 쓴 이유 때문만은 아니다). 그런데 이 버릇이 나도 언제부터 생겼는지 모른다,

우리말에 세 살 버릇 여든까지 간다는 말이 있다. 중학교 때부터 시작된 다리 떨기는 아직도 진행 중이다. 나의 이런 버릇 하나 고치지 못하면서 세 살 된 하늘의 버릇을 고치려 요즘 한창이다. 하늘이가 어느새 태어난 지 24개월이 되었다. 한국의 나이로 세 살. 하루하루가 다르게 자람을 느끼고 있다. 특히 언어적인 능력이 폭발적으로 발달하고 있다.

특정 단어를 어디선가 습득해서 바로 대화하는 모습 속에 놀람을 금치 못한다. 아이스크림을 '아좀'이라고 하며 아좀 달라고 하더니 요즘은 '초코 아좀', '딸기 아좀' 심지어 '아좀 결재요'까지 말한다. 색에 대한 개념도 생기고 있다. 빨간색과 파란색 그리고 핑크색을 말로 표현할 줄 알고 그것에 대한 자기의 선택도 분명해진다.

눈에 띄는 것은 자신의 주체성이다. 요즘 밖을 나가려고 하면 엄마가 입혀 준 대로 나가지 않고, 언제나 자신이 원하는 무늬, 색, 옷의 형태를 고른다. 특히 '공주'를 연발하며 레이스 달린 옷을 자주 찾고, 그에 따른 머리핀은 필수이다. 이런 모습을 보면서 처음에는 너무 귀엽고, 신기하다가 점차 고집이 세지는 걸 느끼게 된다. 어제는 엄마와 목욕을 하고 나서 잠옷으로 갈아입혔는데, 갑자기 공주

옷을 달라고 떼를 쓰기 시작했다. 하늘이가 말하는 공주 옷은 세탁을 해야 하는 상황이라 빨래통에 들어가 있었다.

하지만 울음은 멈추지 않았다. 청소년들을 대상으로 10년 이상 일했던 나는 단호하고, 강한 어조로 "안 돼"라고 했다(이렇게 말하면 대부분의 청소년들은 긴장하고 하던 행동을 멈춘다). 그러나 하늘이의 울음은 더욱 거세졌다. 순간 이렇게 떼쓰는 게 버릇이 될까 봐 한마디 더 하려는 순간 아내가 빨래통의 옷을 꺼내 주었다. 나는 머쓱하게 머리를 긁적이며 혼잣말을 했다. "고집 엄청 세네."

또 얼마 전부터 아침에 일어나자마자 "딸기 유" "딸기 유" 하며 수차례 나와 아내를 오가며 말한다. 바로 딸기우유를 달라는 말인데, 나는 이것이 또 버릇이 될까 봐 단호하게 말한다. "안 돼!" 그러면 하늘이는 이 세상에서 가장 서러운 표정을 짓고 한없이 울어댄다. 아내는 하늘이에게 딸기우유를 가져다주었다. 이런 상황이 몇 번 반복되자 아내에게 짜증이 났다. 나는 안 되는 사람. 엄만 되는 사람. 그래서 괜히 아내에게 신경질적인 어조로 말했다.

"애가 해달라고 다 해주면 버릇 나빠져요." 아내는 말했다. "하늘이가 계속 그러지 않더라고요. 딸기우유도 다 먹지도 않고 조금 마시고 다시 줘요. 그냥 지금은 하늘이의 요구를 많이 들어주려고 해요."

사실 정말 그랬다. 버릇이 아니라 하늘이가 자신의 욕구를 부모에게 드러내고, 그것에 대한 받아들임을 원하고 있다는 것을 뒤늦게 깨달았다. 어쩌면 하늘이는 이 시기에 자신을 받아들이는 사람들의 수용을 통해 사랑을 느끼는 것일지도 모른다는 생각을 했다. 그리고 나도 하나의 인격체를 향해 무조건적 "안 돼"라는 언어의 버릇이 생겨 버린 것을 인정할 수밖에 없었다. 그리고 아내의 모습을 천천히 바라봤다, 아내는 "안 돼"라는 단어를 똑같이 말해도 하늘이의 감정과 마음을 먼저 읽어주었다. 그리고 안 되는 이유를 설명했다. 그 모습을 보며 시도 때도 없이 "안 돼" 만을 크게 외친 것이 어느새 하늘이를 향한 잘못된 버릇이 되고 있었다.

하늘이 버릇을 고치려고만 했지, 나의 나쁜 버릇을 보지 못한 게 부끄러웠다. 그리고 그 생각을 하면서 여전히 오른쪽에 떨리는 다리를 보고, 쓴웃음을 짓게 된다. 그러고선 괜히 미안해서 자고 있는 하늘이의 머리를 한번 더 쓰다듬으며 조용히 말했다.

"하늘아 미안해. 아빠 버릇부터 고칠게."

마흔일곱번째 이야기 _

생일

"왜 태어났니? 왜 태어났니? 공부도 못하는 게 왜 태어났니? 얼굴도 못생긴 게 왜 태어났니?" 초등학교 4학년 때 반에서 들었던 당황스러운 노래. 여자 애들끼리 한 여자애에게 웃으며 손바닥으로 등을 두드리고 있었다. 가운데 아이는 웃으며 그 노래가 끝나기까지 기다렸다.

그리고 고개를 들고 씨익 웃었다. 아이들은 저마다 선물을 가지고 왔다. 대부분 캐릭터가 그려진 연필과 지우개, 노트나 필통 등이었다. 그리고 여자애들은 말했다. "생일 축하해." 그 시절. 생일 축하 노래를 그렇게 바꿔 부르는 모습에 같은 나이였음에도 불구하고 "참 철없다."하며 한숨을 쉬었다.

그리고 2년 뒤. 생일 축하가 본격적으로 과격해지는 시기. 신체의 발달이 급격해지고, 아이들은 자극적 재미에 크게 반응하는 그때. 한 친구의 생일이었다. 갑자기 생일 축하한다며 아이들이 주위를 둘러쌌고, 햄버거(빵과 빵 속에 패티와 야채, 토마토, 치즈가 겹겹이 쌓인 것처럼 아이들이 한 친구를 바닥에 깔고 그 위에 차례로 눕는 형태의 놀이)를 하며 모든 아이들은 소리를 질러댔다.

"왜 태어났니?" 가운데 껴있던 나는 엉겁결에 모든 아이들과 함께 떼창으로 불렀다. '철없다'고 느낀 2년 전의 생각은 사라지고, 내 입에서는 "왜 태어났니?"가 튀어나오고 있었다.

사실 〈생일 축하합니다(Happy Birthday to You)〉 노래 역시 누군가가 가사를 바꿔서 탄생한 곡이다. 18개의 언어로 번역되었고, 전 세계에서 가장 많이 즐겨 부르는 영어노래 중 하나인 이 노래는 미국 루이빌의 한 선생님으로부터 탄생했다. 1893년 아이들을 사랑한 한 패티 힐이라는 선생님이 〈Good Morning to All(모두에게 아침 인사를)〉이라는 가사로 교실을 맞이하기 위해 고안된 곡이다. 가사는 다음과 같다. Good morning to you, Good morning to you, Good morning, dear children, Good morning to all(위키백과 참고).

학생을 사랑하는 선생님의 마음으로 만들어진 노래가 전 세계 사람들의 생일 축하 노래로 바뀌게 되었다. 그러나 그 노래가 한국에

와서는 '왜 태어났니?'로 변형되었다. 철없는 아이들은 그 의미도 깊게 생각하지 않은 채 생일날 불러댔다.

그러나 그 노래를 부르는 아이들의 무의식에 공부와 예쁜 것은 사람의 존재 가치를 부여하는 것이라는 것이 들어있는 것이다. 이 땅에서 공부로, 외모로 아이들을 평가하고, 줄을 세우는 문화 속에서 탄생한 비극적인 노래가 아닐까? 그런 환경 속에 전 세계 어느 곳에서도 없을 해괴망측한 노래가 나온 건 아닌가 생각해 본다.

철없는 아이들이 생각 없이 불렀던 노래. "왜 태어났니?" 만약 이 노래를 철든 어른들이 누군가를 향해 부른다면 얼마나 잔인한 노래인가? 그러나 그 일들이 오늘날 대한민국에서 일어나고 있다. 조금의 실수도 용납하지 못하고, 쓰러질 때마다 우리는 부른다.

"왜 태어났니? 이렇게 또 떨어지고 실패했는데. 왜 태어났니? 대학도, 직장도 그 모양인데" 더욱 슬픈 것은 그 노래를 스스로에게도 끊임없이 불러댄다는 것이다. 자신이 얼마나 망가져 가는지도 모른 채 그 노래를 멈추지 않는다. "네 친구보다 못 먹고, 못 입고, 못 살고, 네 자식 하나 잘 키우지도 못하는데, 왜 태어났니?" 이런 사회적 분위기는 이 나라를 서로 피 흘리는 투견장처럼 만들고 있다.

그러나 잊지 말라. 당신은 숨 쉬는 것 자체로 누군가의 희망이었고, 기쁨이었던 것을 말이다.

하늘이의 생일날 축하 노래를 부르며 기도해본다.

하나님.

하늘이가 누군가로부터 “왜 태어났니?”를 듣지 않고 누군가를 향해 “왜 태어났니?”를 부르지 않는 인생을 살게 하소서.

또 세상을 살아가며 스스로를 향해 수없이 불러대는 “왜 태어났니?”의 노래에 귀를 막고, “잘 태어났다. 너는 내 딸이라.”고 말씀하시는 하나님의 음성을 마음의 청력으로 귀 기울이게 하소서.

더불어 기도합니다.

나의 아버지 되신 주님. 한동안 잊힐만하면 불러댔던 노래.

누군가에게도 말할 수 없는 고통의 시기가 찾아올 때마다 스스로를 향해 불렀던 노래 “왜 태어났니?”를 이제 멈추게 하소서. 그리고 저의 숨소리만으로도 기쁨을 이기지 못하시는 아버지의 마음을 노래하게 하소서.

예수님 이름으로 기도합니다.

아멘.

마흔여덟번째 이야기 _

목사

하늘아.

약 100년 전, 기독교가 이 땅에 들어올 때 영향은 대단했단다. 새로운 세계를 전했다고나 할까? 기존의 사회적 통념을 완전히 뒤집는 신선한 충격이었어. 남자와 여자, 양반과 노비가 한 공간에서 예배를 드릴 수 있다는 것은 당시 놀라운 일이었단다. 또한 새로운 학문과 함께 지금 우리가 알고 있는 많은 스포츠도 기독교 학교를 통해서 들어왔지. 다른 어떤 공동체 보다 열려있고, 수용하는 공동체. 그게 교회였고, 기독교였어.

오늘날 한국사회의 기틀을 세웠다고 해도 과언이 아니었지. 그런데 요즘 기독교는 어려운 상황에 처해있단다. 자본의 논리가 그 어떤 나라보다 견고한 힘으로 세워진 우리나라에서 교회는 그 힘에 위축

되어 있는 상태야. 그로인해 과거와는 정반대의 모습을 보이고 있어. 사회적 통념으로 완전히 굳어진 집단. 신선함이라기보다는 진부하고 오히려 반지성적인 모습. 닫혀있고, 거부하며 차별하는 태도를 보이는 가장 완고한 이해집단. 3대 종교 가운데 가장 신뢰도가 떨어진 자신들만의 세상을 살아가는 종교.

아빠는 목사 안수를 앞두고 많은 생각에 빠질 수밖에 없었어. 그리고 스스로 질문하며 깊은 생각과 기도를 하며 하나님께 물었어.

"목사가 된다는 것은 무엇을 의미할까?"

"나는 목사가 될 수 있는가?"

이런 생각이 가득할 때 아빠는 주위 사람들에게 두 가지 질문을 하기 시작했어. 하나는 어떤 목사가 되었으면 좋겠는가? 둘째로 목사 안수받기 전 추천하는 책은 무엇인가? 그것은 아빠 자신에게도 묻는 질문이었단다.

첫 번째 질문(어떤 목사가 되었으면 좋겠는가?)을 끊임없이 생각하며 아빠의 좋은 스승님이신 유진 피터슨 목사님의 책이 들어왔어.

사실 나는 한 번도 뵈었던 적은 없는 분이지만, 목사와 목회가 무엇인지 알려준 고마운 분이셔. 특히 이분께서 수십년간 목사로 살아가며 오늘날의 언어로 번역한 '메시지' 성경은 너에게 나중에 꼭 추천해주고 싶구나.

유진 피터슨의 목사님의 자서전 〈유진 피터슨〉에서는 목사를 이렇게 정의 내리고 있었어.
"이천년에 이르는 목회 전통에 따르면 목사는 '일을 해결하는 사람'이 아니다. 목사는 회중과 하나님 사이에 '지금 일어나고 있는 일'에 주의를 기울이도록 공동체 안에 세워진 사람이다."

맞아. 바로 그거야. 목사는 이 땅에서, 그리고 공동체 가운데 하나님께서 하시는 일을 먼저 경험하고, 참여하는 자가 바로 목사라고 생각해. 그 책을 통해 아빠는 '어떤 목사가 되었으면 좋겠는가?'를 말해줬던 많은 지인들의 의견들이 여러 색의 실들을 꿰어 만든 실팔찌처럼 그렇게 하나가 되어 만들어가졌어. 그리고 자연스레 정리할 수 있었단다.

하늘아 아빠는 말야, 자유롭고 자연스러운 목사가 되고 싶어. 하나님을 통해 타인의 시선과 통념에 묶이지 않는 목사, 생각만 해도 멋지지 않니? 그리고 하나님을 경외하고 하나님을 통해 누리는 목사님이 되고 싶어. 이 세상의 일들과 공동체의 사건과 현상을 하나님의 눈으로 바라보려고 노력하며 그분을 두려워하면서도 때로는 친구로 불러주시는 주님과 함께 우정을 누리는 목사님 말야.

그리고 무엇보다 좋은 남편이자 좋은 아빠로서의 목사가 되고 싶어. 가정에서의 자그마한 집안일 가운데도 하나님을 느끼고, 섬기는 목사 말야. 이것이 바로 목사로 안수를 받으며 하나님과 공동체를 통해 정리한 목사의 상(像)이란다. 정말 감사한 것은 이와 같은 기도제목으로 영안교회 센텀 청년1부와 중고등부 동역자들이 함께 기도해주었단다. 그래서 여전히 부족하지만 무거운 마음으로 기쁜 마음으로 안수 받을 수 있었어.

부디 네가 이 글을 읽는 그때에 아빠가 지금 꿈꾸고 있는 목사에 대한 상(像)이 이루어지길 바라고 있단다. 그리고 혹이나 그때의 모습과 지금 내가 그리는 모습이 많이 다르다면 아빠에게 말해줘. 그때 내가 어떤 반응을 보일지 모르겠지만, 겸허히 받아들인다면 좋겠구나. 그리고 계속 그렇게 애쓰는 목사가 되기를 너는 꼭 기도해줘야 해.

사랑한다 하늘아.

목사가 되었고, 되어가는 중이며, 될 것을 기대하는 아빠가.

마흔아홉번째 이야기 _

학부모

"중학교 1학년 때 도시락 까먹을 때 다 같이 함께 모여 도시락 뚜껑을 열었는데 부잣집 아들 녀석이 나에게 화를 냈어 반찬이 그게 뭐냐며 나에게 뭐라고 했어 창피했어 그만 눈물이 났어 그러자 그 녀석은 내가 운다며 놀려댔어 참을 수 없어서 얼굴로 날아간 내 주먹에 일터에 계시던 어머님은 또다시 학교에 불려 오셨어 아니 또 끌려오셨어 다시는 이런 일이 없을 거라며 비셨어 그 녀석 어머니께 고개를 숙여 비셨어 우리 어머니가 비셨어."

이 가사는 그룹 god의 노래이다. 이 노래를 통해 god는 단번에 국민가수로 등극한다. 이 노래의 2절에는 중학교 1학년 때 학교에서 싸움을 벌여 어머님이 학교에 온 장면이 가사로 그려져 있다. 이 이야기는 god 멤버 박준형 씨의 실제 이야기다. 학창 시절 이 노래를 노래방에서 수차례 불렀지만 이것이 내 이야기가 될지는 몰랐다.

하늘이가 어린이집에 다니기 시작했다. 어린이집의 학생이 된 것이다. 그리고 우리 부부는 학생의 부모인 학부모가 되었다. 기존에 다니던 가정 어린이집이 폐원하며 사설 어린이집으로 가게 되었다. 그곳에서는 시작부터 달랐다. 학부모 오리엔테이션부터, 하늘이 준비물, 학부모 단체 카톡방, 적응기간을 위한 학부모와 함께 하는 수업 등 다양하게 있었다.

가정 어린이집보다 훨씬 더 많은 시간을 보내야 하는 하늘이의 적응이 우리 부부에게는 가장 큰 걱정이었다. 감사하게도 하늘이는 노란색 가방을 씩씩하게 메고 어린이집 가는 것을 좋아했다. 노란색 가방에 커다란 이름표에 적힌 '박하늘'을 보며 애잔한 마음이 들었다. 적응기간이 지나고, 하루 이틀 지나며 우리 가정도 하늘이의 어린이집 등교에 적응해가고 있었다. 그런데 일을 마치고 들어왔는데 아내의 표정이 심상치 않았다. 몹시 어두웠고, 할 이야기가 있다고 했다.

사실 퇴근하며 하늘이의 얼굴이 어두운 것을 느꼈다. 보통 "아빠다" 하면 "아빠네" 하면서 달려온다. 근데 얼굴에 많이 피곤해 보이고, 슬퍼 보이는 느낌이 들었다. 아내에게 단번에 말했다. "하늘이 얼굴이 슬퍼 보이는데요." 그러자 아내는 작은 입에 곧게 뻗은 검지를 붙이며 작은 소리로 말했다. "쉿. 이따가 말해요. 하늘이가 들어요." 그날 하늘이는 빨리 잠이 들었다. 그리고 알고 보니 일이 있었다. 어린이집으로 와달라는 선생님의 호출이었다. 사연은 하늘이가 남자아이 얼굴을 꼬집은 것이다.

아무래도 하늘이가 3살 반이긴 하지만 다른 아이들보다 개월 수가 높다 보니까 "내 거야" 시기였다. 자신의 것을 건들거나 함께 하자 하면 어려워하는 상황에서 벌어진 일이다. 결국 그 아이의 어머니도 찾아왔다. 상대방의 어머니는 아내에게 화를 내며 아이 교육을 제대로 시키라 했다고 한다. 아내는 고개를 숙이고 연신 죄송하다는 말만 했다고 했다. 그러면서 하늘이를 어린이집에 계속 보내도 될지 고민된다며 어려워했다.

아내의 상한 감정 앞에 어떤 말을 해야 할지 몰랐다. 그 순간적으로 그저 아내의 입장이 되어 화를 내던 상대의 엄마에 대해 대신 화를 내었다. "그 사람 너무하네. 어떻게 그렇게 말할 수 있어?" 그리고 아내를 부른 어린이집 선생님을 향해서도 말했다. "애를 보낸 지 2주도 안 되었는데 이렇게 애를 보면 어떻게 하겠다는 거야?"

물론 나중에 스스로 돌아보니 내 본심은 그게 아니었다. 근데 상한 아내의 마음 앞에서 그렇게 말하게 되었다. 나중에 아내의 이야기를 들어보니 아내는 하늘이를 잡고 울었고, 어린이집 선생님도 힘드셨는지 같이 울었다고 했다. 그리고 하늘이는 그걸 보고 조용히 서 있었다고 했다. 이 모든 상황과 이야기를 듣고 마음이 무거웠다. 답을 잘 내리지 못했다.

12년을 넘도록 중고등부 사역을 했다. 그동안 수많은 부모 상담을 했던 내 모습이 지나갔다. 이래라저래라 하며 부모님의 잘못을 콕 집어 말하며, 너무 쉽게 훈수를 두었던 내 모습에 고개가 숙여졌다. 그간 부모의 심정보단 아이들과 상황만을 바라보며 말했던 것에 후회가 밀려왔다.

그리고 그날 밤 나는 〈어머님께〉를 계속 들었다.

god는 계속 불렀다. "불려 오셨어, 아니 또 끌려오셨어. 우리 어머니가 비셨어."

쉰번째 이야기 _

바이러스

“박상! 오늘은 웬일로 할렐루야 안 하냐?”

친구가 걱정 반 호기심 반 섞인 얼굴을 들이밀며 말한다.

“어제 야자 튀고 떡볶이 먹은 거 걸렸어. 이런 날은 할렐루야 안 나와.”

시무룩한 표정을 지으며 말하자 그 녀석은 특유의 장난기 가득한 목소리로 말했다. “아~ 교회 다니면 어떤 상황이든 해야지?” “아 시끄러워” 정색하며 대답하니 친구는 더 이상 묻지 않았다. 고3 시절 등교할 때마다 일반 인문계 고등학교를 다녔던 나의 인사. “할렐루야” 그렇게 인사하며 방긋 웃고 등교했다.

그 인사는 신학교 시절에도 계속되었다. 그리고 친구들은 어느새 나에게 별명을 하나 지어줬다. '해피 바이러스'. 대부분의 모습 가운데 기쁨과 행복이 드러나 자연스레 생긴 별명. 그 시절 성령님과 매일, 순간마다 함께 한다는 것이 기뻤다. 학교에서 만나는 대부분 사람이 하나님 나라의 동역자요, 형제자매란 사실도 즐거웠다. 나는 만나는 사람마다 신나게 "할렐루야!" 하며 외쳤다.

스스로에게 학교생활에 대한 에너지와 행복의 정도가 얼마나 컸는지 상상해 볼 수 있다. 당시 만나는 사람과 공동체에 나에게 담김 기쁨과 에너지가 전염되는 걸 나조차 느껴질 정도였다. 물론 사람들은 나를 '해피 바이러스'라 부르지는 않았다. 별명으로 불리기엔 다소 길었다. 그런데 당시 유행이었던 롤링 페이퍼나 편지에 서두와 말미에는 늘 적혀있었다. "해피 바이러스 상민에게". 그 별명이 좋았다. 바이러스라는 자부심이 있었다.

그런데 그 별명이 부담으로 다가왔다. 그것은 바로 컴퓨터 바이러스인 "웜 바이러스" 유행하던 시기와 맞물린다. 주위의 많은 사람들이 이 바이러스에 걸렸다. 블래스터 웜은 2003년 마이크로소프트의 윈도우 통해 급속하게 확산된 바이러스이다. 이 바이러스는 컴퓨터의 운영체제를 파손시킨다. 보통 "Remote Procedure Call(RPC) 서

비스가 예기치 않게 종료되어 윈도우를 지금 다시 시작해야 합니다" 라는 메시지와 함께 컴퓨터가 재부팅된다. 껐다 켜도 다시 이런 상황으로 돌아온다.

그 바이러스가 우리 집 컴퓨터까지 영향을 끼칠 것이라는 것은 상상을 못 했다. 당시 외장하드나 클라우드 시스템을 사용하지 않았기 때문에 모든 자료는 컴퓨터 안에 있었다. 컴퓨터 전원을 아무리 누르고 반복해서 바이러스는 좀처럼 사라지지 않았다. 결국 컴퓨터를 포맷해야 했다.

"인간은 본성상 망각하는 동물인 것이다." 니체의 말을 증명이라도 하듯 나는 10년이 지난 뒤 또 바이러스로 고생한다. 어느 날 갑자기 느닷없이 가지고 있던 자료들이 변형되어 있었다. 당시 개인적인 중요한 문서들이 가득했던 터라 세상이 무너지는 것 같았다.

강력한 바이러스로 인해 문서들이 하나도 열리지 않았다. 모두 깨져버렸다. 컴퓨터 관련 일을 하시는 서울의 먼 친척 분을 통해서 하드를 삼분의 일 정도 복구했지만 나머지는 살려낼 수가 없었다. 한동안 하늘은 잿빛이고 해피 바이러스는 웜 바이러스에게 잠식당했다.

"메타 뉴모 바이러스인 거 같습니다." 오랜만에 듣는 단어 바이러스. 예상 밖의 진단에 멈칫했다. 최근 일주일 넘게 하늘이가 열이 38도에 39도를 오가며 일주일 넘게 병원을 다녔다. 결국 종합병원을 찾아 태어나 처음 해보는 피검사와 소변검사를 통해 진단을 실시했다. 독감 검사와 엑스레이 검사까지 했으나 원인을 찾기 어려웠다. 곧이어 담당 의사가 말했다.

"바이러스 검사를 실시해 봐야 할 것 같습니다. 다소 비싼 검사이지만 지금의 상황에서는 원인을 찾아야 하기 때문에 필요합니다. 어떻게 하시겠습니까?" 어쩔 수 없던 상황.

검사는 진행되었고, 의사의 소견은 다음과 같았다. "메타 뉴모 바이러스 수치에 반응이 있었습니다. 아직 치료제가 없기에 자가 면역력으로 치료해야 하는 바이러스입니다." 아내와 나는 잠시 말을 잃었다.

아내가 아직 보행이 어려운 상황이었기에 입원할 수 없었다. 그저 응급실에서 처방해준 약을 받고 오는 방법뿐이었다. 그리고 하늘이는 또 그날 밤 열이 났다. 다음날 병원에 갔더니 반가운 말을 했다. 염증 수치가 낮고 폐가 깨끗하기에 10일 정도 지나가면 괜찮을 거라고 말했다.

대신 10일간 계속해서 고열이 나타나거나, 열 주기가 짧으면 어쩔 수 없이 입원하라 했다. 아내와 내 삶의 모든 것이 멈추고 아이를 위한, 아이를 향한 삶이 되었다. 벌겋게 달아오른 하늘이의 얼굴을 한참 바라본다. 나의 힘으로 0.1도 내릴 수 없는 모습을 보며 내가 대신 아프면 얼마나 좋을까 생각하며 하늘이 가슴을 토닥여준다.

박테리아보다 훨씬 작지만 엄청난 위력 바이러스. 스스로 기생하지 못하지만 숙주와 기생할 때 거대한 힘이 나타나는 바이러스. 그 바이러스에게 말한다.

"내 인생에 앞으로 어떻게 또 찾아올지 모르겠지만, 부디 어서 하늘이 곁을 떠나도록 해라. 그리고 다음에는 반가운 만남이 이어지기를 바란다. 제발."

그러자 내 안에 해피 바이러스가 되살아난다. 해피 바이러스는 그 옛날 어느 친구 녀석의 말을 생각나게 했다.

"교회 다니면 어떤 상황에서도 할렐루야 해야 하는 거 아냐?" 그러자 내 안의 해피 바이러스가 꿈틀거린다. 지금 현실은 너무 어렵지만 한번 더 씨익 웃게 된다. 그리고 곧이어 콧노래가 흘러나온다.

'환경의 지배를 받지 않고 내 맘의 힘과 목소리
느끼는 감정과 상관 없이, 내 마음 기뻐하기로 결심을 했네.'
- 찬양 '나 기뻐하리' 가사 중에서

쉰한번째 이야기 _

괜찮아

"하늘아 자자."

벌써 11시 반이 넘어간다. 며칠간 아파서 밤낮이 바뀐 하늘이. 어린이집도 못 가고 집에만 있었던 터라 생활 리듬이 바뀌었다. 잠을 자야 할 시간이 지났음에도 불구하고 도통 말을 듣지 않는다. 하늘이에게 무서운 톤으로 한번 더 말했다. 그러자 요즘 가장 많이 하는 말이 또 나온다. "아니야." 밥을 먹자고 하면 "아니야." 옷을 입자고 하면 "아니야" 약을 먹자고 하면 "아니야" 말을 듣지 않는다.

그러다 오늘 사건이 터졌다. 숟가락에 밥을 얹고 하늘에게 주는데 하늘이가 "아니야" 하며 손으로 밥그릇을 밀었다. 결국 밥이 쏟아졌고 나도 모르게 소리를 쳤다.

“박하늘 너 혼나야겠다.” 책장 위에 있던 ‘회초리’를 꺼내 바닥을 세게 쳤다. 그때부터 하늘이는 울기 시작했다. 소리를 계속 지르며 울고 자신의 오른손으로 머리를 계속 때렸다. 말을 잘 못하니 자신의 분노와 속상함을 그렇게 표현한다. 속상했다. 하늘이의 속상함도 느껴졌다. 때로 안 되는 것에 있어서 훈육이 분명 필요한데 어떻게 어디까지 해야 할지 매번 모르겠다. “괜찮아.” 한마디 하는 게 어렵다.

내 딸을 향해 “괜찮다.” 말하는 것도 이렇게 어려운데, 12년간 밤거리를 돌아다니며 변함없이 “괜찮다”라고 말하는 선생님이 있다. 폭주족에게, 원조교제를 한 아이에게, 본드에 중독된 아이에게, 자신의 손목을 그은 아이에게 말한다. “괜찮아”. 그는 일본 요코하마의 야간 고등학교 교사 미즈타니다. 그는 〈얘들아 너희가 나쁜 게 아니야〉를 통해 12년간 밤의 아이들을 만난 이야기를 전한다. 책을 읽어나가며 궁금했다.

왜 그토록 아이들을 찾아다니며, 살아갈 희망을 전하는가? 그가 그렇게 살아가는 법을 배운 것은 바로 자신을 가르친 교사였다. 흥미로운 것은 미즈타니 씨가 교사들의 수업을 통해 도덕적 개념이나 윤리적 실천 방안을 배운 것이 아니다. 그를 가르치고, 만든 것은 교사였다. 그가 만난 교사들의 놀라운 기다림과 눈을 번쩍이게 만드는 가치의 충돌이 밤의 교사 미즈타니로 만든 것이다.

책에는 그에게 커다란 영향을 가져다준 교사와의 이야기를 풀어놓는다. 그 이야기 가운데 히데 선생님 이야기는 잔잔한 감동을 가져다준다. 히데 선생님은 대학시절 한창 방황하고 있을 때 그를 유일하게 도와준 은인이다. 당시 할아버지가 뇌일혈로 쓰러졌다는 연락을 받고 유럽에서 일본으로 온 미즈타니. 결국 항상 할아버지 옆에서 간호해야 하는 상황이 찾아왔고 자포자기한 채 대학에 돌아가지 않았다.

어느 날 어머니의 전화가 왔다. "지금 널 기다리는 사람이 있으니 꼭 들어와라" 다음날, 동트기 전 조용히 방으로 갔는데 그곳에 히데 선생님이 넥타이와 양복을 입은 모습으로 자고 있었다.

대학교 학과장인 그가 벌떡 일어나더니 말했다. "어서 오게. 학교로 돌아오게. 지금은 일단 잠을 자도록 하지." 그리곤 다시 누워버렸다. '내가 돌아오기를 계속 기다려준 사람이 있다.' 생각하니 지금까지 제멋대로 살아온 자신이 한심해서 울컥 눈물이 쏟아질 것 같았다고 미즈타니 선생님은 말한다.

"괜찮아."

밤의 아이들을 만나며 수백 번, 수천 번 자신의 감정을 다스려야 했던 그에게는 '언젠가 돌아오기를 계속해서 기다려준 히데 선생님'이 계셨던 것이다. 하늘이의 잠투정도 기다리지 못하고 짜증을 부리는 내 모습이 부끄러워졌다. 며칠 뒤 하늘이와 블록을 쌓고 놀고 있었다. 하늘이가 블록을 하나 더 쌓으려다 내가 열심히 만든 블록의 성이 무너졌다. 그 순간 하늘이가 잠깐 멈추더니 내 눈치를 봤다.

슬펐다. 못난 아빠가 기다리지 못해서 이제 세 살 된 딸이 아빠 눈치를 보고 있는 그 순간. 순간적으로 미즈타니를 기다린 히데 선생님이 생각났다. 하늘이는 예상치 못한 말을 했다. "맴매 무셔." 생각지도 못한 하늘이 반응에 당황했다. 그리고 하늘이가 말했다. "안아줘" 미안한 마음과 함께 하늘이를 번쩍 안고 말했다. "하늘아 괜찮아. 진짜 괜찮아. 아빠가 더 기다릴게."

하늘이가 부드럽고 자그만 볼을 내 볼에 얹었다. 그리고 요즘 따라 잘하는 또 하나의 반응을 보였다. "응응" 그리고 나도 따라 했다. "응! 응!"

쉰두번째 이야기 _

고맙다

대학교라는 곳에 입학해 어색하게 지내고 있을 무렵, 동아리 활동의 필요성을 느끼게 되었다. 그 가운데 매주 수요일마다 보육원에 아이들을 가르치고, 돌보는 동아리가 마음에 끌렸다. 부끄러운 이야기지만 나는 고등학교 때까지 누군가를 위해 봉사한다는 것은 거의 해본 적이 없었다. 단지 진학을 위한 봉사활동으로 시간을 채우기에 바빴다. 그래서 우체국이나 공공 기관에 가서 봉사하는 것 외에는 아무것도 해본 적이 없었다.

그런 가운데 기회가 생겼다. 대학 신입생 오리엔테이션에서 친해진 동기 형이 함께 봉사 가볼 것을 권했다. 때마침 대학생활에 재미도 붙이고, 좋은 일을 한다는 개념으로 매주 수요일마다 보육원으로 향했다. 한 달 정도 지나자 발걸음은 점점 무거워졌다. 중간고사 기간이 다가오며 과제와 시험의 부담이 커져갔고, 수요일 저녁의 4시간 정도를 매주 봉사한다는 게 만만치 않았다. 다른 동아리와 달리 봉사와 사명감으로 이루어진 팀원들은 아이와 친밀감을 형성하는 중요한 시기였기에 빠지는 사람은 거의 없었다. 그래서 나는 결정해야 했다. 계속해서 이렇게 끌려다닐 수는 없었다.

그런 상황에서 나를 5년간 거의 빠짐없이 천양원의 섬김을 꾸준히 할 수 있게 만든 일이 있었다. 당시 팀장으로 섬기던 유아교육과 4학년 선배의 모습 때문이다. 중간고사로 인해 고민하며 힘겹게 봉사를 끝내고 강당에 모이러 가는데 울고 있는 소리가 들렸다. 바로 그 팀장 누나의 울음소리였다. 조심스레 가까이 가보니 믿기지 않는 일이 일어나고 있었다. 팀장 누나가 섬기던 8살 남자아이 앞에서 무릎을 꿇고 울고 있었다. 카리스마 있고, 하늘같이 높았던 팀장 누나가 울면서 이렇게 말했다.

"수형아(가명), 이번 주 선생님이 약속을 못 지켜서 미안해. 내가 다음 주에 꼭 약속 지킬게."

알고 보니 팀장 누나는 그 아이와 약속한 무언가가 있었고, 그 아이는 그것 때문에 속상해하고 있었다. 그래서 누나와 그 아이는 그날 아무 말도 안 하는 어색한 상황이 연출되었다. 그런 상황에서 그 아이의 마음을 달래기 위해 무릎을 꿇고 사과를 하는 팀장 누나의 모습은 충격이었다.

그리고 잠시 후 아이는 누나랑 같이 부둥켜안고 울었다. 그 순간 하나님께서 그 누나를 향해 “고맙다 내 딸아.”하시며 안아주시는 것 같았다. 한 아이를 하나님의 마음으로 온전히 품을 때 일어날 수 있는 기적이 바로 이것이 아닐까? 생각이 들면서 그 봉사활동을 대학 다니는 내내 포기할 수 없었다.

이와 비슷한 상황이 서정인의 〈고맙다〉라는 책에 나온다. 국제 어린이 양육기구 컴패션의 총재 서정인의 진심이 꾹꾹 담겨있는 이 책 가운데 필리핀 쓰레기 마을 이야기는 우리를 돌아보게 한다. 저자는 가난으로 비참한 어린이들의 모습을 알리고자 필리핀의 쓰레기장 안에 산다는 어린이들을 찍으러 갔다. 그런데 셔터를 누르려 할 때마다 아이들은 시선을 피했다. 그 가운데 한 아이와 눈이 마주치는 일이 생기게 된다.

그때 그 눈으로 아이는 이렇게 말하는 거 같았다. ‘저도 알아요, 여기 버려진 쓰레기처럼 저도 버려진 존재라는 걸요 미래도 희망도 없다는 걸 말이에요. 하지만 아무리 그런 저라도, 제발 그렇게 보지는 마세요.’ 그때 하나님께서 저항할 수 없는 조용한 음성으로 저자에게 이렇게 말했다고 한다.

'네가 무엇을 보고 있느냐? 내 눈에는 너무나 귀하고 소중한 생명이구나.'

하나님은 필리핀의 그 아이를 동정과 안타까움의 대상으로 바라본 것이 아니다. 전혀 다른 시선으로 보고 계셨던 것이다. 사랑스럽고 소중한 한 생명이자 하나님의 형상으로 바라본 것이다. 천양원의 팀장 누나가 한 아이에게 무릎을 꿇고 그 아이에게 다시금 용서를 구할 수 있었던 모습이 바로 이런 시선에서 생기지 않았을까?

우리는 인생을 살아가며 때로 주위의 상황과 시선으로 자존감이 떨어져 허덕거리며 살아갈 때가 찾아온다. 마치 자신을 쓰레기 더미에 살아가는 필리핀의 아이처럼 스스로를 버려진 존재, 아픈 존재, 상한 존재, 미래가 없는 존재로 여길 수도 있다. 그리고 그 상황은 하늘이에게도 언젠가 찾아올 것이다. 그런 상황에 꼭 해주고 싶은 말이 있다.

"사랑하는 내 딸아. 너는 지금 여기에 살아 있는 존재만으로도 나에게 고마운 존재란다. '고맙다.' 이 한 마디가 너의 마음에 진심으로 들리길 바란다. 이것은 아빠뿐만 아니라 너를 창조하시고, 너를 지키시며, 너를 보기만 해도 기쁨을 이기지 못하시는 하나님의 음성이란다."

그리고 언젠가 하늘이도 다른 한 아이를 마음에 품을 때 "고맙다"라고 하시는 하나님의 음성을 들을 수 있기를 기도해 본다.

쉰세번째 이야기 _

관계

하늘이가 어린이집에 들어가고 습관 하나가 생겼다. 바로 하늘이가 어린이집에서 있던 이야기를 빼곡하게 써주시는 선생님의 일일 연락장을 읽는 습관이다. 예쁜 반 하늘이의 나의 하루 이야기를 읽고 아내와 차 한 잔을 마시며 대화를 나누는 일이 내게는 귀하다. 때로는 내용이 너무 솔직하여 고민에 빠지기도 하지만 진솔하고 사랑으로 써주시는 선생님께 감사하다. 오늘은 몇 번을 읽어도 기분이 좋은 이야기가 담겨있었다.

"조금씩 친구들 관계가 이루어지는 것 같아요~ 놀이터에서 두 명의 친구랑 손을 잡고 꽃구경하며 개미도 관찰했답니다. 전화기 꾸미기 놀이를 하였는데 분홍색 사인펜을 두 개 다 하늘이가 가지고 갔어요. 그래서 친구들에게 하나씩 나누어 주자고 얘기해줬더니 금방 친구에게 양보했습니다."

세 살의 어린아이의 세계에도 관계라는 단어가 있고, 친구라는 단어가 존재한다.

대학 졸업 후 스스로에게 주는 선물로 유럽여행을 한 적이 있다. 여행 가운데 다양한 사람들을 만났다. 그 가운데 친구와 관계라는 단어를 다시금 생각하게 만들었던 만남이 있다. 우리의 만남은 좀 독특했다. 여행 가운데 친해진 필리핀 친구들이 있었다. 그 친구들이 독일 뮌헨에서 따로 계획을 잡지 않았으면 오늘 같이 다니자고 했다. 그래서 그 친구들을 따라 뮌헨을 구경하려는데 친구 한 명을 소개해줬다. 말끔하게 생기고 뿔테에 검은 생머리의 동양인. 웃은 게 밝고 차분한 느낌의 소유자. 그는 독일에 팀파니 전공으로 유학을 온 필리핀 친구 '기권'이었다.

그의 태도와 모습은 신선했다. 매너와 기품이 넘치는 배려가 나를 압도했다. 상당히 뜨거운 날씨 속에서 분명 어려운 상황이었음에도 그는 단 한 번의 인상을 쓰지 않았다. 잔잔한 미소를 머금고 그는 우리를 가이드할 뿐만 아니라 식사, 입장료, 교통비까지 모두 섬겼다. 초면에 상상 못할 친절 가운데 익숙하지 않았던 나는 조심스레 물었다.

"어떻게 처음 만난 우리에게 이렇게 친절을 베풀 수 있니? 나도 너에게 무언가 보답하고 싶어."

그러자 손사래 치며 말했다.

"아니야, 오히려 이런 시간이 내게 기쁨이야. 만약 무언가 보답하길 원하면 언젠가 내가 한국에 방문할 때 함께 해주렴. 나는 그거면 돼."

지금도 기권의 검은 뿔테 사이로 환하게 웃는 그 친절을 생각할 때면, 뮌헨 공원의 시원한 푸른 향기가 콧가에 맴돈다.

환원주의의 세상에서 기브 앤 테이크는 법이다.

어둠의 힘과 권력은 자신들의 질서를 유지하기 위해 이 같은 Give & Take의 법칙을 철저하게 지키라 하고 있다. 그러나 이 질서의 결말은 언제나 새드엔딩이다. 관계는 지치게 되어 있고, 공동체는 깨지며, 사회는 진흙탕 싸움으로 번져나간다. 그래서 이 같은 문화를 거스르며 아무런 조건 없는 선물을 나눠주는 사람이 필요하다. 그들을 통해 사회는 회복될 것이고, 새로운 문화가 일어날 것이다.

아무 조건 없이 받은 예수 그리스도의 은혜를 나누며 살아갈 때, 받기 위해 주며, 주기 위해 받는 세속적 가치에 조금씩 균열이 일어날 것이다. 세 살이 되어 친구들과 새롭게 관계를 만들어가는 하늘이가 기특하다. 아이들에게 핑크색 사인펜을 나눠주는 것도 대견하다. 어린이집이라는 사회 가운데 관계를 이루어가며 지낸다는 것이 참으로 신기하다. 아빠로서의 바람은 부디 환원주의의 물결에서 휩쓸려 살아가는 자가 되지 않기를 바란다.

내가 기권을 통해 경험한 중용에 나오는 군자의 태도가 생각났다.

"화이불류(和而不流) : 화합하되 휩쓸리지 않는다."

쉰네번째 이야기 _

허무

블록 쌓기 놀이. 하늘이가 요즘 나와 즐기는 놀이다. 하늘이는 보통 핑크색을 좋아하는데 블록 쌓기 놀이를 할 때면 파란색 계열의 색을 모두 가지고 간다. 그래서 나는 하는 수 없이 핑크색, 초록색, 베이지색 계열의 블록을 쌓고 논다. 하늘이는 하늘이대로, 나는 나대로 한참 쌓는다. 하늘이는 종종 내게 말을 한다.

"아빠 이것 봐요." 제법 그럴싸하게 만든 모습에 늘 칭찬해준다.

그러면서 나는 나름 심혈을 기울여 탑을 만들거나 궁전을 만든다. 처음에는 하늘이를 보여주고 싶어 만들지만 만들다 보니 내 만족이 크다. 그런데 한 번은 거대한 궁전이 거의 완성 단계에 이르고 있었다. 하늘이가 몇 번 불렀는데 대답은 하지만 반응을 시큰둥하게 했다.

그래서였을까? 하늘이는 파란색 블록을 비행기처럼 "슝~" 하더니 내 블록 궁전을 사정없이 내리쳤다.

모든 게 부서졌다. 허무했다. 나도 모르게 한숨이 나왔다.

얼마 전 이북리더기를 구입했다. 책을 좋아하는 나로서는 신세계였다. 구입 후 처음 사는 책에 신중을 기울였다. 처음으로 구입한 책은 바로 <90년생이 온다>. 책이 출판되자마자 단숨에 베스트셀러에 오른 것은 아마도 새로운 세대의 등장에 당황하는 사람들이 많았기 때문이다. 또한 생각보다 너무나 다른 세상과 직면해야 하는 90년생들의 어려움을 솔직하게 담아 놨기 때문이다.

일단 책은 재밌다. 하지만 슬프다.

책 속에는 꼰대 테스트라는 것이 있다.

스스로를 꼰대라 생각해본 적 없지만 1번 질문부터 나는 꼰대였다. 1번 질문은 다음과 같다. "1번. 9급 공무원을 준비하는 요즘 세대를 보면 참 도전정신이 부족하다는 생각이 든다(O, X)" 사실 요즘 20대를 대표하는 말 중 하나가 공시생이다. 취업을 접고 9급 공무원이 되고자 하는 이 세대들에 사실 너무 무사안일주의가 아닌가 하는 생각도 해본 적이 있다. 그러나 책을 읽고 그들이 왜 공시를 준비했는지, 왜 직장을 다니다가 공시로 돌아섰는지 등에 대해 이해할 수 있게 되었다.

10년 전. 비정규직으로 일할 때 1년 동안 우리나라의 공무원의 생활을 가까이에서 볼 수 있는 기회가 있었다. 국가 기관의 물품을 파악하고 체크하는 일이었다. 갈 때마다 공무원 담당자들과 만나야 했다. 그리고 그들의 모습 가운데 공통점을 찾을 수 있었다.

바로 '허무'였다. 한 번은 40대 후반의 한 공무원 분과 식사를 하며 대화를 나눌 기회가 있었다. "과장님 생활은 좀 어떠세요? 생각보다 공무원 분들 업무 표정들이 지루해 보이네요." "공무원 생활을 다들 부러워하는데 사실 실상을 들여다보면 다들 안정적이고, 철밥통인 것 빼면 너무 재미없어요. 허무하죠. 근데 어떤 직업이든 그렇지 않겠어요?"

요즘 초등학생들의 장래희망은 공무원이 아니다. 이보다 더욱 철밥통인 건물주와 유튜버다. 초중고를 다니는 학생임에도 불구하고, 그 시절부터 돈이 주는 힘과 안정감이 그들의 꿈이다. 그러나 건물주와 유튜버 역시 그들의 인기와 돈이 인생을 책임질 것 같은 착각을 일으키지만 그것은 허상이다. 결국 삶의 안정과 행복만을 추구하며 살아갈 때 인간에게 찾아오는 것은 허무다.

허무뿐인 세상 속에서 우리가 할 수 있는 것은 무엇일까? 그것은 오늘에 의미를 두는 것이 아닐까? 그렇다면 오늘에 의미를 두는 것은 어떤 것을 말하는 것일까? 그것은 바로 오늘을 살아갈 때 이 세상을 창조하시고 다스리시는 분을 인정하며 삶의 한절, 삶의 한 부분부터 살아내는 것이라 생각한다. 이 세상의 모든 부와 힘을 누렸던 사나이. 그는 우리에게 이렇게 말한다.

"청년의 때에, 너의 창조주 하나님을 기억하라."
(전도서 12장 1절)

여기서 청년은 우리가 말하는 20~30대 육체적 청년이기도 하지만, 인생의 황금기를 의미하기도 한다. 청년의 시기, 혹 인생의 황금기라고 여겨지는 오늘, 지금, 이곳에 살아가는 이 순간에도 하나님을 기억하는 자가 하늘이가 되기를 기도한다.

그리고 내가 먼저 허무뿐인 세상 속에 살지만 하나님께서 다스리시는 하나님 나라를 이루는 의미 있는 삶을 사는 하늘의 사람이 되고 싶다.

쉰다섯번째 이야기 _

혼자

한참 조용해서 나가봤더니 하늘이가 혼자 놀고 있었다. 엄마가 일하러 가는 화요일. 하늘이는 아빠랑 함께한다. 우리의 동선은 간단하다. 하늘이가 어린이집에서 하교하는 시간에 맞춰 기다린다. 늘 누구보다 반갑게 맞이하는 하늘이. 다다다 하고 뛰어와 품에 안긴다. 선생님에게 인사를 하고 어디에 갈 것인가 선택하게 한다. 가는 곳은 늘 정해있다. 마트 아니면 놀이터. 한참 마트를 가자고 하더니 요즘엔 놀이터를 선호한다.

오늘은 놀이터에 아이들이 없다. 하늘이와 나와 놀고 있는데 전화가 왔다. 중요한 전화라서 통화하며 하늘이와 놀아준다. 그런데 아무래도 집중력이 떨어졌다. 하늘이는 건성으로 노는 아빠가 마음에 안 들었는지 조금 놀다가 혼자 놀았다. 그리고 곧 집에 가자고 했다. 집에 들어온 하늘이가 한참 조용해서 봤더니 장난감을 가지고 혼자 놀고 있었다. 집중해서 장난감을 가지고 노는 동그란 등을 보는데 외로워 보였다.

'외로움 담당 장관' 영국 정부는 갈수록 외로움에 어려움을 호소하는 국민과 그로 인해 파생되는 사회의 문제의식에 따라 '외로움 담당 장관'을 만들었다. 사실 외로움이라는 단어는 전 세대에게 있어 치명적 어려움을 가져다준다. 노인 인권 종합보고서에 따르면 노인 중 20%는 외롭게 있다가 홀로 고독사를 당할까 걱정하고 있다고 한다.

〈사춘기 쇼크〉의 저자 이창욱은 사춘기 학생들의 과거 세대의 이성 교제가 '이성에 대한 호기심'을 기반으로 이루어졌다면, 요즘 아이들의 이성 교제는 '외로움의 보상 기전'에 의한 것이라고 말한다. 서울신문의 허윤백 기자는 그의 저서 〈독박 육아〉에서 "내게 아이 키우는 데 뭐가 가장 힘들었냐고 물으면 나는 첫째도 외로움, 둘째도 외로움, 셋째도 외로움이라고 답할 것"이라고 했다.

외로움은 결국 삶의 시선을 어렵게 만든다. 삶의 왜곡된 시선들이 가득한 SNS. 언제든 소통할 수 있는 SNS는 발달하고 있지만, SNS 속 세상은 나 빼고 다 행복한 것 같은 모습에 지친다. 이로 인해 생긴 박탈감으로 고립감은 더 심해진다.

대한민국 역사 가운데 이토록 외로움에 허덕이는 시대가 있었을까? 결국, 외로움은 자신이 해결하기보다는 '함께'라는 단어로 조금씩 회복해 가야 한다. 그러나 '함께'는 이 시대에 인기 없는 단어이다. 현대사회가 그 어느 시기보다 '혼자만의 삶'을 부추겼기 때문이다.

그러나 이로 인해 생기는 우울감과 고독, 사회 문제는 생각보다 심각하다. 그래서 필요한 것은 '나'를 개별화시켜주는 공동체와 만남이다. '나'의 특별함과 소중함을 인정해 주며, 이로 인해 타인을 배려함으로 서로 세워주는 공동체. 이런 공동체를 만날 때 우리를 지배하는 외로움은 차츰 사라져 가지 않을까? '나'의 특별함을 인정해 주는 가장 작지만, 가장 기본이 되는 공동체는 '가정'이다. 서로의 개인을 인격으로 대하고 존중해주며, 가장 가깝고 편하지만 쉽게 생각하는 대상이 되지 않게 가정의 부모는 만들어가야 한다.

한참을 혼자 놀던 하늘이가 내게 다가온다. 그리고 말한다. "같이 놀자." 하늘이가 요즘 자주 하는 말이다. 그럴 때면 쓰던 글도, 하던 업무도 멈추고 아이에게 다가간다. 그리고 눈을 마주치고 "그래! 같이 놀자"라고 말하며 공주도 꺼내고, 조랑말도 꺼내고, 공주 친구와 멍멍이 인형도 꺼내 줄을 세운다.

그리고 그들과 하늘이와 함께 논다. 그냥 놀아주지 않고 공주와 멍멍이, 조랑말과 공주 친구 모두 목소리를 다르게 하고, 서로마다 특징을 만들어서 놀아주면 하늘이는 이내 즐거워한다.

지금까지 내 인생의 여정을 돌아보면 '나'라는 단어는 '함께'라는 단어와 조화롭게 만들어질 때 건강했음을 깨닫게 된다. 가수 제니는 말한다. "빛이 나는 솔로" 그러나 생각해본다. 솔로가 빛이 나려면 주위에 조명을 비추는 존재들이 있어야 하지 않을까?

쉰여섯번째 이야기 _

하
지
마

"하지 마! 하지 마! 아빠 미워! 아빠 싫어. 아빠랑 안 놀아."

누구보다 아빠 노릇을 잘할 거라 여겼던 내가 하루에도 몇 번씩 듣게 되는 소리다. 아이의 마음을 잘 알아주는 아빠를 꿈꿨다. 그러나 이제는 좋은 아빠가 아닌 보통 아빠라도 되고 싶다. 아빠 되기가 너무 어렵다. 특히 요즘 더 그런 생각이 가득하다. 하늘이가 말을 알아듣고, 말을 할 줄 알면서 기대했던 시간들은 아주 잠깐이다. 오히려 의사소통이 조금씩 이루어지니 상상하지 못한 일로 인해 어려움은 증폭되고 있다.

특히 말을 알아듣는다는 인지로 인해 내가 하늘이에게 함부로 하는 말이 부쩍 늘었다. "안 돼! 박하늘! 아빠한테 혼나! 이렇게 하면 어떡해?" 누가 봐도 30개월 된 아이에게 해서는 안 되는 말이다. 그런데 턱밑까지 오르는 감정들이 절제가 되지 않고, 경계선을 왔다 갔다 하며 말하고 있다. 특히 말만큼 중요한 것은 시선이나 제스처인데 때로 너무 싸늘하고 감정적으로 표현할 때가 있다.

이런 상황에 사건이 하나 터졌다. 하늘이와 단둘이 마트에 다녀올 때였다. 나는 그 시간을 아주 좋아한다. 집 근처, 아주 가까운 대형 마트는 우리로 인해 다양한 장소로 바뀐다. 오른손 집게손가락을 한 움큼 잡고 잘 걸어 다닐 때는 산책 코스가 된다. 종종 강아지가 지나갈 때 손으로 꽉 잡으며 "무서" 하며 내 품에 안길 때 얼마나 행복한지 모른다. 또 마트는 나와 하늘이의 놀이터가 된다.

장난감 코너에서 시연할 수 있게 놓여있는 장난감으로 하늘이와 나는 종종 소꿉놀이를 한다. 스테이크도 구워 먹고, 설거지도 한다. 요즘은 캠핑용품이 전시되어 있는데 그곳에 앉아서 캠핑 놀이도 한다. 물고기와 햄스터, 다양한 애완동물을 보며 흉내 내는 즐거움도 가득하다.

하늘이가 마트에서 가장 좋아하는 것은 근사한 먹거리를 즐길 때다. 수박 시식코너에서 3조각 정도 먹으면서 누구보다 좋아 춤을 추는 하늘이. 이후 초콜릿 우유로 갈증을 해소하고, 가장 좋아하는 건 감자튀김이다. 짭조름한 그 시간을 아주 행복해한다. 그런데 그렇게 모든 풀코스를 즐기며 돌아오는 길에 하늘이가 짜증이 났다.

갑자기 집에 안 간다며 다시 마트를 가자고 했다. 마트에서 1시간 반 동안 있었기 때문에 더 이상 나도 물러설 수 없었다. 그러더니 갑자기 떼를 쓰기 시작했다. 그때부터 나의 회유책이 시작된다.

"집에 가서 콩순이 볼까? 집에 가서 시리얼 먹을까? 집에 가서 아빠랑 물놀이할까?" 수많은 지략으로 하늘이를 설득하려 하지만 대답은 똑같다.

"하지 마!"

이런 때는 삼고초려로 모신 제갈공명이라 한들 어떻게 할 수 없을 거라 생각이 든다. 엄청난 기합과 힘으로 소리를 질러대는 바람에 가히 전장에 출전한 상황과 같았다. 오나라 손무가 만든 전쟁 병법 중 최고인 '손자병법'보다 더 앞서 나온 것으로 추정되는 병법이 있다. 바로 '삼십육계'! 그 가운데 마지막인 제36계가 도망가는 것이다. 지금 그 병법을 사용하기로 결정했다.

바닥에서 "하지 마 하지 마" 울음을 터뜨리며 뒹굴거리는 하늘이를 두고 모른 척했다. 그리고 뚜벅뚜벅 걸어 도망갔다. 일부러 나무 뒤에 숨어 있으니 하늘이의 울음소리는 더욱 커졌다. 가슴이 쓰리며 당장이라도 누워있는 아이를 업어주고 싶었다. 그러나 떼쓰는 걸 고쳐야겠다는 마음이 들었다.

그래서 얼굴을 빼꼼 내밀었다. 그러니 하늘이가 울면서 달려왔다. 온몸이 더러워진 상태였다. 그런데 하늘이가 덜덜 떨면서 안겼다. 그러더니 말했다. “아빠 죄송합니다.” 처음 듣는 딸아이의 죄송하다는 말에 온몸이 경직되었다. 뻣뻣해진 몸으로 하늘이를 끌어안았다. 그리고 말했다. “아니야, 아빠가 미안해.” 하늘이는 또 울며 불며 말했다. “아빠 죄송합니다. 하지 마” 하늘이 역시 두 마음이 교차하는 거 같았다. “그래 미안해. 아빠가 안 할게. 아빠가 잘못했어.” 나도 모르게 하늘이를 두 손으로 꽉 안았다.

하늘이의 눈물과 땀이 내 푸른색 셔츠에 가득했다.

내 마음에도 눈물이 났다. 땀이 났다. 아빠라는 이름이 내게 참 어울리지 않음을 느끼게 된다. 부족하고, 미안하며, 이렇게 못나고 부족한 내가 참 밉기까지 하다. 쓰린 속을 쓸어내리며 마음으로 말해본다.

“미안해 하늘아. 아빠도 처음이라 너무 어렵네. 너무 미안하다. 이렇게 아빠로 부족한 내가 스스로 참 답답하고 밉기까지 하구나.”

피곤했던지 하늘이는 온 체중을 내게 맡기며 소곤소곤 잠이 든다. 그런데 속마음을 하늘이가 들었을까? 기가 막힌 타이밍으로 자그마한 입으로 중얼거리며 말한다.

"하지 마"

위로가 되었다. 그런 의미는 아니었겠지만 내게는 '아빠가 자책하지 마.'라는 말로 들렸다. 그렇게 나는 하늘이의 마음을 받아들이고 등을 한번 더 쓸어내렸다. 그리고 조용히 말했다.

"미안해 하늘아. 오늘 더 사랑해."

쉰일곱번째 이야기 _

함께

두 마리 치킨.

그것은 가난한 대학생들에게는 너무나 커다란 기쁨이었다. 특히 야식을 시켜 먹기에 가장 적절한 선택. 기숙사에서 우리는 함께 야식으로 치킨을 시켰다. 두 마리를 시키려 하니 다섯 명이 먹기에는 부족했다. 그래서 우리는 네 마리를 시켰다. 금방 튀겨져 온 치킨에 풍미를 더하는 간장 베이스의 향기는 위장을 흥분케 했다. 결국, 우리는 치킨을 함께 먹었다. 먹었다는 표현보다는 흡입했다.

그런데 언제나처럼 야식을 먹자고 졸라대던 녀석은 4조각 정도 먹더니 온 세상의 치킨을 빨아들인 양 벌러덩 누워 버렸다. 이윽고 나이가 가장 많은 형님은 밖에서 저녁을 먹고 왔다고 했고 결국 우리는 '일인일닭'을 실천해야 하는 상황이었다. 어느새 달콤 짭조름한 풍미가 있는 치킨은 기름 냄새와 함께 뻑뻑한 닭가슴살 냄새를 이기며 질겅질겅 씹어야 하는 상황이 되었다. 결국 마지막까지 버티던 친구 녀석이 배를 만지며 말했다.

"아이고 못 먹겠다."

결국, 가위바위보를 해서 나머지 걸릴 때마다 1조각, 2조각, 4조각을 먹기로 했다. 한 조각, 두 조각을 결국 해치우고 마지막 4조각 먹는 가위바위보를 했다. 두 차례 이마에 땀까지 흘리며 가위바위보를 했는데 야식을 졸라대던 녀석이 걸렸다. 그러자 그 녀석이 오만가지 인상을 다 쓰고 말했다.

"제발 한 조각씩만 도와줘! 내가 내일 청소할게."

너무 진지하게 말하는 친구의 부탁을 결국 들어주며 굉장한 선심을 쓰듯 치킨 한 조각 먹는 것을 도와줬다.

상대방이 하는 일이 잘 될 수 있도록 힘을 더하는 것, 힘을 보태는 게 '돕는다.'는 의미이다. 따라서 돕는다는 마음을 갖는다는 것은 그 일은 내일이 아니라 여기는 것이다. 이런 부분에 있어서 아이를 키우는 것이 아빠에게 있어서 돕는 것이 아니라는 것을 인지하는 데 상당한 시간이 걸렸다. 그리고 육아는 부모가 함께 해야 함을 이해하는 데도 오랜 시간이 걸렸다.

아이가 태어나고 지금까지의 아빠로서 모습을 돌아보면 엄마의 보조역할을 했던 경우가 많다. 능동적으로 아이를 돌보거나, 어떤 특정 시간을 함께 놀아주는 행위 정도가 주도적 육아의 모습이었을 뿐, 아내가 바라는 함께 아이를 계속해서 돌보는 보폭을 맞춰가는 것은 아직도 힘들다.

마치 대학 시절 배고픔에 못 이겨 야식을 시켰을 때와 비슷하다. 단짠의 조화를 이루었던 두 마리 치킨을 시켜 모두 다 함께 먹다가 마지막 네 조각은 나와는 상관없다고 생각하는 모습. 그것을 도와줄 때 엄청난 생색을 부리며, 도왔을 때 이익을 바라는 모습이 아빠로서 아이를 키우는 모습과 무섭도록 흡사하다.

아내의 요청에도 불구하고 좀처럼 진전이 없는 나의 육아 태도에 요즘 자꾸 화가 난다. 아빠라는 이름 아래, 사회에서는 목사라고, 청소년들은 좋은 친구라고 말한다. 그러나 정작 나의 아이에게 쉽사리 짜증을 내고, 함께하는 육아에 지쳐 마음 하나 제대로 지키지 못하는 것이 나였다. 혼자 있는데, 수많은 생각이 밀려왔다.

그리고 부쩍 자란 하늘이의 사진이 핸드폰 사진첩에 가득하고, 별로 보이지 않는 아내와 찍은 사진을 보며 마음이 울컥거렸다. 그리고 눈을 감았다. 나도 모르게 기도가 나왔다. 마음에 위로가 찾아왔다. 나를 격려해주시는 하늘의 체온이 굳게 굳은 마음을 어루만져 주었다.

'그래. 하늘이는 세 살이잖아. 나도 아빠로서 두 살이잖아. 두 살 아빠인 것을 인정해야지.'

그리고 아빠가 된 지 얼마 되지 않은 날에 중학교 3학년 친구들이 선물해준 책을 열었다. 아직도 생각난다. 이 책을 읽지 못했지만, 제목이 너무 좋아서 꼭 선물하고 싶어서 멀리 있는 서점까지 다녀왔다며 선물해준 소중한 책.

<아이와 함께 자라는 부모>
난 결국 예전에 접어놓고 종종 찾는 부분을 또다시 천천히 읽는다.

"지금 그 자리에서 시작하세요. 있는 그대로, 부족한 그 모습대로 괜찮습니다. 아이를 지켜줄 유일한 존재가 당신이고, 마지막까지 당신이 놓지 못할 존재가 아이입니다. 당신이 가진 그대로, 당신이 지금 할 수 있는 만큼만 하세요. 주저앉지만 않는다면 아이도, 당신도 계속 자랄 테니까요……. (중략)

천천히 천천히 당신 스스로 받아들일 수 있는 만큼 그만큼 조금씩 변하면 됩니다…. (중략) 조급한 마음이 화를 만들어요. 천천히, 꾸준히 가르칠 수 있다고 생각하면 화가 덜 납니다. 나의 바람과 현실의 간격이 클 때 화가 납니다. 좌절감이 화의 뿌리입니다. 그럴 때면 속으로 되뇌어 봅니다."

"나도 부족하고, 아이도 부족하다. 하지만 나도 괜찮고, 아이도 괜찮다."

(소아정신과 의사 서천석의 〈아이와 함께 자라는 부모〉 중에서)

쉰여덟번째 이야기 _

놀이

"어떻게 엄마가 하루 종일 너랑 놀아주니?"

아내가 애원하듯 하늘이에게 말했다. 아내의 진심 어린 말에서 알 수 있듯 요즘 우리 육아의 고민은 하늘이와의 놀이다. 좀처럼 혼자 노는 법이 없는 하늘이는 늘 누군가 함께 놀기를 좋아한다. 함께 놀 때에도 자신이 주도권을 가지고 있어야 만족스러운 놀이가 형성된다. 그리고 한 가지 놀이에 금방 싫증을 낸다.

소꿉놀이, 블록놀이, 퍼즐놀이, 물감놀이, 그림놀이, 인형놀이, 물놀이, 모래놀이. 하루에도 몇 번의 놀이가 바뀌는지 모른다. 몇 달 전만 하더라도 함께 놀기에는 어려운 빨고, 씹고, 누르고, 던지는 수준이었다. 그러나 요즘은 인형에게 이름을 부여하고, 블록으로 집을 만든다. 그림놀이를 할 때 자신은 핑크색, 아빠는 파란색을 정하며, 안에서 놀아야 한다. 얼마나 열심히 노는지 온몸이 흠뻑 젖는 줄도 모르고 그렇게 놀고, 또 놀다가 하루를 살아간다.

지칠 만도 한데 끝없이 노는 하늘이. 그 힘과 에너지가 정말 대단하다. 어떻게 저렇게 놀 수 있을까 할 정도로 끝없이 놀다가 정말 어쩔 수 없을 때는 친구 뽀로로를 부른다. 그러면 정말 모든 것이 멈추고 집중하며 뽀로로를 바라본다. 그런데 뽀로로 역시 하늘이 친구라서 그럴까? “노는 게 제일 좋아 친구들 모여라! 언제나 즐거워” 하며 노래를 부른다.

요즘은 뽀로로보다는 콩순이를 불러달라고 한다. 그러면 콩순이 역시 노래한다. “안녕 나는 콩순이야 잠시도 가만있지 않아 (콩콩) 여기저기 요리조리 우당탕탕 쿵짝쿵짝 엉뚱 발랄 콩순이는 사고뭉치 엉뚱 발랄 콩순이” 뽀로로도 콩순이도 도대체 가만있지 않고, 노는 게 제일 좋다고 하면서 노래를 부른다.

아이들은 어쩌면 이렇게 노는 걸 잘할까? 가만 살펴보면 이 시기에 노는 것은 어쩌면 이 아이들의 전부라고 할 수 있으리라 생각해 본다. 어떤 목적이나, 무엇인가 얻으려 하는 행위들이 아니라 욕구를 통해 행하며 만족을 느끼는 시기. 그러다 보니 하루 종일 놀아도 힘이 나고, 또 즐겁고, 계속해서 놀고 싶은 게 아닐까?

밖에서 에너지를 많이 쏟고 오는 날이면 사실 나는 하늘이와 거의 못 놀아준다. 아내의 불만은 모든 힘을 밖에서 쏟고 와서 집에서는 쉬려고 하는 나의 태도이다. 그래서 어떤 것을 바라는지 물었더니 밖에서 하늘이와 놀아줄 에너지를 남겨놓고 들어와서 함께 놀아주라는 것이었다. 내게는 참 어려운 일이다.

일평생 밖에서 모든 에너지를 쓰고 집은 쉬고, 회복하는 공간이라 여긴 나의 삶의 태도는 바꾸기가 어려웠다. 그러나 밥하고 있는 아내를, 화장실 가려는 아내를, 무엇인가 하려고 하는 아내를 잡고 아무것도 하지 못하게 하며 같이 놀자고 하는 하늘이의 모습을 보며 퇴근 후 함께 노는 시간을 가지기 시작했다.

하늘이와 노는 것은 몸을 구부리고 바닥에 털썩 앉아서 서 있는 하늘이의 눈과 마주치는 것부터 시작한다. 그렇게 앉아 있으면 하늘이는 말한다. “블록 쌓기 하자, 퍼즐 맞추자, 물감놀이할까?” 그러다 요즘 점점 바뀌었다. 그 앞에 ‘아빠랑’이 들어가기 시작했다.

“아빠랑 피자 만들까?” “아빠랑 장난감 놀이할까?” “아빠랑 책 읽을까?” 이렇게 하늘이와 호흡을 맞추다 보니 이제는 “아빠랑 목욕할까?” “아빠랑 밥 먹을까?” “아빠랑 양치할까?” 까지 말하며 다가온다. 한동안 엄마밖에 모르던 하늘이가 이제는 제법 아빠랑 하는 걸 좋아한다. 처음에는 너무 어려웠다.

그러나 이제는 하늘이의 눈을 맞춘다. 그리고 하늘이가 즐겁게 춤을 추면 즐겁게 춤춘다. 하늘이가 집중하면 나 역시 집중하고, 하늘이가 딴 거 할까? 하면 나도 다른 것을 할 준비를 한다. 다른 것보다 눈을 더 마주치려 노력한다. 때로는 반복하는 게 너무 어렵지만 열 번씩 책을 읽어주기도 하고, 할아버지, 할머니, 호랑이, 공주, 펭귄이 되어서 책을 읽으며 놀아준다. 어린이집 갈 때도 이제 말한다.

"어린이집 다녀와서 아빠랑 꼭 놀자." 그러면 기분 좋을 때 하늘이가 대답한다.

"응응!"

사실 요즘 도통 무엇을 하고 놀아야 할지 몰라 어려워했다. 한때 누구보다 잘 논다고 자부했었던 시절은 금세 지나갔다. 이제 한 가정의 가장으로, 남편으로, 아빠로 나이가 들어가면서 점점 잊히고, 잊어버리고, 잃어버리고 있던 단어. 놀이. 하늘이를 보며 놀이의 힘이 얼마나 중요하며, 내게 지금 필요한지 깨닫게 되었다.

현재 놀이에 있어서는 하늘이가 나보다 훨씬 레벨이 높은 놀이 선생이다. 그녀와 함께 놀아주며 결심했다. 나도 놀 수 있는 것을 찾자. 어떤 것을 얻기 위한 것이 아닌 그 활동 자체가 즐거운 놀이를 찾아보자. 그래서 아내에게 말하고 영화관을 찾았다. 조조영화였고, 유명하지도 않은 오래된 영화가 상영되는 곳을 찾았다. 그런데 기분이 좋았다. 가장 편안한 자세로, 집중하며 영화에 빠져 들었다. 최근에 좀처럼 느끼지 못했던 잔잔한 놀이의 힘이 내 온몸을 이완시켰다. 그리고 입가에 자연스러운 미소와 함께 영화관을 나왔다.

그리고 하늘이를 생각하며 말한다.

"내게 노는 힘을 알려준 하늘 선생. 오늘은 당신에게 한 수 배웠소. 앞으로도 많은 가르침 부탁하오."

어쩌면 육아는 내게 익숙한 단어를 낯설게 만들어 의미를 새롭게 만들어주는 창조의 시간이 되고 있는지도 모른다.

쉰아홉번째 이야기 _

죄송합니다

"째성함이다." 나도 모르게 되물었다. "뭐라고?" 몹시 떠는 가냘픈 목소리. 눈에는 눈물이 가득 차 있다. 벌게진 얼굴은 나를 향하고 있었다. 나뭇잎보다 작은 손으로 바짓가랑이를 잡으며 한 번 더 믿을 수 없는 말을 했다. "죄성함이다." 잘못 들은 줄 알았던 그 말. 천천히 귀에 들린 그 말이 가슴을 내리쳤다. 쓰라렸다. 불과 몇 초 전만 해도 내 감정은 답답함과 짜증, 분노와 지친 마음이 가득했다. 어린이집 하교 후 백 미터도 안 되는 거리에 있는 마트를 갔다.

사실 근처 대형마트는 우리가 애용하는 놀이터다. 이곳에 갈 때마다 주의해야 할 곳이 있다. 바로 마트 일층에 위치한 패스트푸드점.

언제부터였을까, 하늘이는 이곳을 지나다닐 때마다 감자튀김을 사달라고 말한다. 마트의 수많은 식품과 장난감에는 크게 요동하지 않는 하늘이가 이곳에만큼은 경보기가 달린 듯이 "감자튀김" 하며 계속해서 말한다. 최근에는 감자튀김을 사준 적이 없어 한번 사줘야겠다는 마음에 감자튀김을 시켰다. 어느새 감자튀김을 같이 먹을 수 있는 나이가 되었다는 것이 감사하다.

온갖 이쁜 표정을 지어가며 감자튀김을 기쁨으로 흡입하는 하늘이를 보며 이렇게 빨리 자라고 있는 것이 한편으론 아쉽기도 했다. 그렇게 감자튀김까지 넉넉하게 먹고 집에 오는데 갑자기 떼를 쓰기 시작했다. 초보 아빠의 어설픈 예측으로는 두 가지였다. 하나, 졸리다. 최근에 졸리면 떼를 부리고 바닥에 눕고 계속 울었던 적이 있다. 둘, 물이 먹고 싶다. 감자튀김을 사주면서 아무 음료수도 먹이지 않았던 게 생각났다. 근처 정수기에서 물이라도 가져다줬어야 했는데 빨리 집에 가야겠다는 생각에 놓쳤다.

어쨌든 하늘이가 울기 시작했다. 터져버린 것이다. 바닥에 주저앉더니 계속 두 가지 말만 반복한다. "안가", "안 할래." 무엇을 안 할 것인지, 어디에 안 갈 것인지 알려주지 않고, 그저 소리를 지르며 울어댄다. 그 광경을 바라보는 나로서는 도저히 감당이 안 된다. 처음에는 하늘이를 어떻게 달래줄까? 하는 마음에 다정하게 접근했지만 화만 더 키웠다. 이후 나 역시 감정이 상하게 된다.

안아주려 해도 좌우 앞뒤로 몸을 흔들며 소리를 지르고, 내려놓으면 길 한복판에서 누워서 온 사방으로 손을 휘젓는다. 답답함을 넘어서 짜증이 날 무렵 생각난 방법은 '맴매'였다. 한 번도 밖에서 '맴매'를 들지 않았다. 물론 아직도 하늘이를 맴매를 가지고 제대로 때려 본 적도 없다. 그런데 그때만큼은 무엇이라도 하면 안될 것 같아서 곁에 있던 짧은 나무 막대기를 들고 하늘이를 잡고 말했다.

"하늘아, 여기서 이렇게 하면 어떡해?"

나도 모르게 목소리를 높였다. 그리고 눈에는 힘이 들어갔다. 화를 내는데 화가 멈추지 않았다. 그런데 그 순간. 하늘이가 마구 울었다. 그리고 내게 다가와 말했다.

"제성 함이다. 제성 함이다."

목소리에 떨림이 느껴졌다. 분명 하늘이가 나를 두려워하는 게 느껴졌다. 전혀 여과 없는 분노가 3살밖에 안된, 이제 말을 배우기 시작한, 30개월 된 여자 아이에게 쏟아진 것이다. 그런 후회와 함께 쉴 새 없는 감정의 파도가 일렁이기 시작했다. 마치 태풍 속에 키보다 훨씬 높은 파도들이 범람하는 파도처럼 미안함과 죄책감이 쏟아지기 시작했다.

이 감정을 비슷하게 느낀 그때가 생각났다. 스무 살. 낯설고 어려운 숙제에 모든 삶이 멈춰버렸다. "아버지를 용서하세요." 상담학과의 특강 주제 '아버지'. 당시 강사의 강의는 가슴을 먹먹하게 했다. '아버지와의 관계는 모든 관계에 영향을 가져다줍니다.' 그가 펼치는 논리는 고개를 끄덕이게 했고, 2시간의 강의는 마치 20분도 안 되는 것처럼 몰입하게 만들었다.

그리고 마지막 그의 멘트. "숙제를 내드리겠습니다. 이번 주 아버지를 용서하고 안아드리세요." 손뼉 치며 좋은 강의였다고 생각하고 손뼉 치고 날려 보내려는 순간 온몸이 경직되었다. 아버지를 용서하라고? 아버지를 안아 드리라고? 몹시 어려운 과제를 남기고 그는 유유히 사라져 버렸다. 그러나 후폭풍이 일어났다. 내 머릿속은 아버지에 대한 온갖 생각과 추억들, 복잡 미묘한 감정들이 가득 넘치고 있었다.

언젠가부터 아버지와 어색해지기 시작했다. 사춘기를 넘어 고등학교 시절. 아버지는 어색한 존재로 변하고 계셨다. 중학교 시절 가정의 경제적 어려움 속에서 부모님의 관계는 틀어지셨고 그 사이에 자연스레 아버지의 존재는 다가가기 부담스러워지기 시작했다. 그 어려운 마음은 점점 화석처럼 굳어가고 있었다.

그런 아버지에게 다가가 용서를 구하라는 숙제는 내게 어떤 것보다 어려운 일이었다. 그러나 그날. 그때가 아니면 영원히 할 수 없을 것 같은 마음이 들었다. 그래서 스무 살의 늦봄 어느 날. 밤 11시 즈음. 언제나 인사만 하고 방으로 들어갔던 나는 아버지께 조용하지만 묵직하게 말했다.

"잠깐 드릴 말씀이 있어요." 놀라신 아버지께서 천천히 방으로 들어왔다. 그리고 아주 오랜 침묵이 이어졌다. 그리고 입을 열 때 나는 이미 무릎을 꿇고 있었다. "아빠 죄송해요. 그리고 아빠를 용서해요." 두려움. 공포. 답답함. 죄송함. 엉망진창으로 섞여버린 감정 속에 나는 그 말 밖에 할 수 없었다. 이미 수업에서 교수님의 말이 떨어지는 그 순간부터 나의 뇌에 그렸던 그 말을 뱉어버렸다.

그리고 더 시간이 지났다. 그리고 아버지가 말하실 때 아버지는 눈물을 흘리셨다. 인생에서 단 한 번도 보지 못했던 아버지의 눈물. 그 이후로도 아직 본 적이 없다. 아버지는 눈물을 흘리시며 말씀하셨다.

"나도 미안하다. 아빠도 힘들었단다."

살아오며 늘 말을 아끼셨던 아버지께서 그동안 얼마나 힘드셨는지 말씀하셨다. 아버지도 누군가에게는 소중한 아들이었다. 아버지도 누군가에게는 멋진 오빠였고, 누군가에게는 든든한 남편이었다. 그리고 친구였다. 태어났을 때부터 아버지는 언제나 흔들림 없는 존재였고,

그래서 아버지의 이름은 내게 아주 특별했다. 그런 아버지가 내 앞에서 힘드시다는 말을 하셨다. 그리고 눈물을 흘리고 계신다.

더 이상 어떤 말도 할 수 없었다. 내 눈에서 역시 눈물이 왈칵 쏟아지는데 그 순간 그분께서는 용기를 주셨다. 그리고 아버지에게 말했다.

"아빠, 제가 기도해드려도 될까요?" 아버지는 눈물을 닦으시며 고개만 끄덕이셨다. 그리고 태어나 처음으로 아빠 손을 잡고 기도했다. 어떤 기도였는지는 생각이 나지 않는다. 그저 기도가 마친 뒤 둘 다 한동안 눈물을 닦았던 것. 그리고 아버지께서 하신 약속만 기억난다.

"아빠, 이번 주부터 교회 나가야겠다." 그리고 그때부터 교회를 다니기 시작하셨던 아버지는 지금 나의 가장 소중한 중보기도자이시며, 이후 아버지는 내게 좋은 형이자 친구가 되셨다. 그리고 아버지를 향한 나의 기도는 이후 계속되었다.

그리고 언젠가부터 바뀌었다. 군에 입대할 때, 결혼을 앞두고 있을 때, 하늘이를 출산하고서, 식사의 자리에서도 이제 아버지께서 종종 먼저 기도하신다.

그날.

떨리는 목소리로 무릎을 꿇고 마음을 다해서 전한 진심. "죄송합니다." 그 한 마디는 내가 하늘이에게 들었던 "죄송합니다."의 속상함과는 비교도 되지 않을 아픔과 슬픔이었을 것이다. 그리고 작은 한 마디 하나가 아버지와 나와의 관계 가운데 회복의 물꼬를 트이게 했다. 마치 하늘이와 나와의 관계처럼. 그리고 하나님 아버지와 나와의 관계처럼.

"죄송합니다. 아버지"

"죄송합니다. 하나님"

예순번째 이야기 _

결혼

"하늘이는 누구랑 결혼할 거야?"

"아빠랑."

"으응?"

예상 못한 답에 바로 대화를 이어가지 못했다. 드라마나 영화에서 나오던 장면이 벌어지니 당황했다. 3살이 된 하늘이가 생각하는 결혼은 무엇일까? 궁금했다. 그리고 내 의식에 결혼에 대한 이해의 변화 과정을 돌아봤다. 올해 결혼한 지 7년이 지나고 있다. 놀라운 것은 결혼에 대한 이해가 올해 들어 많이 바뀌고 있다는 것이다.

통계청이 공개한 '2018년 혼인-이혼 통계'자료에 의하면 지난해 전국 이혼 건수는 전년 대비 2.5% 증가한 수치인 10만 8700건으로 드러났다. 해마다 늘어나는 이혼 문제는 결혼에 대한 잘못된 이해에서 출발할 것이다. 많은 사람들이 결혼하여 가정을 이루며 산다. 그러나 결혼에 대한 정의. 결혼에 대한 목적. 결혼을 통해 우리가 이루어야 하는 것들을 생각하지 않는다. 그럴 겨를도 없고, 그런 생각도 하지 않는다. 나 역시 결혼의 과정과 결혼을 통해 부부로 이루어 감에 있어서 그런 부분을 깊게 고민한 적이 별로 없다.

그러나 성경에서는 조금 낯선 이야기를 한다. 결혼을 공동체에서 다른 사람들을 섬기는 실천으로써 정의한다. 세상의 빛이 될 공동체를 만들라고 하신 예수님의 명령에 따라 공동체를 섬기는 것이 결혼의 아주 중요한 것이라고 신약성경 학자인 리처드 헤이스는 <신약의 윤리적 비전>에서 주장한다.

결혼이라는 단어를 이런 식으로 정의내려 버리면, 단순한 개인과 개인, 가정과 가정의 만남 이상의 의미를 갖게 된다. 조금 더 구체적으로 말하면 결혼생활이 익어갈수록 서로를 향한 섬김이 자연스레 공동체와 세상으로 흘러가게 된다는 것이다.

중요한 것은 이 같은 결혼 생활이 저절로 되지 않는다는 것이다. 일상에서 삶의 한절 한절을 이루어가야 자연스레 스며들게 된다. 그러나 이 같은 섬김은 언제나 대가가 따르기 마련이다. 결혼 후 장밋빛 환상을 내려놓기까지 참 많은 시간이 필요했다. 쉽게 생각한 결혼은 상당히 어렵고, 또한 언제나 내려놓음이 필요했다. 어릴 적부터 보고 자랐던 부부역할의 익숙함을 깨뜨리는 것은 쉽지 않았다. 아버님께서 그나마 가사를 많이 돕는 편이셨지만, 결혼은 가정일을 돕는 차원이 아니었다. 함께 해야 했다.

그러기 위해서는 내가 가진 권력과 특권을 포기해야 했다. 성경은 이런 결혼의 삶 속에 예수님께서 교회를 위해 그렇게 하셨던 것처럼 포기해야 함을 가르친다. 그래서 하나님께서는 예수님의 십자가의 이야기가 가정에서도 이루어 가길 원하신다.

성경에서 말하는 결혼에 대한 이해를 삶으로 소화시키는 데는 참으로 오래 걸렸다. 물론 지금도 계속해서 성경의 말씀을 씹어 결혼이라는 삶에 스며들게 노력 중이다. 이를 위해 필요한 것이 함께 나눌 수 있는 공동체임을 요즘 더 많이 느낀다. 견고한 결혼에 대한 개념에 균열을 가할 때, 그것을 적극적으로 지지해 주고, 함께하는 자들이 있을 때 더욱 추진력을 얻게 된다.

그래서 결혼 초기에 함께 어울렸던 교회 내 신혼부부의 모임은 우리 부부에게 결혼에 대한 결을 같이 할 수 있는 첫걸음이 되었다.

바라는 것은 하늘이가 결혼에 대한 성경의 가르침을 소화해 내는 남편을 만나고, 하늘이 역시 그런 결혼을 이루어가길 바랄 뿐이다.

오늘도 결혼에 대한 장밋빛 환상을 내려놓자.

그리고 나의 결혼의 삶이 장밋빛보다 깊은 예수 그리스도의 핏빛 닮은 섬김으로 이루어가길 기도해본다.

예순한번째 이야기 _

기저귀

"둘째는 언제 가질 거예요?" 사람들은 질문한다. 마치 둘째가 있어야 할 것처럼 물어본다. 당황하며 나는 대답한다. "아직 생각 안 해봤는데요." 그러면 혼자 있는 아이에 대한 우려와 온갖 걱정들을 이야기한다. 그러면서 반드시, 꼭 둘째를 가져야 할 것으로 귀결을 짓는다. 이미 나의 의사와 상관없이 언제쯤 가지면 된다고 말한다. 그리고 둘째는 너무 쉽게 키울 수 있다며 호언장담한다. 그런데 이런 질문을 들을 때마다 오랜 전부터 익숙한 감정이 피어오른다.

우리 아버지에겐 차가 없었다. 그 당시 경제적 형편이 차를 가질 수 없는 상황이었다. 그런 우리 가정에게 사람들은 물었다. "차는 언제 살 거예요?" 나는 그렇게 묻는 사람들이 불편했다. 그리고 그렇게 물어볼 때마다 가슴 어딘가를 둔기로 내려친 듯 아팠고 답답했다.

나는 군대를 늦게 갔다. 학사 장교를 지원하고 싶었다. 그때도 사람들은 계속해서 말했다. "군대는 언제 갈 거야?" 마치 지금 안 가면 인생의 낙오자가 될 것 같은 분위기에 질문을 들을 때 그 시절 둔기로 내려친 가슴의 답답함 비슷한 고통이 찾아왔다. 그리고 학사장교 시험에 떨어졌다. "군대 언제 갈 거냐?" 이 질문에 피해 갈 수 있던 방패가 사라졌다. 이후 그 질문은 더 가슴을 답답하게 만들었다.

전역 후 찾아온 또 다른 질문. "결혼은 언제 할 거야?" 지금 결혼하지 않으면 정말 안 될 것처럼 사람들은 그렇게 내 생각도 묻기 전에 질문했다. 결혼 후에도 마찬가지였다. 결혼 후 4년 동안 아이를 갖지 않았던 우리 부부에게 가장 많은 질문은 "아이는 언제 가질 거야?"이었다. 그런데 그런 질문 앞에 "아직"이라는 답을 했지만, 상대방은 언제나 자신의 답을 듣지 못했다는 듯 반응했다.

이제 돌아보니 폭력이었다. 관심이라는 단어로 숨겨진 폭력. 상대방의 상황과 환경을 고려하지 않은 나만의 경험, 사회적 관습, 제도적 분위기로 몰아가려는 그 부분. 물론 너무 확대해서 해석하는 거라 말할 수도 있겠지만 나에겐 실제로 그랬다. 마음을 표현하려는 질문은 오히려 내게 어려운 마음과 깊은 한숨만 만들어 주었다. 불안하지 않던 나를 불안으로 초청하고, 삶의 훈수 가운데 흘리는 시선을 지키는데 에너지가 들었다.

무언가 나이에 걸맞게, 상황에 걸맞게 해야 할 것들과 그것들을 향한 주위의 요구는 삶을 버겁게 만들곤 했다. 이런 마음은 나뿐이 아닌 것 같다. 이런 마음을 가진 사람들의 입소문이 난 이 책은 베스트셀러가 되기에 독특한 이름의 책이다.

바로 〈하마터면 열심히 살 뻔했다〉.
일러스트레이터로, 회사원으로 열심히 살아간 그는 이렇게 말한다.

"끝이 없다. 나이에 걸맞게 '당연히' 갖추어야 할 것들이 이렇게 나 많을 줄이야. 우리 사회엔 '이 나이' 면 '이 정도'는 하고 살아야 한다는 '인생 매뉴얼'이라는 게 존재한다. 실제로 그걸 본 사람은 아무도 없지만, 모두가 그걸 알고 있다. 그리고 거기에 맞춰 살려고 노력한다. 그렇게 살지 않으면 불안하니까. 나만 뒤처지는 것 같으니까." (〈하마터면 열심히 살 뻔했다〉 중에서)

결국 이 같은 말을 남기고, 그는 회사를 그만둔다. 그리고 이 사회에서 요구하는 '인생 매뉴얼'들을 하나씩 포기한다.

그리고 열심을 잠시 멈춘다. 그의 책을 읽으며 하늘이에게 요구했던 기저귀를 향한 말을 조심해야겠다 생각이 든다. 어느덧 기저귀를 뗄 나이가 되었다며 몇몇 분들이 물어보신다.

"하늘이는 기저귀 언제 뗄 건가요?"
참으로 당황스러운 질문일 수밖에 없다. 이제 겨우 세 살인 아이에게 벌써부터 요구하는 '인생 매뉴얼'. 슬픈 것은 나 역시 그 매뉴얼에 적힌 대로 기저귀를 갈 때 종종 하늘이에게 물어보곤 했다. "하늘이는 기저귀 언제 뗄 거야?" 아마 바로 반응은 하지 못했겠지만 하늘이 역시 내게 그런 폭력을 당하고 있던 건 아닌가 생각이 든다.

하늘이에게 지금 필요한 건
"뗄 때 되면 떼겠지?"
하는 기다려주는 마음이 아닐까?

그리고 어떠한 바람을 가지고 기다리는 재촉하는 기다림이 아닌, 여유를 가지고 넉넉하게 바라봐주는 아빠의 마음이 지금 필요한 것 같다.

앞으로도 하늘이의 인생 매뉴얼을 들고 많은 사람들은 이래 저래 말할 것이다.

그런 상황에서 심지를 견고히 하여,

넉넉하고 여유 있게 바라봐 줄 때

어느새 곱게 물든 단풍처럼

하늘이도 그렇게 자라고 있지 않을까?

예순두번째 이야기 _

칭찬

"박하늘! 박하늘!"

하늘이가 태어났을 때부터 지금까지 나는 하늘이를 향한 칭찬을 아끼지 않았다. 하늘이가 처음으로 뒤집기를 성공할 때도 너무 신기하고 감격스러워 소리를 지르며 칭찬했다. 두 발로 처음 서있을 때도, 이유식을 먹을 때도, 목욕할 때도, 노래할 때도, 춤을 출 때도 칭찬했다. 약간 과장하면 하늘이가 숨만 쉬는 것도 내겐 자랑거리이고, 칭찬해주고 싶다.

어제는 하늘이가 블록으로 집 모양을 만들었다. 그리고 나를 찾아와서 말했다. "아빠 이것 봐요. 하늘이가 했어요." 약간은 어리숙하지만 나름대로 모양새를 갖춘 하늘이가 만든 집에 나는 환호했다. 한 번 더 외쳤다.

"박하늘! 박하늘!"

하늘이는 부끄러우면서도, 칭찬받는 걸 좋아하는 눈치다. 그래서 언제나 일터에서 마치고 집에 오면 하늘이는 인사도 하지 않고 말한다. "아빠 이것 봐요! 하늘이 공주옷이에요! 아빠 이것 봐요! 하늘이가 어린이집에서 만들었어요!" 옷도 갈아입지 않고 나는 10분 정도 하늘이 눈을 마주치고 칭찬해준다! "우와! 하늘이가 이런 걸 만들었네! 하늘이가 이렇게 멋지네!" "우와! 하늘이가 너무 이쁘네!" 나는 하늘이에게 그렇게 진심 어린 칭찬을 쏟아놓는다.

나는 칭찬을 좋아한다. 칭찬하는 것도 좋고 받는 것도 감사하게 잘 받는다. 사람들을 만나면 나에겐 칭찬할 것들이 넘쳐나게 보인다. 물론 그렇다고 다 칭찬할 수 없다. 그럼 진심처럼 보이지도 않을뿐더러 사람마다 칭찬을 받아낼 수 있는 풍선이 각기 다른 것을 경험한다. 작은 그릇에 한꺼번에 잔뜩 칭찬하면 그 풍선은 터지고 만다.

그래서 조금씩 자주 칭찬한다. 그러다 보면 어느새 상대방의 풍선은 더 커져서 칭찬을 넉넉히 받아들인다. 근데 때로 그 풍선에 칭찬의 바람이 쉬이 빠지는 것을 자주 경험한다. 특히 경쟁과 비교라는 정글에서 자라나는 청소년들의 풍선이 자주 그렇다.

그래서 비교급 칭찬은 때로 풍선의 바람을 빠지게 만든다. 나는 청소년들, 어린아이들을 만나 칭찬할 때는 더 구체적이고 창의적이고, 진심을 꾹꾹 담아서 칭찬한다. 그렇다고 해서 진지하게만 하는 것도 아니다. 그러나 신기한 것은 구체적이고, 창의적이며, 진심을 담아 칭찬한 상대방의 풍선은 아름다운 색으로 부풀어 오르곤 한다.

나 역시 누군가의 칭찬을 통해 내 삶의 수많은 색상의 풍선들로 어우러져 있다. 아직도 잊지 못하는 칭찬이 있다. 그것은 내 삶에 진지하게 찾아온 어둠이 가득한 시간에서였다. 당연히 합격할 줄 알았던 대학 수시전형에서 떨어지게 된 나는 몹시 당황하고 있었다.

그렇게 시간이 지나 수능을 봤다.

수능의 결과는 예상보다 처참했다. 앞이 보이질 않았다. 모든 사람들을 만나고 싶지 않았다. 나도 모르게 어느새 수원역을 향하고 있었고, 한강 다리를 가고 있었다. 이토록 비참하게 무너지는 내 모습을 느끼며, 생을 마감해도 되지 않을까? 하는 압박감까지 찾아왔다. 부재중 통화는 벌써 12번을 넘겼다. 아버지, 어머니, 친구 이름들로 걸려오는 휴대폰의 진동 눈물과 함께 온몸을 더욱 떨게 만들었다.

한강이 보이기 시작했다. 노을이 불타오르고 있었고, 거센 추위로 내 심장은 거칠게 뛰었다. 그러나 내 마음은 무엇보다 차분했다. 한참을 한강을 바라보고 있는데 문자가 왔다.

'아들. 시험 못 본 건 아무 상관없어. 수능점수 100점 떨어진 것보다, 아들 어깨 1cm 처져 있는 게 엄마는 더 가슴 아파. 그동안 너무 수고했어! 난 지금도 앞으로도 우리 아들이 자랑스러워.'

문자를 보고 참고 있던 울음이 터져 나왔다.

냉혹하게 얼어붙었던 온 마음과 온몸이 문자에 담긴 사랑으로 균열이 가기 시작했다.

그때 내 인생의 장면들이 빠른 속도로 스쳐 지나갔다. 부모님께서는 언제든 칭찬을 아끼지 않으셨다. 시험에서 떨어졌든, 반장 선거에 떨어졌든 간에 늘 위로와 칭찬을 아끼지 않으셨다. 그렇게 자란 나는 어디서든 당당할 수 있었다.

어떤 비교와 경쟁을 통한 성취로 당당한 게 아니라 때로 가정이 가난할 때도, 공부를 못할 때도 크게 위축되지 않았다. 때로 학생 때 담배를 피울 때도 있고, 술을 마실 때도 있었다. 심지어 폭력사건으로 부모님께서 학교에 불려 갈 때도 있었고, 가출해서 돌아왔을 때도 있었다.

그때마다 부모님은 나를 감정으로 혼내시거나, 야단치지 않으셨다. 오히려 늦게까지 기다려주시거나, 치킨을 사주시거나, 밥을 차려주시곤 했다. 마치 언제나 그 자리를 지키는 등대처럼 부모님은 그런 모습으로 나를 비춰주셨다. 그리고 지금 생각해 보면 정말 작은 것에도 큰 칭찬을 아끼지 않으셨다.

이후에도 부모님의 칭찬은 내 삶의 등대의 불빛 같은 역할을 해주셨다. 그래서일까? 나는 누군가를 만나면 엄청난 힘과 능력을 가진 칭찬을 자연스럽게 불어넣는다. 신기한 것은 칭찬을 통해 부풀어진 풍선은 주위 사람들에게도 커다란 영향을 끼친다는 것이다. 상대방에 대한 감사의 표현과 칭찬을 아끼지 않기 시작하자 내 주위의 사람들도 비슷한 향기가 나기 시작한다. 그리고 내가 속한 공동체도 그런 공동체가 되어가고 있는 것을 경험한다.

편지가 많이 사라진 요즘 서로를 향해 마음이 담긴 편지를 통해 감사를 표현하고, 칭찬을 아끼지 않는 문화가 지금 내가 속한 공동체에 자리 잡히고 있다. 그래서 사무실 내 책상의 양쪽 벽에는 내게 써준 소중한 편지들이 가득하다. 그 편지들은 대부분 나와 있었던 소중한 추억 가운데 느꼈던 칭찬들이 많이 쓰여있다.

나는 그 편지를 곧잘 본다.

이따금씩 마음에 상함이 찾아와, 끝없이 추락하는 감정의 어려움에 놓일 때 나는 종종 그 편지들을 천천히 읽는다. 그리고 그 편지에 마음을 담아 꾹꾹 눌러써준 나를 위로하고 격려하는 칭찬의 글들에 힘을 얻는다.

사람은 야단친다고, 혼낸다고 변하지 않는다. 그것은 폭력으로 길들여 질뿐이다. 사람은 칭찬으로 세워지고, 칭찬으로 자란다. 잘한다고 자꾸 듣다 보면 자라 있다. 누군가를 칭찬할 때 잊지 말아야 할 것은, 내가 칭찬하는 상대방은 존재만으로도 칭찬받아 마땅할 하나님의 형상이라는 것이다. 때로 아무도 나를 칭찬하지 않는다고 마음 어려워할 필요가 없다.

나 스스로 나를 인정해주고 칭찬해 주면 된다. 나 역시 그렇게 자기 스스로를 위로하고 칭찬할 때가 있다. 그리고 그렇게 칭찬하고 있으면 조용하게 마음 깊은 곳에서 나의 존재만으로도 기뻐하고 칭찬하시는 하나님의 속삭임을 경험할 수 있다. 그래서 나는 오늘도 누군가를 칭찬한다. 그리고 나를 칭찬한다.

"상민아! 잘하고 있어! 그렇죠? 하나님?"

예순세번째 이야기 _

포옹

요즘 연말이라 일이 많다. 사람도 많이 만나야 하고, 해야 할 업무가 턱턱 숨 막히게 할 때가 있다. 연이은 저녁 약속. 오늘도 그렇게 식사를 하고 있는데 아내에게 문자가 왔다.

'두 시간째 소꿉놀이 중.'

아내 혼자 에너자이저 하늘이와 병원놀이, 은행놀이, 동물원 놀이 하고 있을 모습을 생각하니 애잔했다. 2차로 차를 마시러 가자는 것을 뿌리치고 집으로 향했다. 도착하자마자 하늘이가 뛰어나왔다. 그리고 나를 꼭 안아 주었다. 갑자기 추운 겨울에 꽁꽁 얼었던 몸을 노천탕에 담근 듯 온몸의 피로가 가시는 기분이 들었다. 나도 모르게 하늘이에게 말했다.

"고마워."

하늘이를 낳기 전. 어느 가을, 아내와 함께 유럽 배낭여행을 떠났다. 여행 가운데 3분의 2 지점, 오스트리아 비엔나에 도착했다. 여독이 풀리지 않는 상황에서 계속해서 기차와 버스로 이동하는 거리가 만만치 않았다.

피곤해서였을까? 한동안 서로 말이 없었고, 둘 다 멍하게 차창을 바라보는 시간이 길어졌다. 비엔나 시내에 도착해 숙소에 짐을 풀었다. 간단하게 식사를 하러 밖으로 나왔는데 중학생 정도 되어 보이는 학생 두 명이 어정쩡하게 서있었다. 그리고 커다란 피켓을 들고 있었다.

거기엔 'free hug'라고 쓰여 있었다.

코끝이 시큰거리는 바람이 간간히 불어오는 시내 한복판. 사람들은 무관심한 듯 하나 둘 지나간다. 우리 부부는 호기심이 생겼다. 식사는 때우다시피 하고 창밖의 풍경을 관심 있게 지켜보았다. 그렇게 시간이 흐르고 있던 차. 한 할머니가 그 학생들에게 다가가더니 그 학생과 함께 포옹을 했다. 잔뜩 눈가에 주름이 깊어졌던 할머니. 그리고 손녀뻘로 보이는 그 학생.

두 사람의 포옹 장면이 매우 느리게 느껴졌다. 마치 슬로 모션으로 내게 다가왔고, 잔잔한 감동을 주었다. 그 모습 달달하고 쫀쫀한 아인슈패너의 크림 같았다. 오래 전 기억에 비엔나에서 마셨던 유명한 커피의 맛은 사라졌다. 그러나 그때 다가온 허그 장면의 달달함은 지금 생각해도 미소를 가져다준다.

아직 사전에는 등재되어 있지 않았지만 우리에게 익숙한 단어 '프리허그'. 위키백과에서 프리허그를 찾아봤다. '프리허그란? 길거리에서 스스로 'Free Hug'라는 피켓을 들고 기다리다가 자신에게 포옹을 청해 오는 불특정 사람을 안아주는 행위다. 이러한 행위를 하는 사람들을 FreeHuggers라 부른다.'

위키백과의 프리허그는 길거리에서 이벤트 적인 행위들을 말하는 것으로 묘사되어 있다. 이 같은 프리허그는 '후안 맨'이라는 이름의 호주 청년이 처음 시작해 화제를 모았다. 이후 일종의 캠페인으로 발전돼 전 세계로 퍼져나가고 있다.

그가 이 운동을 처음 시작한 계기는 삶에 지치고 힘든 이들에게 때로는 '100가지 말보다, 조용히 안아주는 것이 더 위로가 된다는 사실'을 체험하면서부터라고 한다. 백 마디 말보다, 조용히 안아주는 위력을 나 역시 경험한 적이 있다. 그것은 군대 시절로 올라간다.

군 생활이 늦가을 바람에 이는 낙엽처럼 불안할 때마다 휴가라는 이름 아래 버티고 버텼다, 주어진 시간 3박 4일, 4박 5일이 3.4초, 4.5초로 지나가는 그때마다 자대 복귀를 최대한 늦게 하려고 끝까지 버텼다. 그때마다 아버지는 부대까지 태워다 주셨다. 매번 괜찮다고 말씀드렸지만 아버지는 끝까지 태워주셨다. 철없는 아들은 조금이라도 늦게 들어갈 수 있다는 것 때문에 못 이기는 척하며 좋아했다.

하지만 아버지 차를 타고 부대까지 가는 진짜 이유가 있었다. 그것은 바로 아버지와의 포옹이었다. 아버지는 군 생활을 힘들어하는 아들의 마음을 모두 아시듯 부대 앞 위병소에서 항상 나를 따스하게 안아주셨다. 그러면서 말씀하셨다.

"아들, 잘하고 있는 거야. 기도할게."

이 포옹은 영하 17도까지 내려가는 혹한기 훈련 속에서도, 허벅지가 터질 것 같은 유격훈련에서도, 한없이 기나긴 밤의 경계초소에서도, 변함없는 선임의 갈굼 속에서도 버틸 수 있는 힘이었다.

아버지의 그 포옹은 나에게 꿈을 만들어줬다. 외로워하는 이에게 먼저 다가가 안아주는 좋은 친구. 혼자서 버티기 힘든 청춘을 보내는 이를 찾아가 먼저 안아주는 좋은 어른.

그리고 그 꿈을 이루기 위해서 아버지처럼, 비엔나의 그 중학생들처럼. 먼저 안아주려 노력한다. 몸과 몸이 안기는 신체적 허그뿐만 아니라, 이웃의 아픔과 상처를 안아주는 사람. 그 사람이 오늘을 안아줄 사람이 필요하다.

그리고 나는 그들의 오늘을 안아주며 말하고 싶다.

"잘하고 있는 거야. 잘하고 있어."

그런 좋은 어른, 좋은 친구가 되고 싶다.

그때 위아래로 굳어져 견고히 얼어있는 세상살이에 균열이 생기게 될 것이다. 혹독한 이 세상을 여행하는 자들에게는 따스한 온기로 용기가 생겨나게 될 것이다. 영하 17도보다 냉정한 경쟁의 세계에서도 함께라는 힘이 생길 것이다.

한없이 끝나지 않을 것 같은 기나긴 어둠 속에서도 한줄기 빛이 보여 다시 걸을 힘이 생길 것이다.

그래서 나는 오늘도 안아줄 자를 찾는다.
아버지처럼, 비엔나의 소녀들처럼, 하늘이처럼…

예순네번째 이야기 _

여
행

"하늘이 아빠랑 여행 갈래요."

지난여름 가족여행을 다녀온 뒤부터 하늘이는 종종 내게 이렇게 말한다. 유전일까? 우리 가족은 여행을 참 좋아한다. 아내도 나도 잠시 일상을 떠나 여행 속에서 집중하며, 그 시간을 보내는 걸 무척 좋아한다. 나는 어린 시절부터 여행이 참 좋았다. 그리고 유명한 관광지나, 여행지가 아니더라도 근처 산이나 호수에 가는 것도 내겐 큰 즐거움이었다. 그중에 내가 가장 좋아하던 여행지는 경기도 수원시 팔달문로 19에 위치한 '지동시장'. 어릴 적 그곳은 내게 가장 즐거운 여행지였다.

어머니께서 시장 갈래? 물어보실 때마다 나는 흔쾌히 좋다고 말했다. 어머니와 버스를 타고 지동시장에 도착하면 언제나 볼거리, 먹거리가 풍성했다. 시금치를 팔려고 앉아 계신 할머니와 가격 깎아달라는 아줌마의 실랑이가 정겹다. '탁' 해서 쳐다보면 팔뚝이 생선보다 굵은 건어물 가게 아저씨가 도마를 내리쳐 '툭' 하고 생선 머리가 떨어진다. 자글자글 떡볶이의 매콤 달달한 향기가 섞여 끈덕하게 어묵과 떡에 잘 버무려져 있다.

특히 내가 좋아하는 곳은 순대 골목 거리다. 이곳에 가면 언제나 김이 모락모락 올라오며, 구쉬쉬한 순대볶음 냄새가 좋았다. 특히 보기만 해도 식욕이 당기는 돼지 머리 고리를 보면 그냥 갈 수 없다. 엄마를 졸라 순대 한 그릇을 꼭 시켰다. 접시가 다 비어갈 때 즈음에도 엄마는 순대를 입에 잘 대지 않으셨다. 그리고 내 배가 빵빵해지면 겨우 남겨놓은 간과 머리고기와 순대 부스러기를 드셨다. 어린 시절 크게 여행이라 하기에도 민망하지만 엄마와 함께 떠나는 시장 여행이 내겐 즐거움이었다.

성인이 되고 나서 어머님과 여행을 별로 하지 못했다. 얼마 전 기회가 생겨서 인근 시장에 지인과 함께 시장을 방문한 적이 있었다. 그곳에서도 아줌마들과 할머니들은 가격을 흥정하고 있었고, 생선가게 아저씨도, 떡볶이도 있었다.

심지어 순대와 머리고기도 여전했다. 그런데 뭔가 허전했다. 그렇게 순대를 먹고 있는데 엄마가 생각났다. 그 시절 콩나물 100원 더

깎으려고 애쓰시느라 배고프셨을 텐데 어머니는 아들에게 순대 한점 더 먹이려고 잘 드시지 않으셨던 것이다. 순대가 다 비워질 때 즈음. 알게 되었다.

어릴 적 지동시장이
나에게 가장 좋은 여행지가 될 수 있던 것은 바로
'엄마' 때문이었다.

살아오면서 기억에 남는 여행지를 떠올리면, 어디를 가느냐보다 누구와 함께 갔느냐가 훨씬 중요했다.

집에서 식은 순대 1인분을 씹으며 오래전 읽었던 태원준 작가의 엄마와의 여행 에세이 <엄마, 일단! 가고 봅시다>를 다시 펼쳐 들었다. 예전에 밑줄 그은 문장이 눈에 들어온다.

"바로 이 순간이다. 내가 엄마와 함께 여행을 하고 싶었던 이유. 거창할 필요가 있나? 그저 엄마가 '노는' 모습을 보고 싶었다. 좀 더 정중히 표현하자면 엄마가 아무런 걱정 없이 어린아이처럼 순간을 즐기는 모습을 보고 싶었다." (<엄마 일단! 가고 봅시다> 중에서)

나도 이제 엄마가 노는 모습을 보고 싶다.

나의 여행지였던 지동시장은 어쩌면, 엄마에겐 100원 더 깎아야 하는 삶의 전쟁터였을지도 모른다는 생각이 들었다. 온전히 우리 가족을 위해서만 살았던 엄마와 조만간 지동시장을 다시 여행하고 싶다. 그땐 내가 순대를 꼭 넉넉하게 대접하리라.

오랫동안 가족만을 위해 사느라
여행을 잃어버린 어머니께
아름다운 여행지,

지동시장을 찬찬히 안내해 드려야겠다.

예순다섯번째 이야기 _

추위

어린이집 등원 준비. 하나부터 열까지 쉽사리 되는 경우가 없다.

세수,

식사,

양치,

원아수첩 쓰기,

머리 묶기,

옷 입히기…

등등.

하늘이의 컨디션과 마음에 따라 천지차이인 등원 시간. 오늘은 아내와 함께 등원하는 하늘이를 배웅하며 함께 나왔다. 물론 양손에는 재활용 쓰레기가 가득하게 있다. 그런데 하늘이가 나의 옷을 보며 말했다.

"추워. 아빠 옷 입고 나와야지." 그렇다.
나와보니 발에 차가운 기운이 가득했다. 날이 추워졌다.

집에 들어와 창밖을 한참 동안 바라봤다. 시-이익 시익익, 거센 소리를 낸다. 성난 황소처럼 불어 재낀다. 바람이 섞인 복잡한 추위에 사람들은 목련 꽃망울처럼 옷을 싸맨다. 저마다 일그러진 인상으로 총총거리며 발걸음 서둘러 어디론가 가고 있다.

맹렬한 추위. 그 추위에 굴복하며 두 달간 새벽마다 걸어 다닌 적이 있다. 대학교 4학년. 추운 겨울 실습지를 지하철과 도보로 다녔다. 안양역에서 내려 기관까지 가려면 대략 1시간 족히 걸어야 한다. 마을버스는 2시간에 한 대씩 온다. 출퇴근 시간에는 자리가 없다. 걸을 수밖에 없었다. 안양역 롯데 백화점. 그곳의 온기 잠깐 머금고 당당하게 걷다 추위에 굴복할 때 즈음. 아무것도 없는 웅장한 안양천이 나온다. 시퍼런 겨울에 놓인 안양천의 기백 앞에 언제나 당당함은 온데간데없이 사라진다.

지하철에서 사람들의 온기에 취해 늘 생각한다. '오늘은 안양천을 걸을 때 이 생각을 하면서 빨리 걸어야지.' 그러나 안양천에 서서히 접근하게 되면 잡념은 없어진다. 오직 하나. '이 시간이 빨리 지나가길' '이 또한 지나가리라.' 건물들이 하나둘씩 없어지고, 양볼에 날카로운 커터칼 같은 바람이 사정없이 위협한다. 그때부터 두려움에 고개는 숙여지고, 걸음은 느려진다. 칼바람은 비발디 〈사계〉의 초입부 바이올린 소리처럼 은밀하고 냉정하게 다가온다. 그렇게 힘겹게 나아가면 가장 고통스러운 구간이 찾아온다.

안양천 육교.

안양천을 지날 때 가장 고통스러운 곳은 바로 육교. 칼바람은 어느새 힘을 더해, 허리와 어깨에 힘을 주지 않고선 버틸 수 없는 거대한 파도로 돌변한다. 한참을 버티다 보면 어디선가 바이올린의 울음소리 귓가에 가득하다. 비발디의 겨울 1악장. 사정없이 몸부림치게 만드는 바이올린의 울음소리가 시작되는 것이다. 바람은 내 이마를 스치고, 이후 양볼과 귀를 덮는다. 그리곤 사정없이 나를 휘갈긴다.

양보란 없다.

뼛속까지 사정없이 때리는 그 추위에 정신이 없다.

한걸음을 옮기기가 힘들다. 몸에서는 기운이 빠져나간다. 조금씩 열리는 입술에는 힘없는 뿌연 공기가 이리저리 맥없이 사라질 뿐이다. 주위에 사람이 없다. 차도 없다. 나도 없다. 단지 검은 육교와 공포의 추위뿐이다. 또 하나 오로지 광기 어린 바이올린 울음소리만 있을 뿐이다. 그런 추위에 나의 마음도 두들겨 맞는다. 무엇 때문에 이러한 고통 속에 걷고 있는가? 이 시간 추위라는 늪에 다리를 땅으로부터 뽑아내는 것이 급선무다. 있는 힘을 다해 주먹을 꽉 쥐어 보지만 손가락의 찬 기운의 불쾌함이 전해진다. 덜덜거리는 치아에 턱이 얼얼하다.

그렇게 한 시간씩을 걸어서 도착한다. 신기한 건 추위로 인해 경직되어 떨고 있는 온몸은 상당히 오랫동안 굳어 있다. 도착한 사무실에 종종 들리던 비발디 <사계>의 겨울 1악장. 나는 아직도 그 연주를 들으면 어깨와 목이 굳어진다. 그러면서도 나는 종종 찾아 듣는다. 어쩌면 추위에 굴복당했던 그 시절을 향해 애증의 감정을 느끼고 있는지도 모른다.

그렇게 나는 오늘도 비발디를 찾는다.

이 책이 나올 수 있도록 도움을 주신 분들

강희동 구인회 김대우 김미숙 김병권 김성경 김수용 김예지 김요셉
김요한 김원복 김재우 김조이 김지오 김찬애 김충헌 김현빈 김희정
남병두 노민호 노성호 노은경 민하은 박금배 박 민 박봉원 박상범
박선영 박성호 박수희 박예인 박유정 박인순 박정근 박주희 박하늘
박행님 배윤호 서범석 서영주 손병규 손성애 송채원 심주영 안기수
안병조 안성예 안춘희 엄효선 여한범 여한빛 예송현 오성결 오세준
왕지은 윤다감 이경희 이기척 이상호 이세림 이수빈 이옥토 이우림
이예인 이인호 이지혜 이진주 이창주 이해영 임윤호 임혜주 장 진
전봉영 전용현 전유일 정명진 정세윤 정숙훈 정영구 정윤성 정필섭
정하섭 제정우 조민우 조반석 조예지 조원익 조혜신 조혜인 주광학
주찬우 진용태 최승호 최수화 추성애 하영미 하수정 한요셉 한지영

And we know that in all things God works for the good of those who love him, who have been called according to his purpose.

(ROMANS 8:28)

"아빠다"